Magicienne de l'amour

Aux Éditions J'ai lu

Samantha
N° 2533
Esclave et Chatelaine
N° 2925
La révoltée du harem
N° 2956
La fiancée captive
N° 3035
Les feux du désir
N° 3091
La viking insoumise
N° 3115
Un si doux orage
N° 3200
Un cœur si sauvage
N° 3258
Épouse ou maîtresse ?
N° 3304
Captifs du désir
N° 3430
Une fiancée pour enjeu
N° 3593
Paria de l'amour
N° 3725
Si tu oses me quitter
N° 4318
Pour toujours dans tes bras
N° 4425
Brûlés par le désir
N° 4636
Apparence trompeuse
N° 5166
En proie à la passion
N° 5489
Héritier malgré lui
N° 5848
Un cow-boy pour deux
N° 7311
Les feux de l'hiver
N°12654
Cœurs enchaînés
N°13065
Il était une fois une princesse
N°13232

LES MALORY

1 – Lady Regina Ashton
(Le séducteur impénitent)
N° 3888
2 – Lord Anthony
(Tendre rebelle)
N° 4003
3 – Passagère clandestine
N° 3778
4 – Magicienne de l'amour
N° 4173
5 – Une femme convoitée
N° 4879
6 – Le cadeau de Noël
des Malory
(La faute d'Anastasia)
N° 5707
7 – Voleuse de cœur
N° 8150
8 – Les trésors du désir
N° 8348
9 – Confusion et séduction
N° 9824
10 – Mariés par devoir,
amants pour toujours
N° 9832

JOHANNA

LINDSEY

LES MALORY – 4

Magicienne de l'amour

ROMAN

Traduit de l'américain
par Paul Benita

J'AI LU

Si vous souhaitez être informée en avant-première
de nos parutions et tout savoir sur vos auteures préférées,
retrouvez-nous ici :

www.jailu.com

Abonnez-vous à notre newsletter
et rejoignez-nous sur Facebook !

Titre original
THE MAGIC OF YOU

Éditeur original
Published by arrangement with Avon books,
an imprint of HarperCollins, New York

1

Londres, 1819

La serveuse soupira et soupira encore parce que les trois séduisants gentlemen, trois jeunes lords, n'attendaient d'elle que quelques verres, malgré l'entrain avec lequel elle déployait tous ses charmes sous leurs yeux. Elle n'en continua pas moins à rôder autour de leur table, dans l'espoir que l'un d'entre eux change d'avis... surtout celui qui avait les cheveux dorés et des yeux verts si sensuels, des yeux qui promettaient les plus douces délices, à condition bien sûr de mettre le grappin sur leur propriétaire. Elle avait entendu les autres l'appeler Derek et, lorsqu'il avait franchi les portes de la taverne, elle avait éprouvé un drôle de choc. Elle n'avait jamais vu d'homme aussi beau... jusqu'à ce que le plus jeune membre du trio n'entre à son tour.

Il était vraiment déplorable qu'il soit si jeune, se disait la fille, qui se souvenait de n'avoir connu que désillusions et blessures avec les garçons de cet âge.

Cependant, ce jeune coq avait dans l'œil une lueur coquine qui laissait supposer qu'il savait, malgré son âge si tendre, satisfaire une femme. Plus grand et plus large que ses deux compagnons, la nature l'avait gratifié d'une chevelure noire comme la nuit et d'un regard bleu cobalt. Malgré ses déboires passés, elle aurait donné cher pour savoir à quoi s'en tenir avec celui-là.

Le troisième membre du groupe, qui semblait le plus âgé, n'était pas aussi extraordinaire que ses compagnons. En vérité, il était lui aussi un fort beau spécimen mais il avait la malchance d'accompagner deux phénomènes d'exception. La fille soupira encore, attendant, espérant... Elle n'osait pourtant pas se faire trop d'illusions : ces trois-là ne semblaient pas d'humeur légère ce soir. Ils étaient ici pour boire et bavarder, et cela se voyait.

Peu affectés par les pensées concupiscentes dont ils étaient l'objet – et qui n'avaient d'ailleurs pour eux rien d'exceptionnel –, ils changèrent subitement de conversation.

— Comment fait-il, Derek ? se plaignit Percy d'une voix légèrement pâteuse. (Il faisait référence au plus jeune membre du trio, Jeremy, le cousin de Derek.) J'ai compté ses verres. Il a bu autant que nous et, pourtant, que je sois damné s'il n'est pas assis là en face de nous pas le moins du monde éméché.

Les deux cousins Malory échangèrent un sourire. Percy ignorait que Jeremy avait fréquenté une bande de pirates qui lui avaient appris tout ce qu'il devait savoir sur la boisson et les femmes. C'était une chose que la famille n'ébruitait pas, on s'abstenait également de parler de James Malory, le père de Jeremy et vicomte de Ryding, qui, dans son temps, avait été le chef de ces mêmes pirates. Il n'était pas question de dire un mot de tout cela à Percival Alden. De toute manière, ce bon vieux Percy était incapable de garder un secret !

— Mon oncle James m'a ordonné de couper ses verres avec de l'eau, mentit Derek avec un parfait aplomb. C'était la condition pour que ce jeunot puisse sortir avec moi.

— Seigneur, quelle horreur ! s'exclama Percy, plein de commisération.

Il était rassuré : un gamin de dix-huit ans ne tenait pas l'alcool mieux que lui. À vingt-huit ans, Percy était l'aîné du trio. La logique exigeait donc qu'il se montre plus résistant que ses compagnons. Pourtant, lors de leurs beuveries, Derek, de trois ans son cadet, se révélait toujours plus endurant que lui, à sa grande honte. Pis encore, le jeune Jeremy semblait capable de les surpasser tous les deux... c'était du moins ce que Percy avait cru. À présent, il ne pouvait s'empêcher de compatir : quelle catastrophe d'avoir pour père un débauché repenti capable de veiller sur son fils à distance et de lui gâcher le moindre de ses plaisirs.

Cela dit, Derek ne bronchait pas quand, d'aventure, Jeremy disparaissait en fin de soirée, une demoiselle de bonne volonté à son bras. Il lui restait donc encore quelques divertissements !

D'ailleurs, à la réflexion, il semblait bien que Jeremy se débrouillât fort bien avec les femmes. Et cela qu'il se trouvât dans une taverne malfamée, dans une luxueuse maison d'Éros ou bien à une soirée dans le grand monde. Ce garçon avait un formidable succès auprès du beau sexe. Quel que soit leur âge, qu'elles soient putains ou ladies, ces dames trouvaient toutes le plus jeune des Malory absolument irrésistible.

Sur ce plan-là, il tenait bien de son père, James, et de son oncle, Anthony Malory. Ces deux-là avaient, en leur temps, mis la ville à feu et à sang, provoquant scandale sur scandale, au grand désespoir de leurs deux frères aînés. Derek, l'unique fils de l'aîné des Malory, était lui aussi tout aussi chanceux avec les femmes mais il savait se montrer beaucoup plus discret. Il avait bien été mêlé à quelques scandales mais jamais à cause d'une femme.

Ayant réfléchi à tout cela, Percy appela la serveuse pour lui chuchoter quelque chose à l'oreille. Les deux cousins, qui l'observaient, savaient exactement à quoi s'en tenir ; il commandait la prochaine tournée en demandant qu'on ne mette pas une seule goutte d'eau dans le verre de Jeremy. Les deux cousins eurent bien du mal à garder leur sérieux. Mais Derek, remarquant le froncement de sourcils de la fille qui allait sûrement protester de sa bonne foi, se débrouilla pour croiser son regard et lui adresser un clin d'œil. La fille, maligne, comprit immédiatement qu'il y avait anguille sous roche et s'esquiva sans rien dire, un léger sourire aux lèvres.

Derek décida de récompenser cette charmante jeune personne mais un autre jour. Dès son entrée, elle avait fait montre de tous ses charmes mais, ayant d'autres projets pour le reste de la nuit, il ne l'avait pas encouragée.

Tous trois avaient été en veine au bal annuel d'ouverture de la saison mondaine, chez les Shepford, un peu plus tôt dans la soirée.

Jeremy et lui avaient dû y assister afin de servir de cavaliers à Amy, leur plus jeune cousine, qui avait fait à cette occasion ses grands débuts dans le monde. Elle avait bien participé à quelques soirées et pique-niques depuis ses seize ans mais jamais à un bal. Et elle n'avait jamais non plus été parée comme ce soir. Bon Dieu, la petite coquine en avait stupéfait plus d'un. En fait, tout le clan Malory avait été sidéré. À quel moment la douce et espiègle Amy était-elle devenue cette beauté ravageuse et sensuelle ?

La question, en effet, méritait d'être posée, ne serait-ce que pour distraire Percy qui ruminait sa petite conversation privée avec la serveuse. Traînant avec lui depuis tant d'années, Derek savait que le brave garçon n'allait pas tarder à leur avouer ce qu'il avait demandé à la serveuse. Percy était ainsi : parfaitement incapable de tenir sa langue.

Il se tourna donc vers Jeremy.

— Ces derniers temps, tu as beaucoup fréquenté Amy. Dès qu'elle le pouvait, elle te choisissait pour cavalier. Pourquoi ne nous as-tu pas prévenus ? Pourquoi ne pas nous avoir dit qu'elle s'était épanouie aussi vite ?

Jeremy haussa les épaules.

— Aussi vite ? Tu devrais t'offrir des lorgnons, cousin. Ces vêtements que tante Charlotte l'obligeait à porter cachaient tout ce qu'il y avait à admirer. Un œil attentif…

Derek s'étrangla de rire.

— Seigneur, mon gars, c'est ta cousine ! On n'est pas censé remarquer ces choses-là chez sa cousine.

— Non ? fit Jeremy, sincèrement surpris. Et où est-il écrit… ?

— Demande à ton père, répliqua Derek avec un regard appuyé.

Jeremy soupira.

— Oui, tu dois avoir raison. Il me faisait des scènes incroyables dès que j'admirais un peu Regan.

Regan était leur autre cousine, celle qui avait été élevée par les quatre frères Malory. Seuls Jeremy et son père l'appelaient Regan, ce qui ne gênait nullement Derek, à la différence de son père et de ses deux autres oncles. Pour le reste de la famille, elle était Reggie, même si son vrai nom était Regina. La chère fille avait épousé Nicolas Eden, le meilleur ami de Derek, quelques années plus tôt.

— Je n'ai pas dit qu'Amy m'intéressait, précisa Jeremy, mais simplement que j'avais remarqué qu'elle avait pris des rondeurs exactement là où il fallait.

— Je l'avais remarqué, moi aussi, intervint alors Percy. D'ailleurs, j'attendais sa présentation avec impatience. J'ai dans l'idée de lui faire un brin de cour.

À ces mots, les deux jeunes cousins s'alarmèrent, réagissant exactement comme l'auraient fait leurs pères.

— Et pourquoi ferais-tu une chose aussi stupide ? demanda Derek. Amy est sous la surveillance de ses oncles. Ne te fais aucune illusion. Tu as vraiment envie d'avoir Anthony et James Malory à tes trousses, sans parler de mon père ?

Percy pâlit quelque peu.

— Bon Dieu, non ! Je n'avais pas pensé à ça. Fichtre, non !

— Alors, penses-y !

— Mais... mais je croyais qu'ils ne veillaient que sur Reggie, la femme de Nick. Ils ne se sont pas du tout occupés des deux sœurs aînées d'Amy, Clara et Diana.

— Clara n'attirait pas les noceurs comme toi, Percy, ils n'avaient donc aucun souci à se faire. Quant à Diana, oncle Edward a approuvé son premier choix, c'est pour cela qu'elle s'est mariée si vite. Contrairement à Reggie, elles avaient un père qui pouvait veiller sur elles. Les oncles ne se sentaient pas concernés.

Cette réponse rendit son optimisme à Percy.

— Eh bien, dans ce cas, il me suffira d'obtenir l'approbation de lord Edward et tout sera réglé.

— Ne compte pas là-dessus. À la différence de Clara et de Diana, Amy ressemble beaucoup trop à Reggie pour que Tony et James ne gardent pas un œil sur elle. Comme ils l'ont fait avec Reggie avant qu'elle épouse Nick. L'habitude, tu comprends...

(Soudain, Derek sourit en se retournant vers Jeremy.) Bigre ! tu as vu leur tête ce soir ? Ils n'en revenaient pas. Ils n'arrivaient pas à croire que c'était leur petite nièce. Ton père en est resté bouche bée ! Je n'aurais jamais cru ça possible.

Jeremy gloussa.

— Je crois que j'aurais peut-être dû le prévenir.

— Et moi avec, répéta Derek.

Jeremy haussa un sourcil, imitant à la perfection une des mimiques préférées de son père.

— Je ne pensais pas que tu étais aveugle au point de ne pas remarquer qu'Amy avait grandi. Mon père avait au moins l'excuse d'être, ô combien ! distrait par sa nouvelle épouse. Mais toi, quelle est ton excuse ?

— Je la vois rarement, se défendit Derek. C'est toi qu'elle appelle dès qu'elle a besoin d'une escorte.

La discussion menaçant de tourner à l'aigre, Percy tenta une suggestion :

— Je serais heureux de m'occuper de cette corvée en cas de besoin.

— Percy, tais-toi, s'exclamèrent en chœur les deux cousins.

Mais Derek fut le premier à se souvenir qu'il fallait décourager l'intérêt de Percy pour Amy. Il en revint donc à ce qui, il l'espérait, saurait refréner ses ardeurs. Se tournant à nouveau vers Jeremy, il demanda :

— Mais oncle James a été vraiment surpris de voir à quel point Amy avait changé ?

Jeremy comprit immédiatement ce qu'il cherchait.

— Oh ! oui. Je l'ai entendu soupirer avant de déclarer à Tony : « Et voilà, il va falloir qu'on recommence. »

— Et qu'a dit oncle Tony ?

Jeremy gloussa à nouveau au souvenir de cette scène.

— Tu dois t'en douter : « Mon cher frère, je te la laisse. Après tout, la nuit, tu n'as rien de mieux à faire que dormir dans ton lit. »

Percy trouva cela amusant et rit. Derek, lui, rougit. Ils avaient tous les deux parfaitement compris le sous-entendu. La jeune épouse de James Malory, Georgina, parvenait au terme de sa grossesse. On s'attendait que, d'un jour à l'autre, elle donne naissance à son bébé. Jeremy avait déjà confié à Derek que le docteur avait prévenu son mari de la laisser tranquille pour le moment. Derek en avait rougi... déjà. À la vérité, il ne pouvait oublier sa première rencontre avec la délicieuse Georgina. Cela se passait près d'une taverne des quais et elle fuyait. Elle lui était pratiquement tombée dans les bras et il avait eu terriblement envie de l'aimer cette nuit-là... jusqu'à ce que Jeremy le prévienne qu'il était en train d'essayer de séduire sa nouvelle tante.

Quant à Percy, il était étonné.

— Oh ! ce doit donc être pour cela, remarqua-t-il, que ton père est à nouveau au centre de tous les paris chez *White*.

— Je n'ai rien entendu dire de ce genre, répondit Jeremy.

— Ce n'est pas lui bien sûr qui a lancé un quelconque pari, expliqua Percy. Ce sont les autres qui parient sur lui. Ils pensent qu'il va déclencher au moins trois bagarres avant la fin de la semaine.

Jeremy explosa de rire.

Derek ne trouvait pas cela si drôle.

— Ne rigole pas, Jeremy. Quand oncle James se retrouve mêlé à une rixe, sa victime s'en sort généralement très mal. Ce bon vieux Nick pourrait te le confirmer : il a failli rater son propre mariage avec Reggie parce que ton père l'avait envoyé sur le tapis pour une bonne semaine.

Jeremy se calma : ce bon vieux Nick avait expédié son père en prison pour cette rossée.

Percy, ignorant qu'il avait réveillé de tels mauvais souvenirs chez les cousins, voulut en savoir davantage.

— C'est donc pour cela que ton père est de si mauvaise humeur en ce moment... parce que Georgie et lui ne peuvent pas... tu vois ce que je veux dire ?

— En réalité, répliqua Jeremy, cela n'a absolument aucun rapport, Percy. Mon père savait qu'il devrait faire abstinence quelque temps. Son frère Tony n'a-t-il pas vécu exactement la même chose il y a à peine deux mois ? Non, s'il a envie de broyer tout ce qui passe à portée de ses mains, c'est à cause de la lettre que Georgie a reçue de ses frères la semaine dernière. Ils vont tous venir assister à la naissance. Ils doivent arriver d'un jour à l'autre.

— Seigneur Dieu ! s'exclamèrent Derek et Percy.

— Pas étonnant, reprit Derek, qu'il m'ait sonné les cloches sans aucun motif hier.

— Je n'ai jamais vu un homme détester ses beaux-frères autant que James Malory, ajouta Percy.

— Pour ça, oui, renchérit Derek. Il déteste ces Américains encore plus que ce vieux Nick. Et ce n'est pas peu dire.

— Exactement, acquiesça Jeremy. Georgie a toutes les peines du monde à les empêcher de s'entre-tuer dès qu'ils se retrouvent dans la même pièce.

Ils exagéraient tous... un peu. En vérité, James avait conclu un pacte de non-agression avec ses beaux-frères avant qu'ils ne refassent voile vers l'Amérique, six mois plus tôt. Mais cela ne lui avait pas plu du tout. Il ne l'avait fait que pour Georgina... et parce qu'il comptait ne plus jamais les revoir.

Ils n'étaient pas tous si horribles, ces Américains. Derek et Jeremy avaient même emmené les deux plus jeunes Anderson faire un tour dans Londres. Et ils s'étaient entendus à merveille, surtout avec Drew Anderson, le joyeux drille de la bande. Boyd, le cadet, était beaucoup trop sérieux pour se mêler à leurs amusements. Mais c'était un autre des frères Anderson qui provoquait les foudres de James : celui qui avait voulu le pendre en Amérique l'année passée. Celui-là, James ne l'aimerait jamais, quoi qu'il arrive.

— Cela va être fichtrement difficile de vivre chez toi pendant les semaines qui viennent, remarqua Derek.

Jeremy adressa un large sourire à son cousin.

— Oh, je ne sais pas. Cela risque, au contraire, d'être sacrément intéressant à observer. Et j'ai l'intention de ne pas en perdre une miette, crois-moi.

2

À l'autre bout de Londres, dans la demeure qu'ils venaient d'acquérir sur Berkeley Square, Georgina et James Malory avaient, d'un commun accord, décidé de ne plus parler de l'arrivée imminente des frères Anderson, au moins pour le restant de la nuit. C'était un sujet de discorde entre eux. Et il y avait toutes les chances pour qu'il le reste à jamais. En toute justice, Georgina comprenait les sentiments de son mari. Après tout, ses frères l'avaient férocement rossé et enfermé dans une cave. Le plus furieux de la bande, Warren, l'aurait même pendu avec joie si on l'avait laissé faire. Il avait une excuse toute trouvée : James, le pirate, avait attaqué deux navires de la Skylark, la compagnie maritime qui leur appartenait. C'était la stricte vérité mais cela n'avait rien à voir avec la raison pour laquelle Warren avait voulu le faire passer de vie à trépas.

Warren avait utilisé ce prétexte parce que James Malory ne s'était pas contenté de compromettre

Georgina, il s'en était également vanté publiquement à Bridgeport, leur ville natale dans le Connecticut.

Oui, Warren était en grande partie responsable de l'animosité qui existait entre son mari et ses frères. Mais James n'était pas exempt de tout reproche. C'était lui qui avait, à l'origine, provoqué l'hostilité générale avec ses paroles acerbes. Sans compter qu'il avait délibérément ramené Georgina en Angleterre afin que ses frères l'obligent à l'épouser. Ce qu'ils avaient fait, bien évidemment. Mais Warren était toujours décidé à se venger.

Mais elle comprenait aussi le point de vue de Warren. Ses frères et lui-même en voulaient énormément aux Anglais, et ce même avant la guerre de 1812, en raison du blocus que ceux-ci imposaient à l'Europe et qui privait la Skylark de nombre de ses lignes maritimes habituelles. Il y avait eu aussi les nombreux navires de la Skylark que les Anglais avaient arraisonnés sous le prétexte d'y retrouver des déserteurs. Warren portait une petite cicatrice sur la joue gauche, souvenir de l'un de ces abordages. Les Anglais avaient voulu s'emparer de plusieurs membres de son équipage et il avait tenté de s'y opposer.

Non, aucun de ses frères ne vouait un amour immodéré aux Anglais et la guerre n'avait guère arrangé les choses. Il n'y avait donc rien d'étonnant à ce qu'ils estiment que James Malory, vicomte anglais, ancien débauché notoire de Londres et ancien pirate ne méritait pas d'épouser leur sœur unique. Si elle n'avait pas été folle amoureuse de son mari, ils ne l'auraient jamais laissée en sa compagnie quand ils les avaient enfin retrouvés à Londres. Et James le savait. Ce qui lui donnait une raison supplémentaire de ne pas éprouver de sentiments amicaux à l'égard de ses beaux-frères.

Mais James et elle n'en discuteraient pas ce soir. C'était un sujet trop délicat et ils avaient appris à ne pas aborder les sujets de discorde dans leur chambre à coucher. Ainsi, dans l'intimité de ce lieu, ils avaient tendance à consacrer leur énergie à tout autre chose qu'à leurs querelles.

James tenait Georgina dans ses bras tout en butinant sa peau nue... ce qui laissait penser qu'ils n'allaient pas tarder à faire l'amour. Elle trouvait d'ailleurs très amusant qu'il passât outre à toutes les bonnes recommandations des médecins et qu'il se livrât encore avec elle, jusqu'aux derniers jours de sa grossesse, à tous les plaisirs de la chair.

Même le fils de James, Jeremy, s'était laissé abuser car il lui arrivait souvent de prononcer ces quelques mots en guise de réconfort :

— Bah, par les cloches de l'enfer, que sont deux semaines d'abstinence quand on a passé des mois et des mois en mer sans jamais accoster ?

James avait adoré jouer cette petite comédie, exactement comme Anthony avant lui... jusqu'à ce que cette lettre arrive. Dès lors, sa mauvaise humeur n'avait plus été feinte. Et tout le monde, sans distinction, en avait souffert. James savait faire preuve d'une ironie dévastatrice. Georgina elle-même avait dû supporter quelques-unes de ses piques. Mais elle avait depuis longtemps appris à se venger en ne réagissant absolument pas, ce qui plongeait son mari dans des abîmes de rage et de vexation.

Pour le moment, il n'était pas vexé du tout. James était un homme tout à fait gai et heureux quand sa petite Georgie se trouvait à portée de ses mains. Et, en cet instant, elle était très, très accessible. Ses mains vagabondaient sur son corps délicieux, imitées par ses lèvres, tandis qu'il repensait au bal auquel ils venaient d'assister.

Un bal ! Jamais on n'aurait pu le traîner à un bal avant son mariage. Cependant, il convenait de bonne grâce que son statut d'époux exigeait de lui quelques concessions. Les anciens – c'est ainsi qu'Anthony et lui surnommaient leurs frères aînés – avaient insisté pour qu'il y assiste. Habituellement, cela n'aurait jamais suffi à le convaincre, puisqu'il n'obéissait généralement pas à leurs diktats. Mais Georgina avait elle aussi insisté et il adorait lui faire plaisir.

Pour tout dire, il s'y était beaucoup amusé, grâce à Anthony. Celui-ci n'avait pas cessé de faire les commentaires les plus ironiques sur chacun des jeunes coqs qui avaient dansé avec leur nièce, Amy. Anthony avait d'ailleurs pris bien soin d'annoncer en début de soirée :

— Celle-ci, mon vieux, je te la laisse. Tu n'étais pas là pour surveiller Reggie quand elle a fait son entrée dans le monde. À chacun sa part. Reggie m'a causé suffisamment de souci, surtout quand elle a décidé de donner son cœur à ce vaurien d'Eden. Elle m'a même interdit de tuer le bonhomme, ce qui est fort dommage, et maintenant il est trop tard puisqu'elle l'a épousé.

James avait toutes les raisons de ne pas apprécier Nicolas Eden mais c'était une autre histoire. En fait, Anthony et James s'étaient essentiellement opposés à ce mariage parce que Reggie clamait à qui voulait bien l'entendre que Nicolas lui faisait énormément penser à ses deux oncles. Un vaurien et un débauché comme eux n'était pas assez bien pour Reggie, pensaient-ils. Mais ni James ni Anthony ne pouvaient bien sûr reprocher quoi que ce soit à Nicolas Eden. Si ce garçon avait fait de sa première année de mariage un cauchemar, il s'était depuis transformé en véritable époux idéal. Et si ce garçon ne leur plaisait pas, c'était désormais pour une question de principe.

Et voilà qu'une autre de leurs nièces faisait son entrée dans le monde. À la différence de Reggie, qu'ils avaient en partie élevée car elle avait perdu ses parents à l'âge de deux ans, Anthony et James n'avaient pas pris part à l'éducation d'Amy. Cependant, avec ses cheveux de nuit et ses yeux incroyables, elle ressemblait tellement à Reggie qu'elle aurait pu être sa sœur. Et cela avait été décisif. Les instincts protecteurs d'Anthony s'étaient réveillés. Quant à James, il n'avait pas particulièrement apprécié de voir tous ces jeunes vauriens tourner autour d'Amy. En fait, cela lui avait coupé l'envie d'avoir une fille. Roslynn, l'épouse d'Anthony, venait à peine de donner naissance à une délicieuse petite Judith.

— Tu es réveillée, Georgie ? demanda-t-il d'une voix paresseuse.

— Nous sommes réveillés.

Il s'agenouilla devant elle. Ses deux mains descendirent doucement vers son ventre gonflé pour le masser tendrement. Le bébé lui envoya un coup de pied juste dans la paume. Il croisa le regard de Georgina en souriant avec un air bizarre, presque timide.

— Il a été gentil cette fois-ci, lui dit-elle.

Le sourire de James s'élargit.

— Alors, il sera prêt à monter sur le ring plus tôt que les autres !

— Il ? Je croyais que tu voulais une fille ?

Il ricana.

— J'ai changé d'avis après ce soir. Je n'ai pas envie d'être comme Tony et Eddie, fou d'inquiétude.

Georgina sourit, comprenant parfaitement à quoi il faisait allusion.

— Amy était exceptionnellement belle ce soir, n'est-ce pas ?

Il préféra ne pas répondre.

— Ce que j'aimerais savoir, c'est comment elle a pu se transformer ainsi sans que je m'en aperçoive. Alors que, ces derniers jours, elle a passé plus de temps ici que chez elle.

— Tu n'as rien vu parce que tu es son oncle. Tu n'étais pas censé te rendre compte qu'elle avait pris des formes voluptueuses. En outre, Charlotte a pris soin de lui faire mettre ces robes de petite fille boutonnées jusqu'au cou.

Une lueur passa dans les yeux verts de James tandis qu'une autre idée lui venait.

— Bon Dieu, tu crois que Jeremy s'en était rendu compte ? Que c'était pour cela qu'il était toujours prêt à lui servir de cavalier ?

Georgina éclata de rire, essaya de lui flanquer une petite gifle mais, encombrée par son ventre, elle ne put l'atteindre.

— Tu es incorrigible, James. Pourquoi faut-il que tu lui attribues toujours les pensées les plus lubriques ? Le pauvre garçon n'a que dix-huit ans, après tout.

Il haussa un sourcil doré. Un tic qu'elle détestait tant auparavant et qu'elle adorait maintenant.

— Le pauvre garçon ? dit-il. Mon fils ? À dix-huit ans, ce vaurien est déjà pire que bien d'autres à trente.

Jeremy faisait effectivement nettement plus mûr que son âge. De la même taille que son oncle Tony, il était plus grand que son propre père mais avait hérité du formidable thorax de ce dernier, ce qui le rendait fort impressionnant. Georgina cependant se refusait à mentionner cela devant James, qui était déjà outrageusement fier de son rejeton.

— Eh bien, tu n'as aucun souci à te faire à propos d'Amy et de Jeremy. Je sais qu'ils sont, en fait, devenus les meilleurs amis du monde. Ils sont du même âge, après tout. Elle aura dix-huit ans dans quelques semaines. Je suis un peu surprise que Charlotte n'ait pas attendu ces quelques semaines pour la présenter officiellement.

— J'imagine que le responsable en est Eddie. Il est beaucoup trop tendre avec ses filles. Et, en y réfléchissant bien, ce n'est pas de cela dont a besoin Amy actuellement.

Ce fut au tour de Georgina de hausser un sourcil.

— Oh ! Oh ! Tu vas donc surveiller ta nièce à sa place ?

— Aucune chance, répliqua-t-il assez sèchement. Moi, ma spécialité, ce sont les garçons. Et je vais être tellement occupé avec mon nouveau fils que je n'aurai pas une seconde à consacrer à la plus jeune fille d'Edward.

Georgina en doutait. Elle savait à quel point il avait pris au sérieux l'éducation de Reggie. À l'époque il se livrait à la piraterie, et ses frères, pour des motifs bien compréhensibles, lui avaient refusé la garde de sa nièce. Furieux, il avait kidnappé Reggie pour l'emmener quelques mois avec lui courir les mers. Cela lui avait valu de se faire désavouer par ses frères pendant plusieurs années. Cependant Reggie, l'orpheline, demeurait leur nièce préférée, elle était un peu leur fille à tous les quatre. Amy avait toujours son père, Edward, qui s'était jusqu'ici parfaitement débrouillé avec ses quatre autres enfants. Anthony et James la laisseraient peut-être tranquille… Hum, se dit Georgina, pessimiste : peu probable.

— Maintenant que tu as changé d'avis et que tu ne veux plus de fille, que fera-t-on si c'est une fille ?

Il déposa un baiser au milieu de son ventre avant de lui adresser un sourire malicieux.

— Eh bien, il faudra essayer et essayer encore, Georgie ma chérie.

3

À une rue à peine de Berkeley Square, Amy Malory se préparait enfin à se coucher. Dans le miroir de sa coiffeuse, tout en brossant ses longs cheveux noirs, elle observait sa mère, Charlotte, qui aidait la vieille Agnès à ranger ses affaires : une paire de bas, ses chaussures, les gants de soirée roses.

Elle avait envisagé de demander à son père d'avoir sa propre femme de chambre. Ses deux sœurs aînées, Clara et Diana, avaient bien eu la leur au moment de leur mariage. Amy, elle, devait se contenter des services de la vieille Agnès qui accompagnait Charlotte depuis sa plus tendre enfance. Amy aurait voulu quelqu'un de moins strict, de plus jeune, qui ne ronchonne pas tout le temps. Il était grand temps de... La brosse d'Amy s'immobilisa : comment pouvait-elle penser à de telles bagatelles alors qu'elle venait de vivre la journée la plus excitante de sa vie ?

En fait, il y avait eu une autre journée encore plus excitante. Une journée qu'elle n'oublierait jamais, une journée à laquelle elle n'avait pas cessé de penser ces six derniers mois. Ce jour-là, elle avait rencontré les frères de Georgina Malory et elle avait pris la décision audacieuse, ou complètement folle, d'épouser l'un d'entre eux. Et elle n'avait pas changé d'avis depuis. Le seul problème, c'est qu'elle ne voyait pas comment arriver à ses fins : l'homme qu'elle voulait était désormais retourné en Amérique et n'était jamais revenu en Angleterre.

Quelle ironie du destin ! Alors qu'elle attendait sa sortie dans le monde depuis toujours – et elle avait connu ce soir un succès mémorable –, elle n'avait, en fait, apprécié qu'une seule chose au cours de cette soirée : la conversation, ou plus exactement la dispute, qu'elle avait surprise entre tante Georgie et oncle James à propos d'une lettre. Elle avait très rapidement compris que les cinq frères de sa tante revenaient en Angleterre pour assister à la naissance de son premier enfant. Et cela avait provoqué un drame. Pour Amy, bien sûr, cela avait été la cerise sur le gâteau ! Un moment de pur délice !

Il revenait !

Elle allait avoir enfin l'occasion de l'éblouir avec son charme et son esprit, de se faire enfin remarquer. Ce qui n'était certainement pas arrivé lors de sa première visite. Il ne se souviendrait sûrement pas d'elle. Et pourquoi s'en souviendrait-il ? Paralysée par l'émotion, elle n'avait pas desserré les dents. Il n'avait pas dû être impressionné par sa vivacité d'esprit.

Amy avait mûri très tôt, à la fois physiquement et moralement. Pour elle, le fait de devoir attendre et attendre encore d'être prise au sérieux par les adultes avait été une terrible frustration. Et la patience n'était pas sa principale vertu. Elle pouvait se montrer très téméraire quand elle le décidait et d'une franchise stupéfiante. Elle n'était pas le moins du monde timide ou renfermée comme on le croyait généralement. Mais elle protégeait ses proches en dissimulant plus ou moins sa nature audacieuse afin de ne pas les choquer, ou même les décevoir par un comportement provocant. La provocation était parfaitement admise chez les hommes de la famille – Dieu savait combien les Malory étaient des noceurs invétérés ! – mais tout à fait inconvenante chez les dames de la même famille. Seul, Jeremy nourrissait quelques soupçons sur sa véritable nature. Elle s'était découvert une attirance profonde pour son cousin. Ils étaient devenus des amis si proches qu'elle se laissait aller avec lui à de nombreuses confidences.

Et elle ne cacherait rien non plus au frère de tante Georgie. En tout cas, pas cette fois. Elle était bien décidée à avoir toutes les audaces avec lui. Pas question de se laisser à nouveau bâillonner par toutes ces troublantes émotions : le temps lui était compté. Il ne resterait pas très longtemps en Angleterre : ce qui signifiait qu'elle n'aurait pas un millier d'occasions de le subjuguer. En fait, elle en aurait très peu.

Recueillir des informations sur son futur mari – Amy ne doutait absolument pas qu'il deviendrait son mari – l'avait conduite à se rapprocher de sa tante Georgie qui n'avait que quatre ans de plus qu'elle. Elle avait commencé à fréquenter Georgina alors qu'oncle James et elle résidaient encore chez oncle Tony. Puis, il avait fallu meubler leur maison de Berkeley Square et Amy s'était montrée toute disposée à les aider de son mieux. À chacune de ses visites, elle faisait subtilement dévier la conversation sur son sujet favori : les frères de Georgina. Ainsi, sa tante parlait d'eux sans qu'elle ait à lui poser la moindre question : Georgina, qui se languissait de ses frères, était ravie de raconter leur enfance, de relater les multiples incidents et aventures qui l'avaient émaillée.

Amy avait ainsi appris que Boyd, âgé de vingt-sept ans seulement, était très mûr. Drew, d'un an son aîné, était le charmeur de la famille, un fripon prêt à tout. À trente-deux ans, Thomas avait la patience d'un saint. Rien ne l'exaspérait jamais, pas même oncle James qui avait pourtant tout essayé pour cela. Warren venait juste d'avoir trente-six ans : c'était un être arrogant, le cynique de la troupe. Le lugubre, comme l'avait appelé Georgina, et un goujat avec les femmes. L'aîné de la bande, Clinton, avait quarante et un ans, et il était un homme sévère et terre à terre qui ressemblait beaucoup à Jason Malory, le chef du clan et troisième marquis de Haverston. En fait, ces deux-là s'étaient immédiatement entendus : ils avaient tant en commun, et notamment une horde de jeunes frères à surveiller et à maintenir dans le droit chemin !

Amy avait été quelque peu déprimée en découvrant que des cinq séduisants Anderson – et ils étaient tous exceptionnellement beaux – elle avait choisi le plus difficile. En fait, elle ne l'avait pas vraiment choisi. C'étaient les sentiments et les émotions qu'il avait éveillés en elle qui avaient choisi. Aucun de ses frères, ni même aucun des hommes qu'elle avait rencontrés ce soir-là – où pourtant la crème des célibataires de la bonne société se trouvait réunie – ne lui avait fait un tel effet. Et, après avoir entendu ses tantes Georgie et Roslynn évoquer ce qu'elles avaient éprouvé lors de leur première rencontre avec leur, futur mari, elle n'avait plus eu le moindre doute quant à la nature de ses sentiments.

C'était sa destinée. Elle possédait assez d'optimisme et de confiance en elle-même, particulièrement après le succès éclatant qu'elle avait remporté ce soir, pour penser qu'elle n'aurait aucun mal à parvenir à ses fins… Bon, peut-être un peu…

— Laisse-moi terminer, dit sa mère en venant lui prendre la brosse des mains. Tu dois être épuisée. Ce qui n'aurait rien d'étonnant. Je crois bien que tu n'as pas raté une seule danse.

L'aube se lèverait dans une heure à peine mais Amy n'était pas fatiguée. Elle était encore bien trop excitée pour trouver le sommeil. Cependant, Charlotte allait rester papoter pendant des heures encore si jamais elle le lui avouait. Elle préféra hocher docilement la tête.

— J'savais qu'elle ferait un malheur, grommela Agnès depuis la penderie en hochant son chignon gris. 'Savais qu'elle ferait honte à tes aînées, Lotte. Une bonne chose que tu les aies mariées avant de montrer celle-ci. J'te l'avais bien dit, non ?

Charlotte fronça les sourcils et son regard croisa celui de sa fille dans le miroir. À quarante et un ans, elle était encore fort séduisante. Nul cheveu gris ne venait ternir l'éclat soyeux de sa chevelure châtaine. Elle avait légué ses yeux marron à tous ses enfants sauf à Amy qui, comme Anthony, Reggie et Jeremy, possédait les cheveux de jais et les yeux couleur cobalt, légèrement bridés, hérités de leur arrière-grand-mère dont la rumeur prétendait qu'elle était une gitane. Oncle Jason lui avait une fois confié dans le plus grand secret que la rumeur disait vrai. Elle n'avait jamais su s'il plaisantait.

— J'imagine que tes sœurs auraient pu être un peu jalouses ce soir, dit Charlotte. Surtout Clara.

— Clara est trop heureuse avec son Walter pour se souvenir qu'il lui a fallu deux ans pour le dénicher. D'ailleurs, bientôt elle sera duchesse.

Charlotte sourit.

— Exact.

— Et même si je n'en ai pas été témoin… poursuivit Amy, qui n'acceptait toujours pas d'avoir attendu jusqu'à ses dix-huit ans pour faire sa sortie dans le monde alors que Diana, elle, avait été présentée dès ses dix-sept ans et demi… j'ai entendu dire que

Diana n'a pas manqué de soupirants, loin de là. Il se trouve simplement qu'elle est tombée amoureuse du premier qui est venu frapper à la porte.

— Parfaitement vrai, soupira Charlotte. Ce qui me fait penser que nous allons sûrement être bombardées de messages, visites et autres invitations dès demain. Ou plutôt dès aujourd'hui. Tu as suscité quelques espoirs ce soir. Tu devrais vraiment te coucher, sinon tu ne tiendras pas jusqu'au thé.

Amy gloussa.

— Oh ! ne t'en fais pas pour moi, mère. J'ai bien l'intention de profiter de toutes les attentions qu'on voudra bien me prodiguer... jusqu'à ce que l'homme que je choisirai vienne m'enlever.

— T'enlever, rien que cela ? gloussa sa mère. Tu commences à parler comme le fils de James.

— Par les cloches de l'enfer, tu crois ça ?

Sa mère éclata de rire.

— Arrête. Il vaut mieux que ton père ne t'entende pas imiter Jeremy. Il risquerait d'en toucher un mot à son frère. Et James Malory n'apprécie pas qu'on lui donne le moindre conseil. Même avec les meilleures intentions du monde. Je te jure que j'ai encore du mal à croire que ces deux-là soient frères tant ils sont différents.

— Père ne ressemble à aucun de ses frères mais il me plaît comme il est.

— Bien sûr, rétorqua Charlotte. Il te passe toujours tout.

— Pas toujours, ou sinon je n'aurais pas eu à attendre jusqu'à...

Le reste de sa plainte fut étouffée par sa mère qui se pencha pour la prendre dans ses bras.

— C'est moi la responsable de cela, mon trésor, et ne m'en veux pas d'avoir voulu garder mon bébé un peu plus longtemps avec moi. Tu as grandi si vite. Tu es la dernière mais, après le succès de cette nuit, je sais qu'un beau jeune homme ne va pas tarder à t'arracher à moi. Oh, je ne le regrette pas, bien sûr, mais cela risque d'arriver un peu trop vite à mon goût. J'ai bien peur que tu ne me manques encore plus que tes sœurs lorsque tu te marieras. Maintenant, va dormir un peu.

La confession de sa mère avait pris fin de façon si abrupte qu'Amy en fut surprise. Puis elle comprit que Charlotte était au bord des larmes. Amy soupira. Elle aussi était partagée entre l'espoir et la crainte. Charlotte souffrirait énormément si elle atteignait son but puisqu'elle s'embarquerait pour l'Amérique. Ce qui mettrait tout un océan entre elle et sa famille. Jusqu'à cet instant elle n'avait pas songé qu'être avec l'homme de son choix allait impliquer un tel déchirement.

Maudits sentiments. Pourquoi n'avait-elle pas jeté son dévolu sur un Anglais ?

4

— Pourquoi Judith ? demanda James à son frère. Pourquoi pas quelque chose de plus mélodieux comme Jacqueline ?

Ils se trouvaient tous les deux dans la nursery où Anthony passait l'essentiel de son temps quand il se trouvait chez lui. Aujourd'hui, pour changer, il avait sa fille pour lui tout seul car son épouse était partie rendre visite à son amie lady Frances. Nettie, cette harpie écossaise, qui avait fait partie de la dot de sa femme et qui avait décidé de prendre l'éducation de la petite Judith en main, s'était éclipsée. Anthony avait dû proférer les pires menaces pour obtenir ces quelques moments d'intimité avec sa fille. Il devait parfois se montrer très autoritaire dans sa propre demeure s'il ne voulait pas se laisser submerger par toutes les femmes qui y régnaient. James, quant à lui, pensait que Roslynn lui faisait faire ses quatre volontés.

— Et puis quoi encore ? fut la réponse d'Anthony. Pour t'entendre appeler ma fille Jack ? Tu es assez pervers pour cela. Pourquoi n'appellerais-tu pas la tienne Jacqueline ? Ainsi, c'est moi qui la surnommerais Jack.

— Dans ce cas, je ferais aussi bien de l'appeler Jack tout court.

Anthony ricana.

— Georgie n'apprécierait sûrement pas.

James soupira, abandonnant son idée.

— Non, sûrement pas.

— Et ses frères, encore moins, ajouta Anthony, avec un brin de perversité.

— Dans ce cas…

— Tu le ferais, pas vrai ?

— Je ferais n'importe quoi pour indisposer cette bande de rustres, déclara James avec une absolue sincérité.

Anthony éclata de rire, ce qui fit tressaillir Judith lovée dans le creux de ses bras. Elle ne pleura pas mais se mit à agiter gaiement les mains. Son père baisa un de ses minuscules petits doigts avant de se tourner à nouveau vers James.

Ils étaient aussi différents que le jour et la nuit, ces deux frères. Anthony, plus grand et beaucoup plus mince, possédait des cheveux noirs et des yeux bleus tandis que James, à l'instar de leurs deux autres frères, était blond, lourdement charpenté et ses yeux étaient d'un vert très pâle. Judith avait hérité de ses deux parents : elle aurait la glorieuse chevelure auburn de sa mère mais ses yeux étaient déjà du même bleu que ceux de son père.

— Tu crois que les Yankees vont rester longtemps, cette fois-ci ? s'enquit Anthony.

— Trop longtemps, répliqua James, irrité.

— Sans doute pas plus de deux semaines.

— C'est déjà deux semaines de trop.

Anthony pouvait taquiner James sur la venue imminente de ses beaux-frères - les deux frères n'aimaient rien tant que se disputer et se railler l'un l'autre - mais face à un ennemi commun, il le soutiendrait sans faillir. Cela dit, les Yankees n'étaient pas encore arrivés...

Il prit un air pensif tout en ricanant sous cape.

— Maintenant que vous avez emménagé, ils voudront sûrement séjourner chez vous.

— Que le diable les emporte ! Si je dois les voir tous les jours dès le petit déjeuner, ce sera plus fort que moi, j'en massacrerai un ou deux.

— Oh, allons, ils ne sont pas tous aussi terribles. Il y en a même un ou deux qui m'ont semblé tout à fait plaisants... et à toi aussi, si tu voulais bien l'admettre. Jason a beaucoup apprécié Clinton. Jeremy et Derek ont passé aussi de bons moments avec les deux plus jeunes.

James haussa un sourcil, promesse des pires cataclysmes si Anthony persévérait dans cette voie.

— Et quelqu'un a-t-il apprécié Warren ?

— Ce n'est pas ce que j'ai dit.

— Et tu ne pourras jamais le dire.

Ce qui aurait dû clore la discussion. Mais Anthony semblait ne pas comprendre les plus subtils avertissements.

— Ils ont agi exactement comme tu le désirais, vieux frère. Ils t'ont marié à leur petite sœur... ils ont même insisté. Alors, pourquoi ne peux-tu pas leur pardonner cette rossée qu'ils t'ont donnée ?

— La rossée était normale. Mais Warren a été trop loin en mêlant mon équipage à cette histoire et en voulant nous pendre.

— Réaction normale quand on a affaire à des pirates, répliqua Anthony sur un ton insouciant.

James fit un pas menaçant vers son frère avant de se souvenir du bébé qu'il tenait dans ses bras. Le sourire d'Anthony s'élargit en constatant son dépit : James allait devoir attendre encore un peu avant de lui écraser son poing sur la figure. Anthony était d'ailleurs bien décidé à profiter de cette situation.

— D'après ce que j'ai entendu dire, reprit-il, tu dois remercier les deux jeunes frères et Georgie. Ce sont eux qui ont empêché Warren de te faire passer de vie à trépas.

— Peu importe... et tu me dois une visite au gymnase de Knighton, ajouta James d'un ton éloquent. Nous avons tous les deux besoin d'un peu d'exercice.

Anthony s'esclaffa.

— Alors que tu es d'une humeur massacrante ? Très peu pour moi, merci. Je me contenterai des adversaires que Knighton me fournira.

— Mais ils ne tiennent pas le coup devant toi, mon cher.

— Exactement. Ma femme aime mon visage tel qu'il est. Elle n'apprécierait pas que tu me changes le nez de place avec ces espèces de marteaux que tu as à la place des poings. De plus, je voudrais que tu gardes un peu de ton agressivité pour les Yankees. Ça va être un sacré spectacle de vous voir tous ensemble.

— Tu ne seras pas le bienvenu chez moi, rétorqua James.

— Georgie me laissera entrer, répliqua Anthony avec confiance. Elle m'aime bien.

— Elle te tolère parce que tu es mon frère.

Ce fut au tour d'Anthony de hausser un sourcil moqueur.

— Et tu ne lui rends pas la pareille en ce qui concerne ses frères ?

— Mais si, mon vieux, mais si. Ils sont vivants, non ?

Quand James rentra chez lui un peu plus tard ce jour-là, il eut la surprise de voir Amy lui ouvrir la porte. Il ne l'avait plus revue depuis son premier bal la semaine dernière – le seul auquel il était tenu d'assister, Dieu merci. Il n'avait pas eu le temps de frapper, ce qui signifiait donc qu'elle l'attendait. C'était assez inhabituel pour l'alarmer.

Mais, n'étant pas homme à laisser transparaître ses craintes, James se contenta de demander :

— Où est Henri ? Ou bien est-ce Artie qui est de service aujourd'hui ? J'ai oublié.

Artie et Henri avaient fait partie de son équipage de pirates pendant des années. Quand il avait décidé de vendre le *Maiden Anne*, ils avaient choisi de prendre du service dans sa maison plutôt que de naviguer sur un bateau inconnu. Ils constituaient la paire de maîtres d'hôtel la plus invraisemblable qu'on puisse imaginer. Les deux bonshommes avaient en commun avec leur maître un exécrable sens de l'humour. Ils adoraient choquer. Les invités qui ne s'y attendaient pas étaient à chaque fois abasourdis par leurs manières pour le moins rudes.

— C'était Artie aujourd'hui, répondit Amy en refermant la porte derrière lui. Mais il est parti chercher le docteur. (Il se raidit avant de se ruer dans les escaliers.) Elle est au salon, lui cria-t-elle.

Il s'arrêta immédiatement.

— Au salon ?

— Elle prend son thé.

— Son thé ! explosa-t-il avant de se diriger droit vers le salon. (Dès qu'il aperçut son épouse, il s'exclama :) Par tous les démons de l'enfer, Georgie, qu'est-ce que tu fabriques, nom d'une pipe ? Tu devrais être au lit.

— Je n'ai pas envie d'être au lit et je prends mon thé, répondit Georgina avec un calme digne d'éloges.

— Alors, le bébé n'est pas en train de venir ?

— Si. Mais j'ai quand même envie de prendre mon thé. Tu veux te joindre à moi ?

James, stupéfait, resta coi quelques instants.

— Bon sang, Georgie, tu ne fais pas les choses comme il faut ! Tu vas aller te coucher sur-le-champ.

Amy entendit la réponse de sa tante.

— Que le diable t'emporte, James, calme-toi. J'irai me coucher et je hurlerai de douleur bien assez tôt. Je ferai tout *comme il faut*, mais pas avant d'être vraiment prête. Maintenant…

Soudain, ce fut le silence. Amy hésita à faire intrusion au salon. Elle n'avait jamais vu son oncle en proie à une telle fébrilité. Finalement, elle trouva le courage de s'avancer. Juste à temps pour voir Georgina se tordre de douleur et son mari complètement désemparé. Il s'était assis près d'elle et lui tenait la main. Il était aussi pâle que le divan de soie ivoire sur lequel il se tenait.

— Quand les contractions ont-elles commencé ? demanda-t-il quand elle eut enfin retrouvé son souffle.

— Ce matin…

— Ce matin !

— Si tu comptes me demander pourquoi je ne t'en ai rien dit avant que tu sortes, tu n'as qu'à t'écouter pour avoir ta réponse. Maintenant, lâche-moi, James, que je puisse finir mon thé. Amy vient à peine de me le servir.

— Amy ! rugit-il. À quoi penses-tu, satanée fille ? Servir du…

— Je t'interdis de t'en prendre à Amy ! déclara Georgina en lui flanquant un solide coup de poing dans le gras de l'épaule. Je voulais faire le ménage, si tu veux le savoir, mais elle m'a convaincue de prendre un thé à la place. Et si tu n'as pas envie de thé, prends un verre mais, au nom du Ciel, arrête de hurler comme ça.

James la lâcha et se mit à se masser le front. Georgina en profita aussitôt pour s'emparer de sa tasse de thé. Comme si son enfant n'allait pas naître d'une minute à l'autre !

Au bout d'un moment, James s'éclaircit la voix.

— Je suis désolé, dit-il sans s'adresser à personne en particulier. Je n'ai pas connu tout cela avec Jeremy. Je crois que je préfère qu'on me les amène presque adultes en me disant que je les avais semés quelque part en route. Non, je ne le crois pas, j'en suis sûr.

Amy eut pitié de lui et expliqua :

— J'aimerais vraiment rester à ses côtés jusqu'au bout mais je sais que cela provoquerait un terrible scandale – mon innocence, vous comprenez… Aussi, j'ai envoyé chercher ma mère et tante Roslynn, et Reggie aussi. À elles trois, elles devraient se débrouiller pour lui faire faire les choses comme il faut.

Georgina se laissa suffisamment attendrir pour ajouter :

— Pour le moment, c'est vraiment facile, James. En fait, je pense que tu ferais mieux de prendre un verre et te soûler avant que le plus dur commence. Ou alors fais-toi discret. Je comprendrais parfaitement que tu ailles attendre à ton club.

— Je suis sûr que tu comprendrais. Et moi aussi, je comprendrais. Mais je veux rester ici au cas où tu aurais besoin de moi.

Amy avait deviné qu'il répondrait cela. Et Georgina aussi car elle se pencha pour l'embrasser avec un sourire radieux. Puis, on frappa à nouveau à la porte.

— Les enfants arrivent, annonça Amy.

— Ah ! fit James, soulagé. Charlotte va te mettre au lit en deux temps trois mouvements, Georgie. J'en prends le pari.

— Charlotte a donné naissance à deux fils et à trois filles, James, elle me comprendra parfaitement... et si tu n'arrêtes pas de radoter à propos de ce lit, j'aurai ce bébé ici, en plein milieu du salon. Crois-moi !

Amy quitta la pièce, le sourire aux lèvres. D'après Georgina, oncle James avait très bien pris sa grossesse. Qui aurait pensé qu'il craquerait au dernier moment ? Elle aurait dû aussi envoyer chercher Anthony. Bah, il risquait sans doute de venir avec Roslynn. Il avait dû encaisser les féroces plaisanteries de James lors de la naissance de Judith. Il était resté assis pendant tout le travail, plus ou moins hébété, jusqu'à ce que ce soit terminé, tandis que James ironisait sur son état. Il ne manquerait pas de venir voir comment s'en sortait son frère dans les mêmes circonstances.

Mais, quand elle ouvrit la porte, elle eut la surprise de se retrouver nez à nez avec les cinq frères de Georgina. Et – ô passion ! – Amy en perdit une nouvelle fois l'usage de la parole.

5

— Eh bien, bonjour, bonjour, lança Drew Anderson avec un large sourire aux lèvres. Amy, c'est ça ? Non, attendez *lady* Amy puisque votre père est comte ou quelque chose comme ça. Derek disait que le vieux roi lui avait offert ce titre en échange d'un service que votre père lui aurait rendu. Ai-je bonne mémoire ?

Amy, stupéfaite qu'il se souvienne seulement de son existence, ne put que bredouiller :

— Un conseil financier. Mon père a un don incroyable pour les affaires et tout ce qui touche à l'argent.

Elle n'était pas loin de penser que ce don était héréditaire. C'est pourquoi elle ne pariait jamais avec des membres de sa famille ou des amis car elle ne perdait jamais.

— Voilà un don que nous devrions tous posséder, poursuivit Drew tandis que ses yeux noirs glissaient le long de sa robe avant de remonter vers son visage. Mais regardez-moi ça, ajouta-t-il avec ravissement. Comme vous avez grandi ! Vous êtes splendide.

Contrairement à toute autre fille de son âge, elle ne fut ni gênée, ni embarrassée par ce compliment. Elle savait fort bien qu'il était celui des cinq frères qui avait un amour dans chaque port, elle comprenait donc qu'il ne fallait pas le prendre trop au sérieux.

Elle effleura du regard son futur mari chez qui elle ne détecta que de l'impatience et de la mauvaise humeur. Ce qui fut amplement confirmé quand il s'exclama !

— Au nom du Ciel, Drew, tu n'es pas tout seul ! Épargne-nous tes ronds de jambe et tes flatteries.

— Bonne idée, fit Boyd. Puisque nous sommes venus jusqu'ici, j'aimerais voir Georgie.

Drew, fidèle à sa nature, ne manifesta pas la moindre contrariété. Quant à Amy, maintenant qu'on venait de lui rappeler la raison de cette visite, elle était soudain embarrassée. Elle leur barrait la route. Et, plus grave encore, il lui sembla que l'irritation de Warren envers son frère s'était déplacée sur elle.

Il n'y avait pas à en douter, à en juger par le regard noir qu'il lui lançait. Ce n'était pas juste, se dit-elle, révoltée.

Rassemblant toute sa dignité, elle s'écarta et déclara :

— Entrez, messieurs. Vous êtes les bienvenus dans cette maison.

Ils entrèrent : un véritable défilé de montagnes humaines ! Deux d'entre eux mesuraient seulement un mètre quatre-vingts mais les trois autres arrivaient sans peine au mètre quatre-vingt-dix. Deux possédaient la chevelure sombre de Georgina mais les autres frères avaient une teinte plus dorée. Deux paires d'yeux marron, deux autres d'un vert si léger qu'il faisait penser à des feuilles de tilleul. Seul Drew avait des yeux si sombres qu'ils semblaient noirs. Et ils étaient tous bien trop séduisants pour qu'en leur présence une jeune fille garde son calme bien longtemps.

Dès qu'ils furent dans le hall, Drew rugit de sa plus belle voix de capitaine de navire :

— Georgie, ma fille, où es-tu ?

Ce à quoi un autre rugissement répondit depuis le salon :

— Par tous les satanés démons de l'enfer ! Pourquoi faut...

Georgina interrompit son mari :

— Par ici, Drew. James, sois poli.

Les Anderson se mirent en marche vers le salon. Amy se glissa derrière eux et s'installa sur une chaise un peu en retrait d'où elle put observer les retrouvailles sans se faire remarquer. Pendant un bon moment, ce ne furent que rires, étreintes et baisers... entre les Anderson. James s'était lui aussi porté à l'écart, se tenant devant la cheminée, les bras croisés et la mine de plus en plus maussade à chaque seconde qui passait. Mais, et c'était stupéfiant, il gardait son calme, ne désirant nullement mettre un terme au plaisir évident de son épouse. Pas un des frères ne le salua. Plusieurs semblèrent vouloir le faire mais furent immédiatement découragés par son évidente mauvaise humeur.

Amy ne quittait pas Georgina des yeux. Ses contractions se multipliaient mais elle n'en laissait rien paraître, se raidissant simplement un peu ou s'interrompant parfois au milieu d'une phrase. James ne remarquait rien, Dieu merci, sinon il se serait à nouveau déchaîné dans le salon. Les frères ne remarquaient rien non plus et, visiblement, Georgina tenait à ce qu'il en soit ainsi. Ils lui avaient trop manqué pour qu'elle se sépare d'eux aussi vite.

Amy les observait aussi. Elle ne pouvait s'en empêcher. Ils rivalisaient de prévenances pour gagner l'attention de leur sœur. Il était rare qu'ils se retrouvent ainsi réunis. Ils étaient tous marins, tous capitaines de leur propre navire, à l'exception de Boyd qui n'assumait pas encore une telle responsabilité. Ils la taquinaient sans vergogne sur son embonpoint et son soi-disant accent anglais. Mais elle ne se laissait pas faire : elle reprocha à Boyd et à Warren ne pas s'être fait couper les cheveux depuis leur dernière rencontre. Il était évident que tous les cinq l'aimaient profondément. Même Warren le taciturne avait le regard plein de tendresse dès qu'il contemplait sa sœur.

À deux reprises, James appela Georgina sur un ton d'avertissement. Mais, à chaque fois, elle le coupa avec un « pas encore, James » et reprit sa conversation avec ses frères. Seul Thomas commençait à paraître préoccupé par l'attitude de James. Les autres faisaient de leur mieux pour l'ignorer.

Puis un autre coup retentit à la porte. Les retrouvailles allaient prendre fin. James parut immensément soulagé.

Georgina ne le fut pas. Elle croisa le regard d'Amy et lui dit :

— Je ne suis pas encore prête, Amy. Tu veux bien ?

Cette déclaration mystérieuse laissa les frères perplexes et Thomas, l'intuitif, demanda à sa sœur :

— Pas prête pour quoi ?

Georgina éluda la question et aborda un nouveau sujet de conversation. Mais Amy avait parfaitement saisi ses intentions : elle adressa à sa tante un sourire rassurant. Trois des frères la suivirent des yeux quand elle quitta la pièce mais *il* ne prit même pas garde à elle.

Les nouveaux arrivants étaient Roslynn et Anthony. Amy sut qu'il serait inutile de mentionner le souhait de Georgina. Mais elle devait quand même essayer. Elle le fit en chuchotant.

— Les frères de tante Georgina viennent d'arriver mais elle ne veut pas qu'ils sachent que ses douleurs ont déjà commencé. Donc, si vous pouviez éviter d'en parler... ?

Roslynn opina mais Anthony se contenta de sourire et quiconque connaissait Anthony Malory aurait su qu'il ne tiendrait pas sa langue. Amy soupira et les conduisit jusqu'au salon : elle n'avait pas le pouvoir d'interdire l'accès de la maison à son oncle. D'un clin d'œil, elle confirma à Georgina qu'elle avait bien transmis son message. Mais Georgina connaissait Anthony et elle ne fut donc pas surprise de l'entendre déclarer d'emblée :

— Alors, Georgie, tu veux lancer une nouvelle mode ? Donner naissance à ton bébé devant toute la famille réunie et dans le salon, par-dessus le marché.

Georgina lança un regard furibond à son maudit beau-frère.

— Je ne veux rien lancer du tout, espèce d'âne !

Toute tentative de diversion était désormais inutile : Thomas savait lire entre les lignes et il avait parfaitement compris de quoi il retournait.

— Pourquoi n'as-tu rien dit, Georgie ? lui reprocha-t-il gentiment.

— Mais que se passe-t-il ici, bon sang ? s'exclama Warren.

— Rien, dit Georgina.

Mais Thomas annonça calmement :

— Elle va avoir son bébé.

— Mais bien sûr qu'elle...

— D'une minute à l'autre, Warren, expliqua Thomas avant de se retourner vers sa sœur. Pourquoi n'es-tu pas au lit ?

— Bon Dieu ! soupira James avec force. C'est bien la première fois que j'entends un Anderson dire quelque chose de sensé.

Les cinq frères se ruèrent sur elle pour la réprimander et Anthony, comme prévu, s'installa dans un fauteuil pour rire comme un bossu.

Georgina finit par exploser.

— Que le diable vous emporte ! Vous allez me laisser tranquille à la fin. S'il y en a bien une qui sait quand ce bébé naîtra, c'est moi ! Warren, repose-moi !

Mais Warren, qui l'avait soulevée du divan et se dirigeait déjà vers la porte, ne l'entendit pas de cette oreille. Sans même se donner la peine de lui répondre, il poursuivit son chemin. Georgina savait qu'il serait désormais inutile de protester.

James s'était immédiatement lancé à leur poursuite. Amy, connaissant ses sentiments à l'égard de cet Anderson en particulier, redouta une altercation dans l'escalier. Elle bondit pour lui barrer la route, déclarant vivement :

— Du moment qu'elle va dans sa chambre, c'est bien la seule chose qui compte, non, oncle James ? Peu importe comment !

James la regarda à peine mais s'expliqua néanmoins.

— Je n'allais pas l'arrêter, ma chère petite, mais c'est le seul frère à qui on ne peut vraiment pas se fier. Si jamais il pense que c'est pour son bien et si Georgie s'entête encore, il est capable de sortir sa ceinture pour lui flanquer une fessée.

Amy en resta bouche bée. Pourquoi disait-il une chose pareille ? Cela ne pouvait pas être vrai. Seule son aversion à l'égard de Warren avait mis de tels mots dans sa bouche. Cet Américain ne s'imaginait quand même pas qu'une fessée était la réponse à l'entêtement d'une femme ! D'ailleurs, elle n'était pas entêtée. Pas du tout. Une fessée ? Ah, maudits soient ces sentiments qui lui avaient fait choisir ce frère en particulier ! Pourquoi pas Drew, qui avait su remarquer qu'elle avait mûri et qu'elle était jolie ? Une fiancée dans chaque port... elle aurait su le rendre à la raison. Mais ça, c'était le bouquet ! Car elle savait déjà que Warren n'avait pour les femmes qu'une froide indifférence.

À l'étage, James s'arrêta sur le seuil de leur chambre que Warren avait évidemment trouvée sans l'aide de Georgina. Il observa le frère qui empilait les oreillers derrière le dos de sa sœur avant de la couvrir gentiment avec les couvertures. James aurait vraiment préféré qu'il n'aime pas autant sa sœur et qu'elle ne l'aime pas autant. Cette affection mutuelle le paralysait : impossible pour lui de donner à ce sinistre individu le châtiment qu'il méritait.

— Ne sois pas en colère, Georgie, déclara Warren. Ce n'est pas vraiment le moment de prendre le thé au salon.

Georgina était encore très remontée.

— Ce qui ne vous a même pas effleuré l'esprit, bande de demeurés, c'est que ça risque de durer des heures et des heures et que j'aurais préféré ne pas passer toutes ces heures dans une chambre étouffante. Au cas où vous ne l'auriez pas remarqué, c'est l'été. Grâce à vous, je n'ai plus rien d'autre à faire que rester là à attendre...

Warren pâlit.

— Si jamais il t'arrive quelque chose, je le tuerai.

— C'est exactement ce que j'ai besoin d'entendre maintenant, répliqua Georgina. Écoute, si tu es incapable de te maîtriser, je te suggère de retourner à bord du *Nereus*. Je t'enverrai chercher quand tout sera terminé.

— Je reste, répondit-il, le front têtu.

— Je ne préférerais pas, insista-t-elle. Je n'ai aucune confiance en James et toi. Si je ne suis pas là pour vous surveiller, je suis prête à parier que vous allez vous entre-tuer.

— Je reste.

— Eh bien, reste, alors ! s'exclama-t-elle, à bout de patience. Mais promets-moi qu'il n'y aura pas de dispute. Je suis sérieuse, Warren. Tu dois me donner ta parole. Je ne veux pas me faire du souci à propos de vous deux dans un moment pareil.

— Très bien, acquiesça-t-il à regret.

— Et cela signifie aussi que tu ne t'emporteras pas si jamais James dit quelque chose qui ne te plaît pas. Tu imagines bien qu'il va être mort d'angoisse. Il ne sera pas lui-même aujourd'hui.

— J'ai promis, bon sang, grogna Warren.

Alors seulement, sa sœur lui sourit.

— Essaie de ne pas t'inquiéter, lui dit-elle. Tout se passera très bien.

Il opina avant de se diriger vers la porte… pour se figer sur place en découvrant enfin son beau-frère. James l'observait pensivement. Quelle malchance ! Pour la première fois, il aurait pu se venger à loisir du bonhomme. Et voilà qu'au moment même où il avait quelques bonnes remarques bien senties à lui adresser, il ne pouvait pas le faire… pas avec Georgina allongée là et qui les surveillait avec anxiété.

Il se stupéfia lui-même en déclarant :

— Je n'aurais jamais cru devoir vous remercier de quoi que ce soit, Anderson. Merci. Elle ne m'aurait jamais écouté.

Warren n'était pas moins étonné que James.

— Vous auriez dû insister, fit-il assez mollement.

— Oui, eh bien, voilà en quoi nous différons, mon vieux. Je ne me dispute pas avec une femme enceinte, surtout quand il s'agit de ma femme. Elle aurait pu me demander de démolir cette maison avec mes mains nues, je l'aurais fait avec la plus grande joie.

Warren hocha un menton désapprobateur.

— L'indulgence n'est pas toujours profitable.

James gloussa en se massant le cou.

— Parlez pour vous, Yankee. Quant à moi, je la trouve très profitable.

Le double sens fit rougir Warren.

— Bon sang, gronda-t-il, je parlais de sa santé et non...

— Oh, laissez tomber, Anderson, le coupa James avec impatience. Je sais ce que vous vouliez dire. Et elle ne serait pas restée très longtemps au salon, je puis vous l'assurer. Même si ça vous chagrine de l'admettre, je sais prendre soin de mon épouse. Maintenant, laissez-nous. J'aimerais passer quelques instants au calme avec elle. Nous n'en aurons plus l'occasion de sitôt.

Fidèle à sa promesse, Warren ne prononça pas un mot de plus et quitta la pièce. James se tourna vers sa femme qui ne semblait pas particulièrement contente de lui.

Il haussa un sourcil pour demander d'un air innocent :

— Quoi ?

— Tu aurais pu te montrer un peu plus aimable avec lui.

— Ah, Georgie, je ne peux pas être plus aimable que cela et tu le sais parfaitement. Bon, que puis-je faire pour toi maintenant avant que Charlotte n'arrive et ne me chasse ?

— Tu peux venir avec moi sous ces couvertures et souffrir un peu, répliqua-t-elle, maussade, avant d'ajouter d'une toute petite voix : et me tenir dans tes bras, James. Je commence à avoir un peu peur.

Il lui obéit sur-le-champ, dissimulant ses propres craintes pour assurer d'un ton ferme :

— Tu n'as aucun souci à te faire.

— Facile à dire pour toi, rétorqua-t-elle.

— Tu as de qui tenir, lui rappela-t-il. Ta mère a eu six bébés. Et, bon Dieu, ce devaient être déjà de fameux monstres !... à l'exception de l'un d'entre eux.

— Ne me fais pas rire, James.

— Pourquoi ?

— Ça me fait un peu mal.

— Georgie...

— Chut, je vais bien. Ce n'est pas encore bien terrible et tu as raison. J'ai de qui tenir. (Elle poussa un long soupir théâtral.) Voilà ce que nous autres femmes devons endurer. Ah, j'aimerais bien voir, ne serait-ce qu'une seule fois, un homme subir les mêmes souffrances.

— Georgie, tu blasphèmes ! Veux-tu donc voir la fin de la race humaine ?

Elle gloussa.

— Oh, je ne sais pas. J'ai l'impression que toi, tu pourrais le supporter. Mais je n'en dirais pas autant des autres hommes de ta famille. Et je ne parle pas de la mienne. Ah, il y a peut-être Drew : les autres disent qu'il rigole quand il reçoit un coup. Il se peut qu'il supporte assez bien la douleur. Bien sûr, cela ne fait que deux hommes sur une dizaine. Je suis donc d'accord avec toi. La race s'éteindrait sûrement si on laissait le soin aux hommes de la perpétuer.

— Tu n'as pas besoin de prendre un air aussi suffisant, grommela-t-il.

— Oh, je me contentais de considérer cette hypothèse. Après tout, nous autres femmes n'avons pas vraiment le choix. Et il est certain que, grâce à nous, la race ne s'é…

— J'ai compris, la coupa-t-il sèchement avant de demander plus tendrement : Tu te sens mieux ?

Elle sourit.

— Oui.

6

Warren Anderson faisait les cent pas devant la cheminée sans cesser de surveiller la pendule. Il était 3 h 45 du matin. Si Georgina n'en finissait pas bientôt, il allait… Il ignorait ce qu'il ferait. Fracasser le crâne de James Malory, probablement. L'idée était loin d'être inintéressante. Non, il ne pouvait pas. Maudite promesse ! Cela dit, même si on lui tapait dessus avec un marteau, James ne le remarquerait sans doute pas. Le bonhomme semblait dans un état absolument lamentable.

Mon Dieu, il était bien content de ne pas avoir été présent quand la femme de Clinton avait eu ses deux bébés. À chacune des naissances, il effectuait un de ses voyages en Chine. Voyages qui pouvaient durer de deux à quatre ans : tout dépendait de l'humeur du seigneur de la guerre local. Mais la Skylark ne ferait plus voile vers la Chine désormais. Le très puissant seigneur Zhang Yat-sen regrettait un pari malheureux et seul le sang des Anderson pouvait calmer sa soif de vengeance. Cette nuit-là à Canton,

Zhang Yat-sen avait tenté de mettre fin à leurs jours en envoyant ses sinistres sbires à la poursuite de Clinton et de Warren avec ordre de ramener leurs deux têtes et son précieux vase antique. Vase que Warren venait à peine de gagner lors d'une malheureuse partie de dés. S'il n'avait pas été aussi soûl ce soir-là, jamais il n'aurait parié son navire contre ce vase, malgré son inestimable valeur. Mais il l'avait fait. Et puisqu'il avait gagné, il comptait bien garder son prix.

Clinton était du même avis. La possession de cet extraordinaire bibelot, gagné de façon parfaitement régulière, avait mis un terme à leur commerce avec la Chine. Il était tout simplement impensable de causer un quelconque déplaisir à un homme tel que Yat-sen qui disposait de pouvoirs quasi divins et en faisait un usage violent. Cette nuit-là, grâce à l'intervention de leurs équipages, Clinton et Warren avaient été sauvés de justesse.

Warren ne regrettait pas ces traversées vers la Chine. Il en avait assez de ces périples interminables qui le retenaient si longtemps à l'autre bout du monde. S'il avait été plus présent chez lui, Georgina ne se serait peut-être pas retrouvée entre les griffes d'un James Malory. Il consulta la pendule.

4 heures du matin.

Cela pouvait-il durer encore longtemps ? Quelqu'un, sans doute cette petite, Amy, avait dit que les douleurs de Georgina avaient commencé à 10 heures du matin la veille… et qu'elle n'avait pas voulu en parler à son mari pour ne pas l'inquiéter.

James avait donc quitté la maison et ne s'était rendu compte de l'état de sa femme qu'en rentrant en fin d'après-midi, juste avant leur arrivée. Était-il normal que cela dure aussi longtemps ? Il y avait sûrement un problème. Et ce n'était pas parce que le médecin descendait de temps à autre pour leur assurer que tout se déroulait normalement qu'il allait le croire.

Warren continua à faire les cent pas. James continua à faire les cent pas. Cela ressemblait à un ballet parfaitement réglé. Par miracle, ils ne se retrouvaient face à face qu'une cinquantaine de fois par heure ! Ils s'évitaient de justesse, sans échanger le moindre mot, sans se jeter le moindre regard.

Drew faisait les cent pas dans le couloir. Clinton était assis, mais ses doigts pianotaient à toute allure sur les bras de son fauteuil. Il n'avait pas été présent lors de la naissance de ses deux enfants, cela était donc nouveau pour lui mais il supportait l'attente beaucoup mieux que tous les autres, à l'exception de Thomas.

Boyd, affalé dans le sofa, n'était plus de ce monde. Il avait avalé à lui tout seul une bouteille entière de cognac : un alcool bien plus fort que ceux auxquels il était habitué. Warren avait essayé de l'imiter : il aurait volontiers voulu s'enivrer. Mais, à chaque fois, il posait son verre quelque part et l'oubliait.

Thomas se trouvait à l'étage, arpentant le couloir devant la porte de Georgina. Il serait ainsi le premier à savoir quand ce serait terminé. Warren l'avait rejoint mais les premiers hurlements lui avaient donné des sueurs froides. Il s'était mis à trembler. Charitable, Thomas l'avait ramené au salon.

Cela se passait cinq heures auparavant. Depuis, sa sœur vivait un véritable enfer… à cause de James Malory. Warren esquissa un pas vers son beau-frère avant de surprendre le regard d'Anthony posé sur lui. L'Anglais haussa un sourcil d'un air amusé et inquisiteur. Sa promesse. Il ne devait pas oublier cette satanée promesse !

Anthony avait passé la nuit à essayer tous les sièges du salon. Il ne faisait strictement rien sinon les observer tous à tour de rôle. Il avait bien un verre de brandy à la main mais il n'y goûtait que rarement. Plusieurs fois, il avait tenté de le glisser dans la main de James mais ça n'avait pas marché. James lui avait annoncé une bonne fois pour toutes quelques heures plus tôt qu'il ne voulait pas de son « fichu » verre.

Anthony avait aussi essayé d'entraîner son frère dans une conversation. Ou, pour être plus précis, il s'était moqué de lui, lui lançant de tels sarcasmes au visage qu'à la place de James, Warren lui aurait écrasé son poing sur la figure. Mais James n'avait pas bronché, se contentant de marmonner de temps à autre : « Mais ça ne va donc jamais finir ! » ou : « Je ne la toucherai plus jamais ! » et même une fois : « Seigneur, je t'en supplie ! » À un autre moment il avait demandé à Anthony : « Emmène-moi dehors et mets-moi une balle dans la tête. »

Warren s'en serait volontiers chargé. Mais Anthony s'était esclaffé avant de dire à son frère :

— C'est ce que je voulais moi aussi, mon vieux, mais d'ici peu tu n'y penseras plus et elle non plus. Tu peux me croire.

Trois autres Malory étaient arrivés peu après que Warren eut porté Georgina dans son lit. Edward était venu avec sa femme, Charlotte, qui était montée tout droit dans la chambre. On ne l'avait pas revue depuis. Puis une autre nièce, Regina Eden, les avait suivis de peu. Elle aussi s'était précipitée dans la chambre mais elle faisait des apparitions périodiques pour affirmer à son oncle James que tout se déroulait normalement, que Georgie se débrouillait à merveille. La dernière fois, elle avait ajouté sur un ton espiègle :

— Mais tu ne serais pas ravi d'entendre ce qu'elle pense de toi en ce moment.

Edward avait joué aux cartes avec sa fille mais se consacrait à présent à un solitaire, ignorant la tension dans la pièce. Il avait vécu cette scène trop souvent pour se laisser impressionner. La fille, Amy, était blottie dans un immense fauteuil, tranquillement endormie, le menton posé sur la paume de sa main. Elle avait veillé à ce qu'on leur serve quelque chose à manger en début de soirée puis à nouveau vers minuit mais personne n'avait faim.

Une jolie fille, cette Amy. Non, mieux que cela... belle, même. À chaque fois qu'il regardait vers elle, il la surprenait à baisser les yeux comme si elle avait été en train de l'observer. Dommage qu'elle soit une Malory... Bon sang, qu'allait-il imaginer ? Elle était beaucoup trop jeune pour lui. Elle correspondait davantage au style de Drew et ce jeune bon à rien serait ravi de goûter ce beau fruit si jeune... si jamais il parvenait à franchir le barrage que ses oncles ne manqueraient pas de dresser devant lui.

4 h 15.

Warren décida subitement que plus jamais il ne revivrait un moment pareil. D'ailleurs, il n'était pas question qu'il se marie et qu'il ait des enfants. Les femmes étaient les créatures les plus perfides de l'univers. On ne pouvait les croire, on ne pouvait leur faire confiance. S'il n'éprouvait pas parfois un besoin parfaitement primaire, il se passerait volontiers de leur compagnie.

Sa sœur était la seule exception, la seule femme pour laquelle il éprouvait de l'affection. Si jamais il lui arrivait quelque chose...

Un autre Malory avait fait une brève apparition au cours de la soirée : le fils de James, Jeremy. Il avait été tout excité en apprenant la nouvelle.

Avec un bel égoïsme, il ne comprenait pas que les réjouissances ne soient pas déjà commencées. Mais un seul regard vers son père hagard l'avait promptement calmé. Il s'était aussitôt esquivé en lançant :

— Je vais chercher Connie.

On ne l'avait plus revu. Nul doute que l'ambiance qui régnait dans le salon était trop déprimante pour un gamin aussi exubérant.

Warren n'avait pas bronché en entendant prononcer le nom de Connie. Il savait qu'il s'agissait du meilleur ami de James Malory... et d'un ancien pirate. Il avait déjà rencontré Conrad Sharpe chez Anthony, cette nuit-là, lors de cette réunion qui devait, soi-disant, mettre un terme à ses différends avec James, pour le bonheur de Georgina.

4 h 30.

Enfin, Regina apparut avec Drew et Thomas sur ses talons. Elle traversa tout le salon vers son oncle sans rien dire. Mais le sourire qui illumina son visage quand elle regarda James était parfaitement éloquent. Leurs prières n'avaient pas été vaines. Des exclamations de joie retentirent, réveillant Amy et tirant même Boyd de sa stupeur éthylique. Mais James restait muet, retenant son souffle. Ce sourire éblouissant ne lui suffisait pas : il avait besoin d'entendre des mots.

Regina le prit dans ses bras.

— Tu as une fille et sa mère va bien... Elles vont toutes les deux très bien.

Puis elle gémit de douleur car il venait à son tour de la prendre dans ses bras dans une étreinte d'ours.

Il la libéra en riant et demanda :

— Où est ce fichu verre, Anthony ?

Il se trouvait toujours dans la main de son frère qui le lui tendit. James l'avala d'un trait. Alors il prit Anthony dans ses bras et serra, serra. Anthony, au moins, pouvait supporter son étreinte mais il finit néanmoins par se plaindre :

— Bon Dieu, James... Bah, mieux vaut que tu te soulages un peu avant d'aller trouver Georgie. Mais ne pleure pas, ajouta-t-il sèchement. J'ai pleuré mais tu n'es pas obligé d'être aussi ridicule que moi.

James rit à nouveau et flanqua une formidable claque sur le dos de son frère. Il était heureux ! Warren ne l'avait jamais vu ainsi. En cet instant où ils partageaient le même soulagement, la même joie pour le bien-être d'une femme, toute animosité entre eux disparut.

Quand James se tourna vers lui, Warren maugréa :

— N'y pensez même pas.

Il faisait allusion à son obsession d'étreindre tout ce qui passait à sa portée. En prononçant ces mots, il souriait. Il souriait depuis que Regina leur avait communiqué la bonne nouvelle. James lui rendit son sourire et s'avança pour lui serrer la main.

Les congratulations continuèrent, concert de hurlements joyeux, dans une indescriptible mêlée d'étreintes et de claques dans le dos. James essaya finalement de s'extraire de cet enchevêtrement de bras pour rejoindre son épouse mais Regina lui assura qu'il n'y avait pas urgence. Le travail terminé, Georgina s'était aussitôt endormie et Charlotte et le docteur veillaient sur le bébé.

Roslynn apparut enfin, fatiguée mais souriante, se réfugiant dans les bras de son mari tout en lançant à son beau-frère :

— Elle est magnifique, James. Une Malory, sans le moindre doute. Et tu peux être sûr que celle-ci ne ressemblera pas à Tony.

Ce qui signifiait que la dernière-née de la famille aurait les cheveux blonds.

James s'était à présent ressaisi et avait retrouvé son calme habituel.

— Dommage ! J'aurais bien aimé taquiner Georgie là-dessus.

— Pour lui donner une nouvelle raison de ne pas me recevoir sous son toit ? grommela Anthony.

— Elle n'a pas besoin de moi pour cela, cher frère. Tu te débrouilles très bien tout seul.

— Ça y est, il est redevenu normal, Ros, se plaignit Anthony avec bonne humeur à sa femme. Nous pouvons rentrer chez nous.

Mais Charlotte survint à ce moment précis, les bras chargés d'un paquet enveloppé dans une couverture. Elle traversa la pièce pour déposer son précieux fardeau dans les bras de James. Le silence se fit mais James ne le remarqua pas tandis qu'il posait pour la première fois les yeux sur sa fille. Ce fut un moment magique. Son visage s'inonda d'amour. D'un amour si débordant, si absolu qu'il forçait le respect.

Tous se rassemblèrent autour de l'enfant et de son père si fier, heureux de la partager un instant avec le monde entier.

Anthony demanda :

— Et comment vas-tu appeler ce petit bijou ?

Son frère le fixa quelques secondes, contempla les Anderson avant d'annoncer d'une voix posée :

— Jack.

Un concert de protestations s'éleva. Certains étaient même outrés. Mais James déclara :

— Veuillez ne pas oublier de qui elle est la fille et qui a le droit de lui donner son nom.

Tout le monde se tut. La dernière des Malory répondrait donc à l'étrange nom de Jack Malory. Bien sûr, sur les registres de l'état civil elle serait officiellement Jacqueline – ce que James se garda bien de révéler aux Anderson.

Restait cependant à connaître la réaction de la mère.

7

— Et où, au juste, as-tu disparu la nuit dernière, Jeremy ?

Son cousin venait de rejoindre Amy dans la salle à manger. On y servait le petit déjeuner... à 2 heures de l'après-midi. Amy, qui quittait à peine son lit, avait été cependant la première à se lever.

— Je ne pensais pas te trouver encore ici, remarqua Jeremy, évitant de lui répondre.

— Je ne suis pas partie, dit-elle en lui servant une tasse de café. Tu préférerais du thé ?

— Peu importe. Ce qui te tombe sous la main. Comment cela, tu n'es pas partie ? Tu n'as pas dormi de la nuit ?

Elle portait une adorable robe en organdi couleur pêche et elle paraissait aussi fraîche que ce fruit.

— J'ai promis à tante Georgie de rester ici et de veiller sur la maison jusqu'à ce qu'elle ait récupéré. Votre gouvernante vous a quittés le mois dernier. Celle qui l'a remplacée n'a pas donné satisfaction et a été renvoyée la semaine dernière, il faut bien que quelqu'un se charge de la maison. Tu veux peut-être te porter volontaire ?

Il ricana.

— Fichtre non ! Mais n'es-tu pas un peu trop jeune pour...

— Alors que la plupart des filles de mon âge sont jetées dans la fosse au mariage, qu'on les a soigneusement entraînées à tenir une maison, serais-tu en train de sous-entendre que moi seule serais incapable de faire honneur à mon rang ?

Elle le fixait droit dans les yeux. Jeremy eut la bonne grâce de rougir.

— Ce n'est pas ce que je voulais dire.

— Tant mieux, rétorqua-t-elle, sinon, je crois bien que je t'aurais mis mon poing sur le nez.

Il lui adressa son plus beau sourire dans l'espoir de l'apaiser. Elle était une Malory et les Malory étaient réputés pour leur sale caractère.

Cependant, depuis qu'ils étaient devenus si proches, il n'avait été que très rarement la cible de ses humeurs. Et chaque jour il découvrait un nouvel aspect de la personnalité d'Amy.

Feignant la surprise, Jeremy déclara :

— Si tu t'installes ici... Seigneur, cela signifie que tous ces satanés bellâtres qui ont fait le siège de ta porte cette dernière semaine vont débarquer ici, n'est-ce pas ?

— Pas si tu tiens ta langue et si tu ne révèles à personne ma présence.

À présent, il était vraiment surpris.

— Tu es prête à renoncer aux fruits de ton succès ?

— Au nom du Ciel, oui. Je veux être traitée en adulte, Jeremy. Je me moque des résultats de ma présentation. Mes sœurs ont peut-être gravé dans la pierre le nom de chacun de leurs soupirants mais moi, cela ne m'inté…

— Pourquoi ? la coupa-t-il, trop impatient pour attendre qu'elle ait terminé sa phrase. Ne désires-tu pas te marier ?

— Bien sûr, j'en ai parfaitement l'intention.

Le visage de Jeremy s'éclaira.

— Ah ! C'est que tu n'as pas encore rencontré l'heureux élu. C'est cela, n'est-ce pas ?

— En fait, oui, mentit Amy.

Même à lui, elle n'était pas prête à avouer sur qui son choix s'était porté. Pas encore.

— C'est pour cela que tu as proposé à Georgie de l'aider ? Pour te cacher ?

— Il se trouve que j'aime beaucoup ta belle-mère, Jeremy. Je lui aurais proposé mon aide même si j'avais eu des milliers de choses plus passionnantes à faire. Le docteur dit qu'elle doit garder le lit une bonne semaine. Comme je suis la seule de la famille qui n'ait pas d'autres responsabilités pour le moment, il semblait parfaitement logique que…

— Ça va, ça va, j'ai compris, dit-il, mal à l'aise car il craignait de l'avoir blessée. (Puis il sourit d'un air plus engageant.) Hé ! ça va être génial de t'avoir ici.

Imitant son père à la perfection, elle haussa un sourcil sceptique.

— Tu crois ? Même si je ne te laisse pas éviter les questions que tu cherches à éviter ?

— Ah, tu avais remarqué ?

— Difficile de ne pas le remarquer, répliqua-t-elle.

Il rit.

— Alors, quelle était ta question ?

— Qu'as-tu fabriqué cette nuit ? Nous pensions tous que tu étais allé chercher Connie.

— J'ai envoyé Artie. Ce qui, en y repensant, ne devait pas être une fameuse idée. Ce vieux loup de mer a dû avoir quelque difficulté pour trouver son chemin dans la campagne jusqu'à la ferme de Connie. S'il s'est perdu, ce sera la faute de Georgie. Elle aurait dû attendre la semaine prochaine, comme c'était prévu, pour avoir son bébé. Connie aurait été présent. Il voulait être à Londres pour la naissance.

— Que fait-il là-bas, au fait ?

— Il essaie de savoir s'il y a quelque chose à sauver dans la petite propriété qu'il possède près de Haverston. Il n'y a pas mis les pieds depuis des années. Elle doit être en ruine, à présent. Mais il a du temps et de l'argent devant lui pour la remettre en état puisqu'il ne naviguera plus.

— Et toi, Jeremy, cela ne te manquera pas de ne plus naviguer avec ton père ?

— Non. Je ne suis jamais resté assez longtemps à bord du *Maiden Anne* pour m'y habituer. À la première bataille navale à laquelle j'ai pris part, j'ai été blessé. Ensuite, mon père et Connie sont allés se faire rôtir aux Indes occidentales. D'ailleurs, conclut-il en gloussant d'un air salace, je m'amuse beaucoup trop à Londres pour regretter quoi que ce soit.

— Je n'en doute pas une seule seconde. Il n'y a qu'à voir le nombre d'écoles dont tu t'es fait renvoyer.

— Par les cloches de l'enfer, tu ne vas pas te mettre à parler comme Georgie ? Elle me perce les tympans avec ses remontrances, et c'est pourtant peu de chose comparé à ce que Connie et mon père me font subir. Bon sang, il n'a cependant pas dû oublier ses propres dix-huit ans !

Amy sourit.

— Je suis sûre qu'il n'a pas oublié. Après tout, c'est vers cet âge-là qu'il t'a conçu, même s'il ne l'a découvert que bien des années après. Et je sais ce qu'on disait sur son compte quand il faisait de son mieux pour devenir le débauché le plus notoire de Londres. Il paraît qu'il avait une fille différente matin, midi et soir, et cela chaque jour…

— Bon Dieu ! Amy, aboya-t-il, tu n'es pas censée dire des choses pareilles… et où as-tu appris tout cela ?

Elle s'esclaffa : son cousin était écarlate.

— Par Reggie, bien sûr. Tu sais qu'elle adore vanter les mérites de ses deux oncles favoris. Il est vrai qu'oncle Jason et mon père n'ont pas de tels hauts faits à leur actif, bien que je sache une ou deux choses à propos d'oncle Jason qu'il a su tenir secrètes.

— Lesquelles ?

— Je ne peux rien t'en dire.

— Allons, Amy, tu sais que je finirai bien par te tirer les vers du nez, alors tu ferais aussi bien de tout me raconter dès à présent.

— Non. Pas cela. J'ai promis.

— Ah, c'est le bouquet, maugréa-t-il. Moi, je te confie tous mes secrets.

— Tu ne me racontes pas la moitié de ce que tu sais. Et tu as encore réussi à éviter de me dire ce que tu as fait la nuit dernière. Tu ne crois pas que ton père aurait apprécié ta présence dans un moment pareil ? Il était bien seul, tu sais.

— Tony était là, répliqua Jeremy. Et j'ai entendu dire que ton père savait parfaitement faire le coup de poing, si le besoin s'en faisait sentir.

— C'est vrai ? s'étonna-t-elle. D'où tiens-tu cela ?

— J'ai promis de ne pas le dire, répliqua-t-il lui rendant la monnaie de sa pièce. Et tu oublies que mon père a déjà été aux prises avec les frères de Georgie. Il aurait d'ailleurs gagné le combat s'ils ne s'étaient pas tous jetés sur lui en même temps.

— Pourquoi parler de bagarres ? Ce n'est pas ce que je voulais dire.

— Parce que je le connais. Il devait souffrir le martyre de ne pas pouvoir s'en prendre à quelqu'un et j'aurais été le bouc émissaire idéal. Je n'avais aucune envie d'être le réceptacle de son anxiété alors que j'étais si heureux pour lui. J'ai donc préféré partir.

— Il s'est très bien conduit, tu sais, dit-elle. Même s'il a été au bord de l'explosion une ou deux fois.

— Au bord ? Plus que cela, crois-moi. Je ne l'avais pas vu dans un tel état depuis l'époque où il voulait la peau de Nicolas Eden.

Amy ne connaissait que des bribes de cette histoire.

— Ils étaient vraiment ennemis mortels ?

Jeremy sourit.

— Non. Mon père voulait juste le bousculer un peu. Mais, entre-temps, Nicolas a épousé Regan. J'ai bien peur que mon père ne le lui pardonne jamais.

Ayant surpris de multiples altercations verbales entre James et l'époux de Reggie, Amy était plutôt encline à le croire. Cela dit, James avait désormais trouvé de nouvelles têtes de Turc : les cinq frères de Georgina.

Amy repensa à Warren qu'elle n'avait cessé d'observer la nuit précédente. Malgré les circonstances, cela avait été un véritable plaisir pour elle. La détresse de Warren pendant toute cette soirée démontrait qu'il aimait profondément sa sœur. Il était donc capable de tendres émotions malgré le mal qu'il se donnait pour faire croire le contraire.

— Je dérange ?

Amy s'étrangla en reconnaissant la voix grave. Elle se retourna vers le seuil de la pièce. Il était là : un mètre quatre-vingt-dix de beauté à vous couper le souffle. Le cœur de la jeune fille battit à se rompre. Elle fut incapable de répondre.

Jeremy s'en chargea allégrement.

— Pas du tout, Yankee. J'allais partir.

8

Ce gredin de Jeremy ne plaisantait pas. Il flanqua deux saucisses dans un petit pain avant de quitter la pièce et la maison. Warren le regarda partir. Et Amy regardait Warren, l'esprit en ébullition, obnubilée par cette simple constatation : elle était enfin seule avec lui.

Bien sûr, s'il avait été question de n'importe qui d'autre, Jeremy n'aurait pas disparu. Mais, dans son esprit, Warren et elle faisaient partie de la même famille. Jeremy ne voyait donc aucun mal à les laisser sans chaperon. Il ignorait la nature des sentiments d'Amy pour Warren…

Son regard revint se poser sur elle. Elle en fut troublée. Elle détecta sur son visage quelque chose qui aurait pu correspondre à des fossettes sans pouvoir en être sûre : elle ne l'avait jamais vu sourire. Le nez était droit, les pommettes légèrement saillantes. Ses mâchoires avaient quelque chose d'obstiné. Ses yeux possédaient peut-être la clarté d'un matin d'été mais, pour l'instant, ils étaient de glace.

Ses cheveux étaient trop longs mais cette longueur les disciplinait, étirait les boucles désordonnées.

Il était mince, un peu comme oncle Tony, mais nullement maigre. Plus grand et plus large d'épaules qu'Anthony, il possédait des bras musclés. Ses longues jambes semblaient bien plantées sur le sol, un peu écartées. Elle avait noté que tous les Anderson se tenaient ainsi, comme sur le pont d'un navire. Oncle James adoptait lui aussi parfois cette attitude.

Warren était vêtu de façon assez négligée, sa veste noire ouverte sur un pantalon gris. Pas de gilet. Une chemise blanche assez simple mais pas de cravate, un autre point commun avec ses frères : aucun d'entre eux ne portait de cravate. Il n'avait rien de chic, ni de distingué mais c'était la tenue qui devait convenir à un capitaine de vaisseau américain, pensa-t-elle.

Il fallait qu'elle dise quelque chose, n'importe quoi, afin de rompre ce silence ridicule. Mais elle était parfaitement incapable de réfléchir avec ce regard fixé sur elle et uniquement sur elle. Quelle ironie ! Elle avait tant espéré une pareille opportunité. Dans ses rêves, elle trouvait toujours des milliers de choses intelligentes à dire, des paroles qui lui faisaient subtilement comprendre ses tendres sentiments à son égard. Aucune d'entre elles ne lui venait à l'esprit maintenant.

— Petit déjeuner ! s'exclama-t-elle soudainement. Vous en voulez un ?

— À cette heure-ci ?

Ses frères et lui étaient partis vers 5 heures du matin. Ils étaient installés à l'hôtel *Albany* sur Piccadilly qui n'était pas très éloigné. Il n'avait cependant pas pu se coucher avant 6 heures du matin. Considérant que cela faisait à peine huit heures, son ton réprobateur n'était pas de mise. Mais, bien sûr, il s'agissait de Warren, l'homme qui haïssait les Anglais, les femmes et les Malory. Le frère doté du plus mauvais caractère. Elle devait ignorer le ton insultant et son humeur de chien.

Elle se leva pour quitter la table.

— Vous êtes venu voir Georgie ?

— Par l'enfer ! Il a donc réussi à ce que toute la famille l'appelle ainsi ?

Elle fit de son mieux pour répondre poliment.

— Je suis navrée. Mais quand oncle James nous l'a présentée la première fois sous le nom de Georgie, elle ne l'a pas repris. Ce n'est que bien plus tard que j'ai appris son vrai prénom et alors... (Elle haussa les épaules pour indiquer que l'habitude était prise.) Mais vous-même, vous ne l'appelez pas Georgina, je crois ?

Cette remarque parut le chagriner, et même l'embarrasser. Elle ne tenait pas du tout à l'embarrasser. Pour le moment, elle ne faisait aucun progrès. Il fallait à tout prix éviter de le contrarier. Prudemment, elle décida de ne pas prononcer ce nom qui le gênait tant.

— Mon oncle et ma tante, reprit-elle, dorment encore. Ils se sont réveillés tout à l'heure quand

Jack a voulu son premier repas. Mais ils se sont rendormis avec elle.

— Ayez la gentillesse de ne pas donner à ma nièce ce prénom ridicule.

Cette fois il était en colère, et pour de bon. Et il était très intimidant de devoir affronter le courroux de Warren. Particulièrement après avoir entendu les remarques de son oncle hier à propos de sa ceinture. Sans qu'elle ne s'en rende compte, son regard glissa vers ladite ceinture. Elle était très large et taillée dans un cuir épais. Ça devait faire un mal de chien, un coup avec cette...

— Que diable fixez-vous ainsi ?

Elle vira à l'écarlate. Après avoir envisagé de se cacher sous la table, elle choisit de dire la vérité :

— Votre ceinture. Vous l'auriez vraiment utilisée si votre sœur s'était entêtée ?

Il lui fallut une ou deux secondes avant de comprendre... et passer de la colère à la fureur.

— Je vois que votre oncle a une imagination débordante.

Rassemblant tout son courage, Amy insista :

— L'auriez-vous fait ?

— Cela, ma petite, ne vous regarde pas, répliqua-t-il d'un ton définitif.

Elle soupira. C'était une erreur, elle n'aurait jamais dû lui poser cette question. Mais, apparemment, quoi qu'elle dise ou fasse, il ne semblait pas disposé à se montrer aimable.

Pour l'instant, mieux valait changer de sujet.

— Vous avez un problème avec les noms, à ce que je vois… mon oncle Tony aussi. En fait, tous mes oncles sont ainsi. Cela a commencé avec cousine Regina. Tout le monde dans la famille l'appelle Reggie mais oncle James, qui ne veut jamais rien faire comme tout le monde, l'appelle Regan. À présent, cela ne gêne plus personne mais, à une époque, cela mettait ses frères en rage. C'est incroyable tout ce que vous avez en commun avec mes oncles.

Sa malice naturelle reprenait le dessus. Et l'expression de dégoût de Warren, qui n'avait rien à envier à celle des Malory, était tout à fait risible. Elle ne rit pas, ne sourit même pas, offrant en échange un gage de paix.

— Si cela peut vous consoler, reprit-elle, votre sœur a piqué une crise ce matin en apprenant ce qu'oncle James avait fait. Elle a dit qu'elle appellerait son bébé Jacqueline, et qu'il pouvait être damné si cela ne lui plaisait pas.

— Il devrait être damné…

— Warren, soyez gentil avec mon oncle… Cela ne vous dérange pas si je vous appelle Warren ?

— Si, cela me dérange, répliqua-t-il avec raideur parce qu'elle venait d'avoir l'audace de le gronder et qu'il n'aimait pas cela du tout. Vous pouvez m'appeler monsieur Anderson ou capitaine Anderson.

— Non, je ne pense pas. C'est beaucoup trop formel. Et il n'y a rien de formel entre vous et moi. Il faudra donc que je trouve autre chose, si « Warren » ne vous plaît pas.

Sur ces bonnes paroles, elle lui adressa un sourire de gamine, parfaitement consciente du fait qu'elle venait de le choquer. Au point qu'il en resta muet. Et c'était tant mieux. Cet homme avait vraiment un caractère impossible. À chaque fois qu'elle tentait de se montrer gentille avec lui, il la rabrouait.

Elle passa devant lui et gravit quelques marches de l'escalier avant de se retourner. Encore agacée, elle lança :

— Vous pouvez venir voir *Jack* à la nursery, si cela vous chante. Sinon, vous n'avez qu'à attendre que *Georgie* se réveille.

Sur ce, elle reprit son ascension. Elle était pratiquement arrivée au sommet des marches quand elle l'entendit grommeler.

— J'aimerais voir le bébé.

— Alors, suivez-moi.

Amy attendit qu'il la rejoigne. Elle allait repartir quand il la saisit par le bras. Une petite exclamation de surprise lui échappa mais, il n'y prêta aucune attention.

— Et vous ? Que faites-vous ici, au fait ?

— Je vais rester ici quelque temps pour aider votre sœur. Jusqu'à ce que le docteur lui donne la permission de reprendre ses activités.

— Pourquoi vous ?

— Il se trouve que j'aime votre sœur. Elle et moi sommes devenues bonnes amies. Maintenant, n'avez-vous pas honte de me traiter d'une façon aussi déplorable ?

— Non, dit-il mais sa bouche avait un pli moins amer et ses yeux semblaient s'être réchauffés de plusieurs degrés. Et vous êtes sacrément insolente pour une fille de votre âge.

— Seigneur, ne souriez pas ! s'exclama-t-elle, faussement alarmée. On pourrait voir vos fossettes.

Il éclata de rire. Ce qui parut le surprendre car il s'interrompit brutalement. Il rougit même un peu. Amy se détourna pour ne pas le gêner davantage et le précéda dans la chambre d'enfant plongée dans une semi-obscurité.

L'adorable bébé dormait profondément. Allongé sur le ventre, le visage sur le côté, il gardait son petit poing tout près de sa bouche. Quelques touffes de duvet blond lui garnissaient le crâne.

Warren vint discrètement rejoindre Amy au chevet du nouveau-né. Être près de lui toute seule – Jack ne leur prêtait aucune attention – commençait à mettre Amy dans tous ses états. Étant donné que Warren ne resterait pas très longtemps en Angleterre, elle était bien consciente qu'une telle occasion risquait fort de ne pas se renouveler. Ce qui la mettait au désespoir. Et elle n'était pas certaine de pouvoir faire face à ce désespoir.

Risquant un regard vers lui, elle vit à nouveau cette tendresse dans ses yeux, cette tendresse qu'il accordait si rarement.

— Vous aimez les enfants ?

— Je les adore, répondit-il sans la regarder. Ils ne vous déçoivent pas et ils ne vous brisent pas le cœur... pas avant d'être adultes, en tout cas.

Elle ignorait s'il faisait allusion à la femme qu'il avait aimée autrefois. Elle savait des choses sur lui, elle savait qu'il avait été blessé. Que son cœur avait été brisé. Cela l'avait rendu froid, cynique et méfiant. Comment allait-elle changer tout cela, elle n'en avait pas la moindre idée, mais elle s'était fixé un but : lui faire croire à nouveau à l'amour.

Soudain, elle s'entendit murmurer de sa voix la plus douce :

— Je vous veux, Warren Anderson.

Cette fois-ci, elle avait véritablement réussi à capter toute son attention. Mais avant de mourir de honte – Amy faisait généralement preuve d'audace mais pas à ce point-là –, elle ajouta :

— Laissez-moi préciser : je veux vous épouser.

Il ne répondit pas tout de suite. Elle l'avait vraiment choqué. Puis son cynisme reprit le dessus.

— Dommage, dit-il. La première idée était intéressante. La seconde pas du tout. Je n'ai aucune envie de me marier. Jamais.

Elle soupira. La franchise ne donnait décidément aucun résultat aujourd'hui.

— Je sais. Mais j'espère vous faire changer d'avis.

— Vraiment ? Et comment comptez-vous vous y prendre, petite fille ?

— D'abord, en m'arrangeant pour que vous ne me voyiez plus comme une petite fille. Je n'en suis plus une, vous savez. Je suis assez vieille pour me marier.

— Assez vieille ? Quel est donc cet âge si vénérable ?

— J'ai dix-huit ans.

Ce qui n'était pratiquement pas un mensonge dans la mesure où son anniversaire avait lieu dans deux semaines.

— Quelle vieillarde ! ironisa-t-il. Mais, quand vous serez un peu plus âgée, vous découvrirez que les dames qui se montrent si audacieuses ne sont pas traitées comme des dames. À moins que ce ne soit ce que vous espérez ? Vous n'êtes pas du tout mon genre mais je viens de passer un mois en mer. Je ne suis donc pas trop difficile en ce moment. Montrez-moi votre lit.

Il essayait de la choquer à son tour. Heureusement, elle s'en rendait compte. Elle ne se sentait donc ni offensée, ni choquée, ni même intimidée. Et puisqu'ils en étaient à aborder ce sujet...

— Je le ferai, dès que nous serons fiancés.

— La vieille rengaine, ricana-t-il. On vous éduque très tôt dans ce pays, n'est-ce pas ?

— Ce n'est pas une rengaine, répondit doucement Amy. C'est une promesse.

— Alors, voyons un peu ce qui se cache derrière cette promesse.

Sa main glissa sur le cou d'Amy pour l'attirer contre lui. Il n'eut pas besoin de la forcer davantage. Elle désirait ce baiser avec bien plus de passion qu'il ne désirait lui donner une leçon. Car elle était certaine que tel était son but. Ce fut elle qui l'enlaça. Et quand leurs bouches se rencontrèrent, ce fut exactement comme elle s'y attendait. Il l'embrassait pour la scandaliser, avec une sauvagerie et une sensualité terriblement érotiques.

Mais elle lui réservait une fameuse surprise. Elle savait embrasser, et fort bien... Sans que sa famille le sache, elle s'était considérablement entraînée depuis quelques années. Elle n'avait pas été exclue de toute sortie. Elle avait participé à quelques pique-niques et autres week-ends. Ce genre d'expériences étaient considérées comme très profitables pour les enfants : ainsi, les plus âgés d'entre eux avaient l'occasion d'observer le comportement des adultes, de comprendre ce que l'on attendait d'eux. Et il y avait toujours des jeunes de son âge et, parfois même, un garçon dont elle s'entichait et avec qui elle se retrouvait dans un coin discret. Un de ces garçons en particulier, d'un an plus jeune qu'Amy, avait bien plus d'expérience que tous les autres réunis. Il prétendait avoir beaucoup appris auprès d'une femme d'âge plus mûr qui aurait tenté de le séduire.

Vrai ou faux, il l'avait en tout cas parfaitement préparée à ce que Warren avait en tête... mais pas à ce qu'il lui faisait ressentir. Là, il n'y avait aucune comparaison. Elle savait déjà qu'elle désirait Warren, qu'il était le seul homme à qui elle voulait faire l'amour. Mais pouvoir se serrer contre lui si intimement, goûter ses lèvres, sa langue... il y avait de quoi lui faire perdre la tête. Elle ne pouvait rien y faire. Elle avait rêvé de cela, l'avait tellement désiré, espéré, et maintenant il...

Gémissante, elle se serra de toutes ses forces contre lui, croyant qu'elle allait mourir de plaisir.

Elle sentit sa surprise puis son acceptation de ce qu'elle lui offrait. Puis, finalement, mais pas si vite, il parut se rendre compte de ce qui se passait. Il y mit un terme.

— Seigneur... murmura-t-il en la repoussant à bout de bras.

Il avait autant de difficulté à respirer qu'elle et il n'y avait plus rien de froid dans ses yeux. Ils étaient brûlants... de désir, espérait-elle, sans en être certaine. Car, à en juger par son expression, il ne semblait pas du tout content... d'elle... ou de lui. Et son mécontentement ne tarda pas à prendre le pas sur tout autre sentiment.

— Où avez-vous appris à embrasser comme ça ? s'enquit-il avec rudesse.

— Je me suis entraînée.

— Et à quoi d'autre vous êtes-vous entraînée ?

L'insinuation était suffisamment claire pour qu'elle s'indigne.

— Pas à ce que vous pensez, rétorqua-t-elle. Et je sais utiliser mes poings quand un jeune homme essaie d'aller trop loin.

— Je ne saurais trop vous déconseiller d'essayer vos poings avec moi, la prévint-il.

— Je ne pensais pas le faire.

Elle se souvenait soudain de sa ceinture.

— Pas parce que je songe à faire quoi que ce soit d'autre avec vous, ajouta-t-il rapidement pour qu'il n'y ait pas de malentendu. En fait, je vous conseille désormais de garder vos distances avec moi.

— Pourquoi ?

Il perçut sans peine sa déception, ce qui le fit enrager.

— Bon sang, vous n'êtes qu'une enfant !

Elle plissa les paupières, ses yeux étincelèrent. Il était enfin parvenu à la mettre en colère.

— Et vous embrassez souvent les enfants comme vous venez de le faire ?

Malgré la pénombre qui régnait dans la nursery, il n'y avait aucun doute : il était en train de rougir jusqu'à la racine des cheveux. Amy ne s'attarda pas pour pavoiser. Tournant les talons, elle quitta la pièce avec dignité.

9

— Cette fille, Amy, dit Warren, j'ai cru comprendre que tu l'avais prise en amitié.

Georgina ne remarqua pas la gêne de son frère. Elle avait Jacqueline dans les bras, ce qui expliquait, ô combien ! sa distraction.

— En fait, c'est plutôt elle qui m'a prise en amitié. C'est moi l'étrangère, ici, tu sais, Warren. Mais pourquoi me demandes-tu cela ?

— J'ai été surpris de la retrouver ici.

— Ne t'a-t-elle pas dit qu'elle reste pour m'aider jusqu'à ce que le docteur et James décident que je peux reprendre mes tâches habituelles ?

— Au fait, comment te sens-tu ?

Elle éclata de rire.

— Comment diable veux-tu que je me sente ? Comme une femme qui vient juste d'accoucher.

— Bon sang, Georgie, ce n'est pas parce que tu vis avec eux que tu es forcée de parler comme eux.

— Au nom du Ciel, Warren, va-t-il falloir que je fasse attention à chaque mot que je prononce quand je suis avec toi ? Tu devrais être ravi que je sois heureuse, que j'aie une belle petite fille en excellente santé et que j'aime mon mari. Beaucoup de femmes n'ont pas cette chance. Elles se marient pour satisfaire leur famille mais ce ne sont pas leurs familles qui sont malheureuses à leur place.

Elle avait raison, convint Warren. Il avait simplement du mal à comprendre comment un homme tel que James Malory pouvait la rendre heureuse. Il ne supportait pas cet homme ni son bizarre sens de l'humour. Pas plus qu'il ne voyait ce que Georgina lui trouvait. Malory n'était pas assez bien pour elle, c'était une évidence. Mais tant qu'il la rendait heureuse – et, à la regarder, il n'y avait aucun doute là-dessus – Warren n'avait rien à redire. Cela dit, au premier signe de dissension entre eux, il ne serait que trop content de ramener sa sœur en Amérique.

— Je suis désolé, dit-il car il n'avait pas voulu l'agacer.

Et pour faire diversion, il reparla d'Amy :

— Cette fille n'est-elle pas un peu trop jeune pour endosser de telles responsabilités ?

Cette fois, elle lui lança un regard incrédule.

— Tu plaisantes ? Aurais-tu déjà oublié que je n'avais que douze ans quand j'ai commencé à veiller sur notre propre maison ?

Il avait oublié. Mais il insista quand même.

— Tu étais très mûre à douze ans.

Elle gloussa : son frère était une véritable tête de mule parfois.

— Et Amy est très mûre pour ses dix-sept ans. Ce qui…

— Dix-sept ans ?

— Eh bien quoi ? Tu ne vas pas en faire une montagne ? demanda-t-elle, surprise par cette étrange réaction. Elle aura dix-huit ans dans une ou deux semaines. On vient de la présenter et, pour tout dire, elle a rencontré un fameux succès. (Elle éclata de rire.) Tu aurais dû voir la tête de James. Il ne s'était pas rendu compte qu'elle avait grandi.

— Pourquoi l'aurait-il remarqué ? Ce n'est pas sa fille. Ce qui ne signifie pas qu'elle n'aurait pas pu l'être.

Georgina haussa un sourcil : une autre détestable habitude qu'elle avait empruntée à son époux.

— Voudrais-tu sous-entendre qu'il est trop vieux pour moi ? s'enquit-elle, amusée. Je peux t'assurer que ce n'est pas le cas.

Warren faisait allusion à la jeunesse d'Amy mais il se dit qu'il valait mieux en rester là avant que Georgina ne se doute de quelque chose.

— C'était une simple constatation.

Ils restèrent silencieux un moment tandis qu'elle déposait avec prudence Jacqueline dans le berceau. Il était fasciné : les doigts de sa sœur caressaient avec la légèreté d'une plume les bras et le visage du bébé, comme si elle ne pouvait plus se rassasier de le toucher.

Georgina poussa un long soupir.

— J'imagine qu'elle ne tardera pas à se marier.

— Ton bébé ? demanda-t-il, ébahi.

Sa sœur gloussa.

— Mais non, idiot, Amy. Elle va me manquer si elle part s'installer à la campagne comme ses autres sœurs.

— Si tu as peur de te sentir seule, tu peux revenir chez nous, suggéra-t-il.

Elle le dévisagea avec stupeur.

— J'étais plus souvent seule à la maison que je ne le suis ici, Warren. Tu oublies encore que tes frères et toi n'étiez jamais là.

— Mais maintenant c'est différent : nous avons arrêté tout commerce avec la Chine.

— Aucun d'entre vous ne reste très longtemps à la maison entre deux voyages, quelle que soit votre destination. Même Body navigue, alors qu'il n'est pas encore capitaine. De toute façon, je n'ai pas peur de me retrouver seule. Et d'ailleurs, cela ne risque pas de m'arriver, avec mon mari qui ne s'absente que rarement.

Warren prit un air parfaitement dégoûté.

— Parce qu'il n'a aucune responsabilité, aucun travail décent, aucun...

— Arrête un peu, Warren. Vas-tu le condamner à présent parce qu'il est riche et qu'il n'a pas besoin de travailler ? C'est pourtant le rêve de tout Américain.

Il lui lança un regard noir.

— Ce n'est pas ce que je voulais dire, bon sang ! Je possède plus d'argent qu'il ne m'en faut pour vivre trois cents ans mais tu me vois traîner chez moi, à ne rien faire ?

— James dirigeait une plantation florissante aux Indes occidentales avant son retour en Angleterre. Auparavant, il était capitaine de vaisseau...

— Parce que, pour toi, faire le pirate est un métier décent ?

— Il n'a pas toujours été pirate, rétorqua-t-elle. Et nous n'allons pas discuter d'une époque où nous ne le connaissions pas. Nous n'avons aucune idée de ce qui le motivait. Au nom du Ciel, tu as parié ton navire, ta fierté et ta joie, pour un satané vase et tu as bien failli te faire tuer quand ce seigneur chinois a voulu le récupérer !

— Un satané vase d'une valeur inestimable !

— C'était tout aussi fou...

— Ce n'était pas fou du tout !

Ils avaient haussé le ton. Jacqueline se mit à gémir. Embarrassés, ils rougirent ensemble avant de déclarer, l'un et l'autre penauds :

— Je suis désolé.

James, qui venait de grimper l'escalier à toute allure en raison du bruit, arriva juste à temps pour surprendre leurs excuses. Ce qui ne l'empêcha nullement de donner son sentiment :

— Fais-lui encore élever la voix une seule fois, Yankee, et je promets d'écraser ta...

— Inutile d'entrer dans les détails, James, intervint rapidement Georgina. Nous nous sommes juste laissé un peu emporter. Warren n'a pas l'habitude de me voir lui résister. Je ne le faisais pas, avant. Tu comprends ?

Une autre détestable habitude que Malory lui avait transmise mais Warren ne dit rien cette fois-ci. Et comme il n'avait pas l'intention d'en venir aux mains avec son beau-frère – en tout cas, pas avant d'avoir acquis l'habileté de James, ce à quoi il comptait bien employer son temps durant son séjour à Londres –, il avait tout intérêt à soutenir sa sœur.

— Elle a raison, Malory, et je me suis déjà excusé. Cela n'arrivera plus.

Un des sourcils de James se dressa pour signifier qu'il n'en croyait pas un mot. Mais Warren fut soulagé de constater qu'il se contentait de venir jusqu'au lit pour prendre sa fille.

— Viens, Jack, essayons de trouver un peu de paix et de tranquillité, annonça James en quittant la pièce.

Georgina attendit que la porte fût refermée avant de marmonner :

— Pas un mot à propos de ce prénom, tu m'entends ?

— Je n'avais pas l'intention d'en parler mais puisque tu le fais, j'ai cru comprendre que, toi non plus, tu n'apprécies pas vraiment.

— Non, mais je sais comment m'y prendre avec mon mari et son diabolique sens de l'humour.

— Comment ?

— En l'ignorant. Tu devrais essayer, Warren, remarqua-t-elle sèchement. Un peu de patience te ferait le plus grand bien.

— Tu deviens aussi infernale que lui.

— Il serait ravi de te l'entendre dire.

— Peux-tu me répondre, Georgie ? As-tu une idée de la raison pour laquelle il se montre toujours si provocant et si... pervers ?

— Oui... mais je ne vais pas essayer de t'expliquer son passé. Les circonstances qui l'ont fait devenir ce qu'il est. Pas plus que je n'essaierai de lui expliquer ce qui t'a rendu si dur et si ombrageux. Si tu veux vraiment le savoir, pourquoi ne pas lui demander toi-même ?

— Plutôt mourir.

— Pour en revenir à ce que je disais avant que... nous ne nous emportions... James ne reste pas là sans rien faire toute la sainte journée, comme tu sembles le croire. Maintenant qu'il est revenu pour de bon en Angleterre, il veille lui-même sur ses propriétés et ses fermes. Il a réalisé de nombreux investissements avec son frère Edward ces dernières années. Il envisage même d'acheter une flotte de commerce.

— Dans quel but, grand Dieu ? s'exclama Warren au comble de l'horreur.

— Oh, je n'en sais trop rien. (Elle sourit.) Peut-être pour entrer en compétition avec ses beaux-frères. Peut-être parce que c'est une activité dans laquelle je pourrais me rendre utile, en tant que conseillère. Bien sûr, si quelqu'un lui demandait de prendre des parts dans la Skylark...

Warren était à présent au bord de la crise d'apoplexie. Il était incapable de savoir si elle se moquait de lui ou bien si elle désirait vraiment voir son mari devenir actionnaire de la Skylark. L'idée qu'un Anglais, n'importe quel Anglais, entre dans le capital de leur compagnie, lui donnait la nausée. Alors, cet Anglais-là en particulier...

— Cette idée aurait pu avoir quelque mérite si tu avais épousé un Américain et non quelqu'un de l'autre côté de l'océan.

Cette fois-ci, elle ne s'emporta pas.

— Tu vas recommencer ? soupira-t-elle. Je suis mariée avec lui, Warren. S'il te plaît, essaie de l'accepter.

Il bondit de la chaise qu'il occupait depuis une heure pour se rendre à la fenêtre. Lui tournant le dos, il déclara :

— Crois-le ou pas, mais je fais vraiment des efforts, Georgie. S'il n'était pas aussi provocateur... Et puis, il y a aussi le fait que désormais je serai plus souvent à la maison et que tu n'y seras pas.

— Oh, Warren, je t'aime tellement malgré ton caractère impossible, répondit-elle avec tendresse. Mais ne t'est-il pas venu à l'esprit que nous nous verrions plus souvent maintenant que Clinton a décidé de reprendre le commerce avec l'Angleterre ? En fait, il est tout à fait possible que je vous voie autant qu'avant, si ce n'est plus.

Mais, pour la voir, il devrait aussi supporter James Malory.

— Au fait, comment cela se passe-t-il ? demanda Georgina pour changer de sujet.

Il haussa les épaules : cette nouvelle aventure ne l'enthousiasmait guère.

— Clint et les autres sont partis ce matin à la recherche d'un local qui serait notre bureau ici. Je suis censé en faire autant mais je voulais te voir seule d'abord. Ce soir, nous serons tous là.

— Tu veux dire que la Skylark va ouvrir un bureau à Londres ? demanda-t-elle, tout excitée.

Il se retourna pour constater qu'elle était vraiment ravie.

— C'est Drew qui en a eu l'idée. Dans la mesure où nous allons recommencer à travailler avec les Anglais, autant en tirer avantage.

— Et, pour cela, approuva-t-elle, il vous faut un bureau à Londres. Mais qui va le diriger ?

— Moi, dit-il.

Il venait à l'instant de prendre sa décision, sans trop savoir pourquoi.

— En tout cas, jusqu'à ce que nous puissions faire venir quelqu'un de confiance d'Amérique, ajouta-t-il.

— Vous pourriez embaucher un Anglais…

— C'est une compagnie américaine…

— Mais le bureau sera à Londres…

Il se mit à rire. Voilà qu'ils recommençaient. Elle lui sourit à son tour. Un coup retentit à la porte et le visage de Regina Eden apparut dans l'entrebâillement.

— Ah, tu es réveillée, tante Georgie, dit-elle. Je t'ai apporté les coordonnées des deux personnes dont je t'ai parlé. Je n'ai pas eu l'occasion d'interroger ces femmes moi-même… pas avec ma Meg qui insistait pour être la seule à s'occuper de Thomas.

Mais elles m'ont été très chaudement recommandées à l'époque. Je ne peux toutefois pas te garantir qu'elles soient encore libres.

— J'en parlerai à James, répondit Georgina, sachant apparemment parfaitement de quoi il retournait. Il est bien décidé à mener ces entretiens lui-même. « Rien que le meilleur pour ma Jack », comme il dit. Comme si j'étais incapable de trouver le meilleur !

— Ah... les pères ! Mais crois-tu vraiment que tu devrais le laisser mener ces entretiens ? Il va terroriser ces pauvres nurses et alors tu seras bien... (Reggie s'interrompit car elle venait à peine de remarquer Warren près de la fenêtre.) Oh, je suis désolée. Amy ne m'a pas dit que tu avais de la visite.

— Que cela ne vous trouble pas, lady Eden, fit Warren. Mes affaires m'attendent. Je dois partir. (Il se pencha pour embrasser sa sœur.) À ce soir, Georgie.

10

— Je sais qu'il t'aime beaucoup, remarqua Regina, mais je suis quand même surprise de le trouver ici.

— Pourquoi ?

— Je pensais qu'il répugnerait à fréquenter la demeure de James.

Georgina sourit.

— Bah, je crois que Warren est décidé à essayer de s'entendre avec lui.

Regina ricana.

— C'est impossible. Avec tes autres frères, je n'en sais rien, mais celui-ci a trop mauvais caractère pour apprécier les subtiles nuances de l'humour d'oncle James.

— Subtiles ?

— D'accord, ce n'est peut-être pas exactement le mot que j'aurais dû employer, admit Regina.

— « Lourdes » serait plus juste ou, plutôt, « écrasantes ».

Regina gloussa.

— Il n'est pas si terrible.

— Pas avec ceux qu'il aime. Nous nous faisons juste égratigner de temps en temps. Ceux qu'il n'aime pas se font aplatir. Quant à ceux qui éveillent sa colère, ils se font écraser. Et James n'a jamais pu supporter Warren.

— Ce doit être à cause de son hostilité. À chaque fois que je l'ai vu, je m'attendais qu'il explose d'une manière ou d'une autre. C'est aujourd'hui la première fois que je le trouve aussi calme. Tu devrais vraiment éviter qu'ils se rencontrent.

— J'espérais qu'avec le temps Warren deviendrait un peu plus tolérant mais tu as probablement raison, soupira Georgina. Tu sais, Warren n'en veut pas simplement à James. Il s'en prend à tout le monde. En général, c'est Drew qui fait les frais de ses colères. Ils en sont venus aux poings plusieurs fois pendant les quelques jours que j'ai passés à la maison avant que James ne fonde sur moi...

— Dans l'espoir de t'épouser, lui rappela Regina avec un sourire. S'il n'avait pas traîné ta réputation dans la boue, tes frères n'auraient jamais accepté le mariage.

— C'est un autre problème. Warren est en colère contre moi parce que je veux rester l'épouse de James alors que c'est lui qui m'a mariée à lui. Je sais qu'à sa manière il ne veut que mon bien... Il a l'idée fixe de me protéger alors que je n'ai plus besoin de protection.

— Il semblerait qu'il ait plutôt besoin de veiller sur sa propre famille, suggéra Regina. Certains hommes ne sont heureux que quand ils se sentent utiles.

— Comme j'aimerais que cela soit possible ! Mais Warren a été trop blessé dans le passé pour jamais placer sa confiance dans une femme. Il dit qu'il ne se mariera jamais.

— N'est-ce pas ce qu'ils disent tous ? « Jamais » est un mot qui change souvent de sens avec les années. Regarde oncle James. Il jurait qu'on ne le prendrait jamais à se marier. Plutôt se faire pendre au mât de son bateau, affirmait-il...

Georgina éclata de rire.

— Ce n'est pas vraiment comparable. Ton oncle, comme tu l'as si justement fait remarquer, tenait le mariage en horreur en raison de toutes les épouses déloyales – les épouses d'autres hommes – qui finissaient dans son lit. Mon frère, de son côté, est tombé amoureux et a demandé à la dame de l'épouser. Elle s'appelait Marianne et elle était très belle. Il lui a fait une cour assidue pendant cinq mois. Jamais il n'était resté aussi longtemps à la maison, alors qu'il venait à peine de devenir capitaine de son propre navire. C'était une telle joie de l'avoir avec nous.

— Ce râleur ?

— Oui, Reggie. Vois-tu, Warren n'a pas toujours été comme il est maintenant. Autrefois, il était aussi charmant et drôle que Drew. Certes, il avait déjà son mauvais caractère... il l'a toujours eu. Mais il se mettait rarement vraiment en colère. Ce n'était pas du tout comme maintenant. À l'époque, il lui arrivait de rire avec toi dix minutes après t'avoir vouée aux feux de l'enfer. Il n'avait ni rancune ni amertume... mais je l'ai déjà dit, n'est-ce pas ?

— Pas à moi.

Georgina fronça les sourcils.

— Je pensais... Alors, ce doit être à Amy. Ce n'est sûrement pas à James : il n'a aucun désir d'entendre quoi que ce soit à propos de Warren. Rien que son nom...

— Georgie ! l'interrompit Regina avec impatience. Tu changes de sujet. Dois-je comprendre que Warren et Marianne ne se sont pas mariés ?

— Non, ils ne se sont pas mariés, fit Georgina, l'air sombre. Pourtant, tous les préparatifs étaient terminés, la cérémonie était près d'avoir lieu quand Marianne a tout annulé. Elle a dit à Warren qu'elle ne pouvait plus l'épouser, qu'elle avait décidé d'accepter une autre demande, même si elle prétendait encore l'aimer. Oh, elle s'est débrouillée pour présenter cela assez joliment en prétextant qu'elle ne voulait pas pour mari un capitaine de navire toujours absent.

— J'ai entendu dire que, de nos jours, il est parfaitement accepté qu'une femme accompagne son mari à bord du vaisseau.

— C'est vrai. Quoi qu'il en soit, Marianne prétendait ne pas pouvoir supporter les voyages en mer et, encore moins, la vie en mer.

— Tu dis cela comme si tu en doutais.

Georgina haussa les épaules.

— Je sais simplement qu'elle venait d'une famille pauvre ou, plus exactement, qui avait connu un terrible revers de fortune. Elle a ainsi repoussé mon frère pour épouser le représentant de la plus riche famille de la ville, un des derniers descendants des Pères fondateurs de Bridgeport, Steven Addington.

— Ton frère n'est pas pauvre, loin de là, et si elle l'aimait vraiment... Mais ses raisons étaient peut-être d'un autre ordre... Ainsi, je ne pense pas que je serais tombée amoureuse d'un marin si j'avais dû être malade à chaque voyage en mer.

— Oh ! je suis bien d'accord. Mais il n'y a pas que cela. L'homme qu'elle a épousé... Eh bien, Warren et lui étaient ennemis d'enfance. Tu comprends ?

— Ce n'était pas très malin de la part de cette femme, n'est-ce pas ?

— Non, pas vraiment. N'importe qui d'autre aurait été préférable. Mais ce n'est pas tout. Warren et elle avaient été amants et elle portait l'enfant de Warren quand elle a rompu avec lui.

— Mon Dieu ! Le savait-il ?

— S'il l'avait su, je peux te garantir que cette histoire aurait eu une fin très différente. Mais il n'en avait aucune idée. Et il ne l'a découvert qu'un mois après son mariage avec Steven. À ce moment-là, elle ne pouvait plus le cacher. C'est cela qui l'a le plus touché : de se voir refuser la chance d'élever son enfant. Il a donc perdu la chair de sa chair, il a perdu la femme qu'il aimait et il les a toutes deux perdues au bénéfice d'un homme qu'il avait toujours détesté.

— Mais n'avait-il pas un recours légal, au moins pour l'enfant ?

— Sa première intention était de porter plainte. Mais elle lui a dit qu'elle nierait le fait que l'enfant puisse être le sien et que Steven soutiendrait ce mensonge et prétendrait être le père.

— Mais n'était-il pas de notoriété publique que Warren et elle... ?

— Oui, mais Steven était prêt à mentir et à clamer qu'il était son amant, son unique amant, et qu'après une querelle entre eux, elle s'était tournée par dépit vers Warren. Elle avait fini bien sûr par retrouver la raison, et cetera. Il comptait même donner les dates de leurs rencontres secrètes, rencontres au cours desquelles il lui aurait fait l'amour. C'étaient leurs deux paroles contre la sienne. Warren n'avait aucune chance.

— Existe-t-il une possibilité pour que ce que prétendait Steven soit vrai ?

— Non... En tout cas, Warren est sûr que non. Le bébé – ils l'ont appelé Samuel – ressemblait surtout à sa mère. Je l'ai vu une fois et cela m'a brisé le cœur de penser qu'il s'agissait sans doute de mon neveu. Je n'ai jamais osé demander à Warren s'il l'avait vu. C'est un sujet que nous n'abordons pas.

Regina secoua la tête.

— Ça a dû le rendre fou de savoir que l'homme qu'il haïssait élevait son enfant.

— Oui, murmura Georgina, jusqu'à ce que Samuel meure, il y a trois ans. Un accident, paraît-il. Warren était assez amer pour avoir quelques doutes.

Regina prit place sur une chaise près du lit.

— Je n'aurais jamais cru que je dirais cela un jour, Georgie, mais j'éprouve beaucoup de peine pour ton frère. Je vais l'inviter à dîner. Nicolas et lui devraient mieux se connaître, tu ne crois pas ?

— Es-tu devenue folle ? demanda Georgie en ouvrant de grands yeux. Ces deux-là ont beaucoup trop en commun : ils détestent tous les deux mon mari. J'essaie tant bien que mal de mettre un terme à leur animosité. Pas de donner à Warren un allié contre James.

— Mais mon oncle James est parfaitement capable de faire front tout seul, sinon je n'aurais pas suggéré cela. (Un sourcil noir se haussa, à la façon caractéristique des Malory.) Tu en doutes ?

Georgina connaissait son mari. Elle n'en doutait absolument pas. Mais là n'était pas le problème.

— En fait, dit-elle, il faudrait présenter à Warren des jeunes filles. Il pourrait, à nouveau tomber amoureux. Après tout, les miracles existent.

11

Warren ne se rendit pas immédiatement compte de ce qu'il était en train de faire : observer Amy Malory tandis qu'elle disposait des fleurs dans le hall. Il s'était immobilisé au sommet de l'escalier parce qu'il n'avait pas voulu la déranger, ou lui parler, ou même passer tout près d'elle. Pourtant, il ne bougeait pas et, à tout moment, elle pouvait lever les yeux et l'apercevoir.

Bien sûr, il n'avait nulle part où aller. Son beau-frère devait encore se trouver dans la nursery, il ne pouvait donc rendre visite à sa nièce. Et Regina Eden le mettait mal à l'aise : elle ressemblait trop à la jeune Amy. Les mêmes yeux, les mêmes cheveux noirs... la même troublante beauté. Pas question donc de retourner dans la chambre de sa sœur. Et il n'allait pas se mettre à chercher une pièce vide à l'étage, au risque de tomber sur un serviteur ou bien sur le fils de James.

Cette demeure était vaste, bien plus belle que tout ce à quoi s'attendait Warren. Bien sûr, il aurait été ridicule d'imaginer que sa sœur vivait dans un taudis – ce qui lui aurait donné une parfaite excuse pour la ramener en Amérique – après avoir épousé un lord anglais. À l'évidence, James Malory n'avait aucun mal à subvenir aux besoins de son épouse.

Il ne bougeait toujours pas, restant planté là au sommet des marches à contempler une gamine. Avait-elle conscience de sa présence ? Non. Elle semblait trop calme, trop sereine. À vrai dire, cette sérénité commençait à avoir un effet apaisant sur lui. À sa grande surprise, Warren découvrit qu'il prenait plaisir à la regarder. C'était sans doute pour cette raison qu'il restait là sans bouger plutôt que de vaquer à ses occupations.

Il avait encore du mal à croire ou simplement à penser à ce qui s'était passé entre Amy Malory et lui. À ce souvenir, les battements de son cœur s'accélérèrent. Ce qui le mit aussitôt en fureur. Comment Amy Malory pouvait-elle avoir cet effet sur lui ? Jeune, douce, c'était le genre de fille qu'on épousait alors que les femmes qui l'intéressaient étaient mûres, connaissaient la vie et comprenaient parfaitement que ses intentions n'avaient rien d'honorable. Une fois qu'il les quittait, il les oubliait, sans se soucier de savoir s'il laissait des espoirs brisés derrière lui. Comment cette fille parvenait-elle ainsi à occuper ses pensées ?

Elle recula pour contempler son œuvre. Critique, elle effectua encore une ou deux retouches à son bouquet avant de s'en aller. Warren aurait pu reculer pour rester hors de vue mais il changea d'avis :

il n'avait plus du tout envie de l'éviter mais de la provoquer. Fatalement, elle l'aperçut et s'immobilisa. Elle ne sourit pas et ne sursauta pas.

Bien. Elle regrettait sans doute son impétuosité. Si elle avait l'habitude d'accoster les hommes comme elle l'avait fait avec lui, il ne faisait aucun doute qu'elle n'était plus innocente depuis longtemps. Pas une seconde il ne croyait qu'il était le seul objet de ses désirs.

Sans la quitter des yeux, Warren descendit lentement les marches. Elle ne baissa pas le regard mais ses joues devinrent un peu plus roses.

Il s'immobilisa devant elle.

— Seriez-vous gênée ? Vous devriez l'être.

Elle parut surprise par cette remarque mais elle retrouva bien vite un de ses sourires malicieux.

— Je ne suis pas gênée. Si j'ai les joues un peu rouges, c'est parce que je me souviens de notre baiser. Et à quel point il était délicieux. Je suis prête à recommencer, si vous voulez.

L'audace de cette fille, sa folle témérité étaient insensées.

— Ne vous ai-je pas prévenue ?

— Que se passera-t-il si je n'en tiens pas compte ?

Cette fille n'était pas normale. Warren n'en revenait pas. Généralement, les femmes le craignaient et évitaient soigneusement de le provoquer. Cela lui convenait parfaitement. Il n'avait pas à supporter leurs insipides bavardages. Mais face à cette petite coquine et à son insolence, il était désarmé. Ce n'était pas à lui de la sermonner ou de la discipliner, et c'était bien dommage.

— Il va falloir que j'aie une petite conversation avec votre père, répliqua-t-il.

Il avait voulu l'effrayer. Ce fut un lamentable échec.

— Il faudra bien qu'il sache un jour que c'est vous que je veux, vous pouvez donc lui demander ma main. Ainsi, nous ne perdrons pas trop de temps.

Elle était incorrigible. Warren avait envie de la secouer comme un prunier… Non, ce n'était pas exactement ce qu'il avait envie de faire, mais il n'était pas question de céder à ses instincts les plus bas.

— Je ne veux pas de votre main. Et je ne la demanderai pas, pas plus que tout ce que vous avez à offrir, petite fille.

Elle se raidit. Ses paupières se plissèrent. Et elle eut l'impudence de planter son doigt tendu sur sa poitrine.

— Je ne suis pas si petite que vous le prétendez. Au cas où vous ne l'auriez pas remarqué, je suis plus grande que votre sœur. Et je ne vous ai jamais entendu l'appeler « petite ».

Cette attaque de front le démonta quelques secondes mais il se reprit bien vite.

— Je ne faisais pas référence à votre taille, petite fille.

Elle poussa un long soupir en haussant les épaules.

— Je sais. Je vous donnais un moyen de vous en sortir car faire des chichis sur notre différence d'âge est parfaitement ridicule. Vous savez pertinemment que des hommes plus vieux que vous épousent tout le temps des filles de mon âge. Vous n'êtes pas trop vieux pour moi, Warren Anderson. Et d'ailleurs, depuis que j'ai posé les yeux sur vous, les hommes plus jeunes me semblent idiots et immatures. Il y a bien quelques exceptions mais, comme elles font partie de ma famille, elles ne comptent pas.

— Vos préférences ne m'intéressent pas le moins du monde, rétorqua-t-il.

— Cela viendra, prédit-elle. Je voulais juste m'expliquer maintenant, ce qui vous évitera quelques crises de jalousie plus tard.

Warren était stupéfait de ne pas avoir encore perdu patience.

— Voilà bien quelque chose dont vous n'aurez jamais à vous soucier. À présent, je dois insister pour que vous mettiez un terme à cette cour éhontée. Votre manège ne m'amuse pas. En fait, il commence sérieusement à m'agacer.

Elle se contenta de hausser un sourcil.

— Vous n'êtes pas du genre à faire des manières, Warren. Si je vous agace tant que cela, pourquoi êtes-vous encore là ?

Qu'il soit damné s'il le savait ! Mais avant qu'il eût le temps de la remettre à sa place, elle vint tout près de lui. Beaucoup trop près...

— Vous aimeriez m'embrasser à nouveau, devina-t-elle, mais je crois que vous ne le ferez pas. Et si je prenais l'initiative ?

Warren retint son souffle. Voilà, elle recommençait. Elle était en train de le séduire à nouveau : ces mots, ce regard voilé... Et il avait envie d'elle. Seigneur, comme il avait envie d'elle ! Il n'avait jamais rien senti d'aussi fort. Pas même... La simple évocation de Marianne fut comme une douche glacée.

— Arrêtez ! siffla-t-il tandis qu'Amy l'enlaçait.

Il lui saisit brutalement les poignets. Elle grimaça de douleur.

— Que faut-il que je fasse pour que vous compreniez ? demanda-t-il rudement. Vous ne m'intéressez pas !

— Balivernes, osa-t-elle lui répondre. Emportez-vous, si cela vous chante, mais au moins, soyez sincère. C'est le mariage qui ne vous intéresse pas mais cela, je le savais déjà et nous trouverons un moyen de vous faire changer d'avis... Mais n'essayez pas de prétendre que je ne vous intéresse pas... pas après le baiser que vous m'avez donné.

— Pourquoi faites-vous cela ? s'exclama-t-il, exaspéré.

— Quoi donc ?

— Ne jouez pas les idiotes, aboya-t-il. Vous faites tout ce qui est en votre pouvoir pour me séduire.

Elle lui adressa un sourire éblouissant.

— Et j'y arrive ?

Comme si elle ne le savait pas... Mais peut-être ne le savait-elle vraiment pas ? Eh bien, dans ce cas, qu'elle ne compte pas sur lui pour l'encourager.

— Répondez-moi, bon sang ! Pourquoi insistez-vous alors que je vous ai demandé – ordonné, même – d'arrêter ?

Elle n'était toujours pas intimidée.

— C'est mon impatience. Je déteste vraiment attendre ce qui est inévitable entre vous et moi...

— Cela n'a rien d'inévitable !

— Mais bien sûr que si ! Et je ne vois donc pas pourquoi il nous faudrait attendre. Vous allez tomber amoureux de moi. Nous allons nous marier. Nous allons être heureux ensemble. Ne résistez pas, Warren. Donnez-moi une chance de ramener le rire et la joie dans votre vie.

Ce qui le choquait, c'était qu'elle semblait si sincère... et qu'elle faisait preuve d'une incroyable confiance en elle. Elle savait y faire, il devait le lui accorder, suffisamment pour qu'il se demande à combien d'autres hommes elle avait déjà joué cette petite comédie. Les amenait-elle devant l'autel avant d'admettre qu'il ne s'agissait que d'un jeu... ou bien se contentait-elle de partager leur lit ? En discutant avec elle, il ne faisait que l'encourager.

Il lui lâcha les poignets pour déclarer avec raideur – et, il l'espérait, pour la dernière fois :

— Arrêtez. Il n'y a qu'une seule chose que je demande aux femmes, et cela s'obtient et s'oublie très vite.

— Vous n'êtes pas obligé d'être grossier, répondit-elle d'une petite voix blessée.

— Vous ne me laissez pas le choix. Gardez vos distances, Amy Malory, et ne m'obligez pas à vous le redire.

12

L'optimisme d'Amy s'envola après le départ de Warren. Et elle qui s'imaginait faire des progrès ! Elle avait bien senti qu'elle éveillait son intérêt. Mais, en réalité, elle s'était conduite comme une idiote.

Elle n'aurait pas dû précipiter les choses. Elle s'en rendait compte à présent. Elle aurait dû se montrer plus subtile, et non se jeter sur lui et tout lui révéler avec une honnêteté dévastatrice. Mais le temps lui était compté.

L'un des frères, Boyd, pensait-elle, avait déclaré qu'ils ne resteraient à Londres qu'une semaine ou deux au maximum. Bon sang, comment allait-elle pouvoir accomplir l'impossible dans un laps de temps aussi court sans faire preuve de franchise ?

Lorsqu'elle avait parlé de mariage, il s'était aussitôt replié dans sa coquille. Voilà qui avait été stupide de sa part, alors qu'elle savait à quel point il tenait à son célibat… et pour quelle raison. Maudite soit cette Américaine qui lui rendait à présent la tâche si difficile. Bien sûr, si cette femme ne s'était pas moquée de lui, il serait maintenant marié et la question ne se poserait plus. N'empêche... c'était la mention du mariage qui avait ruiné toutes ses chances aujourd'hui et peut-être définitivement. Le mal était fait. Il savait ce qu'elle attendait de lui. Tout ce qu'elle pouvait faire à présent, c'était se taire en espérant qu'il changerait d'avis sur cette question. Avec un peu de temps, il baisserait peut-être sa garde pour se rendre à ses raisons. Oui, un peu de temps, quelques mois par exemple...

Décidément, l'affaire se présentait mal. Et cela ne s'arrangea nullement quand Warren et ses frères revinrent rendre visite à leur sœur tôt ce soir-là. Drew flirta un peu avec elle mais il flirtait probablement avec chaque femme qu'il rencontrait. Warren l'ignora superbement, ne la salua même pas et ne lui adressa pas la parole.

Cette fois-ci, Jeremy se trouvait aux côtés de son père pour le soutenir contre « l'ennemi ». Mais cela ne fut pas nécessaire : les frères Anderson ne restèrent pas assez longtemps pour provoquer un incident.

Amy devina où ils étaient si pressés de se rendre. Avec des sœurs, une cousine et de jeunes tantes, toutes mariées et qui toutes se plaisaient à évoquer leurs hommes sans fausse pudeur, elle en savait davantage que bien des jeunes filles de son âge. Dans le cas des Anderson, c'était leur deuxième soirée à Londres après un long voyage en mer. Ils avaient rendu visite à leur sœur. Ils avaient réglé leurs affaires. Des hommes aussi virils qu'eux allaient, bien évidemment, se mettre en quête de compagnie féminine.

Et cela la mettait au supplice... et en rage. Pour Amy, il était clair que Warren lui appartenait déjà, même si c'était loin d'être exact. Elle ne supportait donc pas l'idée qu'il puisse dormir dans les bras d'une autre.

Elle lui avait assuré qu'inévitablement ils vivraicnt ensemble mais, à présent, elle n'en était plus aussi certaine. Pas après ce qui s'était passé entre eux lors de leur dernière rencontre. Elle devait donc tenter l'impossible pour qu'il dorme seul ce soir et qu'il ne pense qu'à elle. Mais comment faire, alors qu'elle n'avait aucune idée de l'endroit où il se trouvait ?

Jeremy ! Il l'aiderait.

Il était lui aussi sur le point de partir. Elle se rua dans le hall.

— Tu as un moment, Jeremy ?

— Pour toi, ma belle, toujours. Mais ce soir, ce ne sera qu'un bref moment.

— Tu es en retard pour un rendez-vous ?

— Non, impatient d'y être, c'est tout. (Il sourit.) Impatient.

Elle lui rendit son sourire. Il s'engageait vraiment sur les traces de son père, même si elle n'imaginait pas que James ait pu être un jour aussi charmant et insouciant que sa canaille de fils.

— Je ne te retiendrai pas, promit-elle. Pas trop, en tout cas. (Son élégante tenue annonçait qu'il se rendait à une soirée donnée dans la bonne société.)

Il faut simplement que tu trouves où s'est rendu Warren ce soir.

Cette requête le laissa pantois. Il mit quelques secondes avant de répondre :

— Mais pourquoi ferais-je une chose pareille ?

— C'est Georgie qui veut le savoir fut la seule réponse que trouva Amy, prise de court. Elle doit lui transmettre un message extrêmement urgent.

— Bon, d'accord. Mais n'espère pas que je reviendrai t'apporter la réponse. Je t'enverrai un messager avec un billet.

— Oh ! cela ira parfaitement.

Après son départ, elle se sentit malheureuse. Elle n'avait pas pour habitude de lui mentir, ni à quiconque, d'ailleurs. Bon, d'accord, il lui arrivait de ne pas toujours dire toute la vérité mais de mentir aussi effrontément, jamais !

Cependant, Jeremy n'aurait jamais accepté de lui rendre ce service si elle lui avait avoué que c'était elle et non Georgina qui voulait envoyer un message à Warren.

Quant à lui confesser qu'elle voulait empêcher Warren de se glisser entre les draps d'une quelconque drôlesse, c'était hors de question. Jeremy, malgré la vie qu'il menait, lui avait déjà administré quelques redoutables sermons. Il n'aurait pas manqué d'informer la famille de ses tendres sentiments envers le frère le plus taciturne de Georgina. Elle se serait alors retrouvée dans une voiture roulant à tombeau ouvert pour la retraite campagnarde la plus retirée… au moins jusqu'au départ de Warren pour l'Amérique.

Le renseignement qu'elle désirait tant ne tarda pas à lui parvenir. Moins d'une heure plus tard, le messager de Jeremy se présenta. Warren se trouvait au *Chien de l'Enfer*. Une taverne, devina-t-elle. Elle n'en avait jamais entendu parler mais reconnut l'adresse. Cela se trouvait dans un des quartiers les plus malfamés de la ville. Bien. Et maintenant, que faire ?

13

— Nom d'un chien, que faites-vous ici ?

Amy tressaillit. Warren était vraiment furieux. Et, pour dire la vérité, il y avait de quoi.

Cédant à une folle impulsion, elle était venue en personne. Elle n'aurait pas dû. Se présenter dans un tel endroit était dangereux et... irresponsable. Mais pourquoi n'avait-elle pas songé à tout cela avant de franchir la porte du *Chien de l'Enfer* ?

Maudite jalousie qui faisait d'elle son esclave alors que Warren avait parfaitement le droit de coucher avec qui bon lui semblait... Après tout, le seul engagement qu'elle avait obtenu de lui c'était : « gardez vos distances ». Après leur mariage, elle aurait parfaitement le droit d'agir comme elle le faisait maintenant. Mais aujourd'hui, c'était trop tôt : il ne lui appartenait pas encore.

Or elle était venue, et précisément au bon moment. Elle n'avait pas eu à fouiller la salle pour trouver Warren. À l'instant où elle avait franchi la porte, elle l'avait aperçu : il grimpait l'escalier en compagnie d'une avenante serveuse qui le tirait par la main et riait à gorge déployée – et quelle gorge ! – en lui promettant sans doute les plus doux délices. Amy avait vu rouge et s'était ruée vers les marches sans tenir compte des exclamations de surprise des clients qui l'avaient remarquée. Elle avait hurlé le prénom de Warren juste à l'instant où il pénétrait dans la chambre de la fille. Ce cri eut deux résultats immédiats : il se tourna vers elle et la porte de la chambre lui claqua au nez. La fille, prenant sans doute Amy pour ce qu'elle n'était pas, ne tenait visiblement pas à se retrouver face à une épouse délaissée.

Ainsi Amy pouvait s'expliquer dans la relative intimité de ce couloir mal éclairé plutôt que dans la salle du bas, remplie de témoins éméchés. Et Warren attendait cette explication.

— Vous allez répondre ou bien allez-vous rester plantée là à vous tordre les mains ?

L'heure était grave. Elle n'avait pas obtenu de grands résultats jusqu'à maintenant, autant se jeter à l'eau.

— Ce que vous êtes venu chercher ici, je peux vous l'offrir.

Voilà, elle l'avait dit et elle n'allait pas se rétracter. Curieusement, il ne semblait pas le moins du monde surpris ou choqué. Elle l'examina de plus près. En fait, il ne semblait surtout pas sobre. Il vint vers elle, sa fureur se transformant en ironie mordante.

— Parce que vous savez ce que je suis venu chercher ici ? Oui, bien sûr que vous le savez… une coquine de votre espèce.

Il écarta les plis du manteau lilas qu'elle avait revêtu, révélant le pourpre sombre des broderies de satin qui ornaient sa stricte robe couleur lavande. Voilà qui ne ressemblait en rien à la tenue d'une séductrice. Mais sa seule beauté était tentante. Il enleva sa capuche. Son visage apparut, tout illuminé des nuances violettes de ses yeux.

— Ainsi, reprit-il, vous voulez prendre la place de la putain ? Et vous comptez vous faire payer par une promesse de fiançailles. (Sa main caressa la joue d'Amy. Il y avait comme un vague regret dans ce geste.) Merci, je préfère m'en tenir à cette fille qui n'attend qu'une ou deux pièces en échange. Votre prix est trop élevé pour moi, lady Amy.

— Pas de promesse, pas de lien, dit-elle dans un murmure étouffé. Maintenant que je me suis déclarée…

— Vous ne l'avez pas fait.

— Bien sûr que si, fit-elle, un peu surprise. J'ai dit ce que je voulais. Je vous ai dit que je vous voulais…

— Ce que vous voulez. Cela n'a rien à voir avec ce qui se passe ici. (Il posa la main sur le cœur d'Amy, même si le doux renflement de son sein se trouvait sur le chemin. Ce que d'ailleurs l'un et l'autre remarquèrent.) Êtes-vous en train de dire que vous m'aimez ?

— Je ne sais pas.

Ce n'était pas exactement la réponse qu'il attendait d'une jeune fille qui disait vouloir l'épouser. Cette réponse le laissa perplexe.

— Vous ne savez pas ?

Elle se hâta d'expliquer :

— J'aimerais tant que nous ayons plus de temps devant nous pour comprendre tout cela mais nous ne l'avons pas. Vous ne resterez pas bien longtemps, Warren. Mais je vous veux. Il n'y a aucun doute là-dessus. Je n'ai jamais ressenti auparavant ce que je ressens pour vous. Cela me rend malade de vous savoir dans les bras d'une autre femme. Mais je ne sais pas encore avec certitude si je vous aime.

Il avait pris quelques verres, sans doute quelques-uns de trop pour comprendre lady Amy et la complexité de ses doutes et de ses certitudes. Sa main quitta son sein.

— Allez-vous-en.

Elle baissa les yeux.

— Impossible. J'ai renvoyé mon fiacre.

Il explosa.

— Et pourquoi diable avez-vous fait une bêtise pareille ?

— Pour que vous soyez forcé de me raccompagner chez moi.

— Puisque vous avez pensé à tout – sauf au fait de savoir si vous m'aimez –, vous devez donc être capable de rentrer chez vous toute seule.

— Très bien.

Elle tourna les talons, prête à partir. Il la rattrapa.

— Bon sang, où croyez-vous aller comme ça ?
— Chez moi.
— Comment ?
— Mais vous avez dit…
— Taisez-vous, Amy. Laissez-moi réfléchir. Je n'y arrive pas, vous bavardez sans arrêt.

En vérité, elle n'avait pas dit grand-chose. Mais, à mesure que le silence s'éternisait et que sa mine s'assombrissait, elle finit par suggérer :

— Un de vos frères pourrait peut-être me raccompagner ?
— Ils ne sont pas ici.

C'était bien ce qu'elle pensait. Ce qui lui avait permis de faire cette offre sans trop de risques. Elle n'avait aperçu aucun des autres Anderson en bas.

Clinton et Thomas n'avaient sans doute aucune envie de traîner dans un bouge pareil. Quant aux deux jeunes frères, ils devaient préférer des endroits plus glorieux où ils ne risquaient pas de se colleter avec quelques mauvais bougres enivrés. Seul Warren s'en moquait éperdument : il devait autant espérer une compagnie féminine qu'une bonne bagarre. Georgina disait souvent que quand il était de mauvaise humeur, il cherchait à se battre, et contre n'importe qui.

Et il était de très mauvaise humeur maintenant. S'il découvrait qu'elle n'avait pas renvoyé son attelage mais avait simplement demandé au cocher de l'attendre au coin de la rue, il était capable de l'assassiner. Non, il la flanquerait dans la voiture et reviendrait tout droit dans les bras de sa catin.

Son stratagème l'aurait éloigné de sa compagne pour un petit moment, mais pas pour le restant de la nuit. Il voulait une femme, sans quoi il ne serait pas ici. Bon sang, que fallait-il qu'elle fasse pour qu'il la choisisse elle, et non une autre ?

— Par tous les diables ! maugréa-t-il finalement en la saisissant par le bras et en l'entraînant à sa suite.

— Où m'emmenez-vous ? demanda-t-elle.

— Chez vous.

Ils empruntèrent un escalier menant à une sortie dans une ruelle. Ouf ! sa voiture n'était pas garée là !

— Vous ne voulez pas plutôt me ramener à votre hôtel ? demanda Amy.

— Non.

Il la traînait toujours et ne musardait pas en chemin. Elle devait courir pour rester à sa hauteur. Que ferait-elle si jamais il se dirigeait vers l'endroit où attendait sa voiture ? Le cocher l'appellerait sans doute en la reconnaissant.

À son grand soulagement, une fois arrivé à la rue principale, Warren tourna dans la direction opposée. Il n'y avait pas un seul fiacre en vue. Du moins, pour l'instant. Mais, à l'allure où il allait, ils ne tarderaient pas à en croiser un.

— Warren, vous voulez bien ralentir un peu ?

— Non.

— Si vous ne le faites pas, je risque de me tordre la cheville. Et vous devrez me porter.

Immédiatement, son pas ralentit. L'idée de la porter devait sûrement évoquer pour lui les pires tourments de l'enfer.

Finalement, Warren demanda :

— Votre oncle sait-il que vous fréquentez les tavernes ?

— Quel oncle ?

Il lui lança un regard noir.

— Celui chez qui vous êtes installée en ce moment.

— Mais je ne fréquente pas les tavernes.

— Et *Le Chien de l'Enfer*, c'est quoi pour vous ?

— Un nom horrible !

Il s'arrêta pour se tourner vers elle. Pendant un instant, elle crut qu'il allait l'étrangler. Mais il se contenta de jeter ses deux mains en l'air, signe sans doute qu'elle l'exaspérait au plus haut point.

Elle décida de se confesser.

— Ainsi, je n'ai pas très bien su affronter ma première expérience de la jalousie. Je me débrouillerai mieux une fois que j'en aurai pris l'habitude.

Il émit un son étrange, à mi-chemin du gloussement et du ricanement. Elle en déduisit – un peu rapidement – qu'elle l'avait amusé.

— Oh, allez-y, souriez, reprit-elle. Je vous promets de ne révéler à personne que vous êtes capable de sourire.

Il la reprit par le poignet et l'entraîna à toute allure. Elle dut se remettre à courir.

— Ma cheville ?

— Je prends le risque, rétorqua-t-il.

Cette fois-ci, la coupe était pleine. Son futur époux était sans espoir. Aucun sens de l'humour, aucun romantisme, un esprit complètement borné. Eh bien, elle en avait assez de sa morosité pour aujourd'hui. Elle l'avait peut-être mis de mauvaise humeur... Non ! Que s'imaginait-elle ? Il était toujours de mauvaise humeur. Mais elle n'était pas forcée de supporter cela une seconde de plus.

Amy se libéra d'un mouvement rageur et s'immobilisa, bien décidée à ne plus avancer d'un pouce. Il se retourna, les mains sur les hanches.

— Quoi encore ?

— Rien ! répliqua-t-elle avec fureur. Allez retrouver votre fille de salle, Warren. Je peux rentrer chez moi toute seule et intacte. Merci.

— Vous aviez prévu de rentrer intacte ? fit-il, lourdement sarcastique.

L'allusion était claire mais elle était trop furieuse pour rougir et elle lui répondit du tac au tac :

— En fait, j'avais prévu de ne plus être vierge après ce soir mais comme vous ne semblez pas encore prêt à me délivrer de...

— Arrêtez ! Si j'avais cru, ne serait-ce qu'une minute, que vous étiez vierge, j'aurais utilisé une cravache pour vous punir de votre conduite. Quelqu'un aurait dû le faire depuis longtemps. Cela vous aurait évité de suivre la tradition des Malory et de devenir une débauchée... Amy, revenez ici !

Elle se mit à courir vers la taverne et son attelage qui l'attendait plus loin. Au diable, Warren Anderson ! Lui donner la cravache simplement parce qu'elle le désirait ? Comme si ses intentions n'étaient pas honorables ! Comme si elle passait son temps à séduire tous les hommes qui passaient à sa portée ! Mais, nom de nom, comment était-elle censée briser l'armure de glace dans laquelle il s'était enfermé ? Ce n'était pas un homme normal, elle ne pouvait donc s'y prendre normalement. Il haïssait les femmes, ne leur faisait aucune confiance et les utilisait sans jamais se laisser attendrir.

C'était un goujat. Elle avait été folle de croire qu'elle pourrait le changer. Elle n'avait pas l'expérience nécessaire même si, à l'évidence, il était persuadé du contraire. Il ne croyait pas à sa virginité. Pas étonnant qu'il ne veuille pas d'elle… Mais non, cela aurait dû au contraire le tenter. Elle avait cru qu'il lui résistait en raison de son innocence mais s'il ne la croyait pas vierge, pourquoi refuser ce qu'elle lui offrait ? Il n'y avait qu'une seule réponse possible : il ne voulait vraiment pas d'elle.

Cette idée la fit vaciller. Amy jeta un bref coup d'œil derrière elle et vit qu'il se rapprochait. Oh, mais il ne la rattraperait pas ! Elle avait des années d'entraînement derrière elle : elle était toujours parvenue à distancer ses frères qui n'étaient ni aussi lourds… ni aussi ivres que lui. Mais c'était sans compter avec cette satanée collision avec un client sortant du *Chien de l'Enfer*.

Elle faillit bien renverser le bonhomme. Par réflexe, il s'accrocha à elle et, fort malheureusement, il remarqua ce qu'il tenait dans ses bras.

— Oh ! dit-il avec un plaisir évident. Mais que se passe-t-il ?

Il n'eut pas le temps de finir. Warren venait de les rattraper : son poing troua l'air par-dessus l'épaule d'Amy pour venir s'écraser sur le nez de l'inconnu. Cette fois-ci, l'homme perdit effectivement l'équilibre. Amy poussa un cri de surprise tandis qu'elle tombait avec lui. L'atterrissage fut brutal. Avant même qu'elle ne songe à se redresser, elle se sentit soulevée. Le bras de Warren lui sciait le ventre, lui coupant le souffle. Il la portait comme un vulgaire sac.

L'inconnu, encore étalé sur le sol, leva les yeux vers Warren pour demander :

— Mais qu'ai-je fait pour mériter ça ?

— La dame n'est pas disponible.

— Vous auriez pu le dire, marmonna l'autre en se touchant le nez avec précaution.

— C'est ce que j'ai fait, à ma façon, répliqua Warren. Et à votre place, je resterais par terre si vous ne voulez pas que je recommence.

Le bonhomme s'était assis. Cette menace lui parut suffisamment convaincante pour se rallonger précipitamment. Warren sembla déçu quand l'homme refusa de le défier.

Warren repartit d'un pas furieux. Amy se demanda s'il avait oublié qu'il la portait toujours. Elle envisageait de lui rappeler sa présence quand un nouveau grognement se fit entendre derrière eux.

— Maudit Américain ! (Sa victime avait reconnu l'accent de Warren.) On ne vous a pas dit que la guerre était terminée ? (Puis, plus fort :) Et on vous aurait flanqué une drôle de raclée si j'avais été là !

Warren fit volte-face. Le gaillard bondit et s'enfuit à toutes jambes. Amy aurait éclaté de rire si elle avait pu respirer. Décidément, son futur époux n'obtenait aucune satisfaction d'aucune sorte ce soir. Il repartit dans la direction qu'il avait prise plus tôt.

Pour le salut de son estomac, Amy se rappela à son souvenir :

— Puisque vous semblez décidé à me porter, vous pourriez me retourner pour que je puisse en profiter moi aussi ?

Il la lâcha. Le sinistre bonhomme la laissa tout bonnement tomber ! Normalement, elle aurait piqué une sacrée crise de rage, mais quand elle leva les yeux vers Warren, elle s'aperçut qu'il semblait aussi surpris qu'elle.

— Ça veut dire non, j'imagine ? demanda-t-elle.

— Nom d'un chien, Amy, vous n'êtes donc jamais sérieuse ?

— Si j'étais sérieuse, ça ne vous plairait sûrement pas. À moins que vous n'aimiez voir une femme pleurer. Ce qui, en y réfléchissant bien, doit être le cas, conclut-elle d'un air dégoûté.

— Que voulez-vous dire par là ? fit-il en la remettant sur pied sans ménagement. (Mais, remarquant sa grimace, il s'enquit aussitôt :) Je vous ai fait mal ?

— N'essayez pas de me faire croire que vous vous souciez de l'intégrité de mon postérieur. Vous étiez tout prêt à lui faire connaître la cravache.

— Je ne l'aurais pas fait, marmonna-t-il, si bas qu'elle faillit ne pas l'entendre.

— Pardon ?

— Je ne vous veux aucun mal.

— Et je dois vous croire ? Je dois croire un homme qui est persuadé qu'une femme est toujours en âge de recevoir une bonne fessée ?

Il fronça les sourcils.

— Vous fréquentez un peu trop ma sœur, n'est-ce pas ?

— Si vous voulez dire que je sais sur vous des choses que vous ne souhaitez sans doute pas que je sache, la réponse est oui. Un jour, vous en serez ravi. Parce que c'est à cause des confidences de votre sœur qu'il m'arrive de croire que vous n'êtes pas un cas totalement désespéré. Même si vous en êtes tout près. Il vous reste encore une ou deux qualités appréciables.

— Vraiment ? Et vous allez me dire lesquelles, j'imagine ?

— Oh, que non, fit-elle avec un sourire espiègle. Je préfère vous laisser deviner ce qui, chez vous, m'impressionne.

— Je préférerais que vous me considériez comme un cas désespéré.

Elle soupira.

— Oui, je sais. Et, il y a quelques minutes de cela, j'ai failli en être persuadée.

— Oserais-je demander ce qui vous a fait changer d'avis ?

— Cette superbe scène de jalousie que vous venez de jouer, dit-elle avec un air suffisant.

— Ô Seigneur ! gémit-il. Ce n'était pas de la jalousie.

— Bien sûr que si. Et rien de ce que vous pourrez dire ou faire ne me convaincra du contraire. Voulez-vous savoir pourquoi ?

— J'ai peur de ce que vous allez dire.

Cela ne l'arrêta pas le moins du monde.

— Parce que je me suis déclarée. Je suis à vous et il vous suffit de me prendre. Au fond de vous, votre instinct a accepté cela, même si vous n'êtes pas prêt à l'admettre.

Il ricana.

— Sornettes ! J'avais simplement envie de flanquer mon poing dans la figure de cet homme. En fait, depuis un bon moment, j'avais envie de cogner sur n'importe quoi. C'est toujours ainsi quand je dois me montrer courtois avec mon beau-frère.

Amy éclata de rire.

— Oncle James va être ravi de l'apprendre, j'en suis sûre. Mais ce n'est pas pour cette raison que vous avez frappé ce pauvre bougre. Vous l'avez frappé parce qu'il me tenait dans ses bras.

Il essaya l'indifférence.

— Si ça vous amuse de le croire.

— Oh, mais ça m'amuse, Warren, croyez-moi. Et, à propos, dit-elle en adoptant une voix plus séductrice, il me faut éclaircir ce point au sujet de ma virginité. Selon vous, elle ne serait plus qu'un souvenir, n'est-ce pas ? Vous savez, j'imagine, comment vous pourrez en avoir le cœur net ?

Et, subitement, alors qu'Amy avait de moins en moins l'espoir de provoquer en Warren une quelconque réaction, il s'approcha d'elle, ses mains lui encadrèrent le visage. Et elle ne put qu'accepter son baiser, que cela lui plaise ou non. Et cela lui plaisait… Oh que oui ! Il n'eut aucun doute là-dessus quand il constata avec quelle passion elle lui répondait.

À son tour, elle l'enlaça. Leur affrontement avait exaspéré leur désir. Leurs bouches se mêlèrent dans une frénésie de violence, de tendresse, de frustration et d'inexpérience.

Le moment et l'endroit ne signifiaient plus rien dans cette tempête érotique. Mais, comme beaucoup de tempêtes, elle pouvait s'arrêter aussi subitement qu'elle avait éclaté. Quand les mains de Warren se refermèrent sur les fesses d'Amy, elle poussa un petit gémissement de plaisir qui brisa le sortilège.

Ils se séparèrent immédiatement. Le feu qui les rongeait encore était trop intense : ils devaient mettre une certaine distance entre eux. Il lui tourna le dos comme si sa simple vue allait dévaster le peu de contrôle qu'il avait retrouvé. Elle ne bougeait pas, haletante, les poings serrés, luttant de toutes ses forces contre le besoin de le supplier. Sa frustration était trop grande. Mais elle comprenait que le moment était mal choisi pour insister, pour aller trop loin. Il ne le lui pardonnerait pas.

Maintenant, elle était certaine d'obtenir de lui ce qu'elle désirait tant. Ce n'était qu'une question de temps. Et, précisément, elle n'avait que peu de jours devant elle et elle n'avait aucune patience.

— Seigneur, vous m'auriez laissé vous prendre ici même, en pleine rue ?

Il ne lui faisait toujours pas face. Elle préféra répondre sincèrement :

— Il semble bien que, s'agissant de vous, toute honte m'abandonne. (Il se raidit. Elle enchaîna bien vite sur une plaisanterie :) J'imagine que vous n'allez pas changer d'avis maintenant et m'emmener à votre hôtel ?

— Non !

— Un autre hôtel, peut-être ?

— Amy !

— Je plaisante, au nom du Ciel ! Vraiment, Warren, il faudra que nous fassions quelque chose pour votre sens de l'humour.

Il fit volte-face pour déclarer avec raideur :

— Au diable mon sens de l'humour, c'est votre sens de l'à-propos qui est atroce. Quant à votre virginité, nous savons à présent tous les deux à quoi nous en tenir. Vous ne pourriez pas être aussi impudique si vous étiez encore vierge.

— Pourquoi pas ? Je suis jeune, je suis en bonne santé et mon intuition ne me trompe pas. C'est vous qui me donnez envie de me dévergonder.

— Encore une provocation et…

— Oui, oui, je sais, vous sortirez votre cravache. Si vous ne faites pas un peu attention, Warren, c'est moi qui risque de me lasser de vous.

14

Amy n'était plus du tout certaine des raisons qui l'avaient poussée à agir ainsi. Elle commençait à douter. À dire vrai, elle ne savait pas où Warren était en train d'aller. Emporté par sa rage, à chaque pas il semblait un peu plus furieux. Et aucun fiacre, hélas ! n'apparaissait pour le soulager de son regrettable fardeau. Aussi, au bout d'une quinzaine de minutes de vaine marche, elle confessa que la voiture qu'elle avait utilisée plus tôt se trouvait peut-être encore dans le voisinage du *Chien de l'Enfer*.

Bien évidemment, Warren n'accueillit pas cette nouvelle avec une joie folle. Pour rester convenable, disons qu'il l'accusa de mensonge, de tromperie et d'un certain nombre d'autres pratiques tout aussi détestables. Elle ne prit pas la peine de nier. Après tout, ce n'était pas entièrement faux. De toute manière, il ne lui en laissa pas l'occasion, ne cessant de marmonner et de fulminer tandis qu'ils revenaient sur leurs pas.

Quand ils atteignirent enfin la voiture, qui attendait effectivement à l'endroit prévu, elle était certaine qu'il allait l'abandonner sans plus de manières. Mais il grimpa derrière elle, grognant son adresse au cocher.

Le trajet commença dans un silence pesant. Assis face à Amy, Warren semblait décidé à ne pas ouvrir la bouche. Elle comprenait parfaitement sa colère : elle-même savait faire preuve d'un caractère impossible quand on la provoquait. Mais sa nature espiègle ne pouvait tolérer le silence. En tout cas, guère plus de quelques minutes. Et, en vérité, il la rendait encore plus nerveuse en restant ainsi muet. Mieux valait encore qu'il vocifère ! Au moins, quand il criait, elle savait ce qu'il avait en tête.

Elle céda donc à sa nature et... à son obsession du moment.

— C'est bien pratique des voitures aussi spacieuses, vous ne trouvez pas ? Je ne crois pas que nous serons de sitôt ensemble dans un endroit aussi intime... à moins que vous ne vous décidiez à m'emmener dans votre chambre d'hôtel.

— Taisez-vous, Amy.

— Vous êtes sûr de ne pas vouloir tirer avantage de ces grands fauteuils si moelleux ? Je sais que mes oncles ne laisseraient jamais passer une occasion pareille.

— Taisez-vous, Amy.

— Et mes cousins non plus. Derek et Jeremy auraient déjà relevé les jupes de...

— Amy !

— Mais si, je vous assure, ils l'auraient déjà fait. Et ne comptez pas sur eux pour ergoter à n'en plus finir sur l'âge ou l'innocence de leurs compagnes. Ce sont de vrais débauchés, croyez-moi.

— Je ne suis pas un débauché.

— C'est ce que je vois, et c'est bien dommage. Dans le cas contraire, je ne resterais pas assise ici à des kilomètres de vous, n'est-ce pas ? Je serais déjà sur vos genoux, peut-être avec ma jupe relevée jusqu'à la taille tandis que vos mains...

Il gémit en se couvrant les yeux. Contente d'elle-même, Amy sourit... jusqu'à ce qu'il grommelle :

— Même votre connaissance de ces choses vous trahit.

— Oh, balivernes ! Il se trouve simplement qu'il y a beaucoup de jeunes couples mariés dans ma famille et qu'ils oublient parfois que je ne le suis pas encore. Même votre sœur m'a raconté une ou deux choses absolument fascinantes à propos d'oncle James. Saviez-vous qu'il lui arrivait souvent de quitter son quart en plein milieu de l'après-midi pour l'attirer dans sa cabine et...

— Assez !

— Mais il le faisait, insista-t-elle, et c'était avant qu'ils soient mariés.

— Je ne veux pas en entendre parler.

Elle claqua la langue.

— Warren, mon cher, vous ressemblez de plus en plus à un fichu puritain.

— Et vous, à une putain des quais.

— Eh bien, je fais de mon mieux, répliqua-t-elle sans vergogne. Après tout, c'est bien ce que vous cherchez ce soir, n'est-ce pas ? J'essaie de vous satisfaire.

Il lui jeta un regard assassin. Un instant, elle crut même qu'il allait se jeter sur elle. Mais il n'en fit rien et elle en fut déçue.

— Je sais ce que vous avez en tête, dit-elle, renoncez-y. Vous n'avez pas de cravache sous la main et je vous promets de hurler à vous en arracher les oreilles... si jamais vous posez la main sur moi dans un autre but que de me donner du plaisir. (Une nouvelle idée lui passa par la tête.) Bien sûr, il est possible que je hurle au moment où le plaisir viendra. Je n'en sais rien, n'ayant pas encore vécu cette expérience. Il va nous falloir attendre pour savoir comment je réagis, n'est-ce pas ?

Soudain, il se pencha en avant, les poings serrés. Pour la première fois, elle remarqua la petite cicatrice sur sa joue qui frémissait. Était-elle allée trop loin ? Allait-il lui faire l'amour ou bien l'étrangler ? Une chose était certaine : il était vraiment à bout et elle n'osait pas le provoquer davantage.

— D'accord, vous avez gagné, admit-elle promptement. Si c'est le silence que vous voulez, vous l'aurez.

Elle détourna les yeux, faisant mine de s'intéresser au paysage qui défilait, en espérant que cela le calmerait. Cette attente angoissante dura quelques minutes avant qu'il ne se renfonce dans son siège. Elle retint un soupir de soulagement. Elle avait

— Désolée, mais je n'y avais pas pensé. Je comptais plus ou moins sur votre chambre d'hôtel.

— Alors, que faisons-nous ici ?

— À mon avis, nous allons nous faire dévaliser.

— Ridicule. Nous venons de quitter un quartier où, à ce que l'on m'a dit, les vols sont monnaie courante. Pourquoi nous emmener hors de la ville ?

— Pour que ces messieurs nous dérobent les chevaux, la voiture et notre argent. Bien sûr, les fiacres de location ne sont généralement pas une cible de choix. Leurs chevaux ne sont pas les meilleurs et leur vente ne donne pas grand-chose. Mais celui-ci est resté trop longtemps garé au même endroit. On en a peut-être demandé la raison au cocher et il s'est peut-être vanté d'attendre un gros pourboire d'une riche cliente.

— Selon vous, ce n'est pas votre cocher qui se trouve là-haut ?

— J'en doute. Ils ont dû se débarrasser de lui et lui emprunter sa veste pour éviter les soupçons. Et, je suis au regret de vous l'apprendre, nous allons certainement avoir affaire à une bande, et non à un voleur isolé. En général, ces canailles opèrent par deux ou trois. Les autres doivent être allongés sur le toit. C'est pour cela que nous ne les avons pas remarqués. Ou alors, ils nous attendent dans un lieu prévu d'avance. J'espère simplement qu'ils se sont contentés d'assommer le cocher et non de le tuer.

Warren arborait maintenant une mine sombre.

— À votre place, je m'inquiéterais plutôt de ce qui risque de vous arriver.

— Je ne pense pas que nous courions un grave danger. Je ne sais rien de vos brigands américains mais les nôtres évitent de tuer des nobles. L'agitation et les rafles qui s'ensuivent perturbent leurs petites affaires. Ils préfèrent même envoyer l'un des leurs au gibet pour y mettre un terme.

— Amy, pourquoi ai-je énormément de mal à vous croire ?

— Parce que vous n'imaginez pas à quel point nos brigands sont respectueux des traditions ? suggéra-t-elle.

Son regard noir lui apprit qu'il n'appréciait pas son humour dans un tel moment.

— Je préfère penser que le cocher n'a pas compris mes instructions. Et nous allons y remédier sur-le-champ.

C'est ce qu'il entreprit de faire. Il cogna tout d'abord sur le toit pour attirer l'attention du cocher avant d'entrouvrir la porte pour hurler à l'homme de s'arrêter. La réaction du bonhomme fut éloquente : il fouetta les chevaux qui galopèrent de plus belle. Warren fut proprement projeté dans son siège et la porte se referma en claquant.

— Magnifique, ironisa Amy.

— Bon sang, si vous n'étiez pas là, je sauterais en marche.

— C'est un comble ! Reprochez-moi de vous empêcher de vous briser le cou.

— Je vous reproche d'être responsable de ma présence ici.

— Vous auriez préféré que je me retrouve seule face à ces canailles ? demanda-t-elle, un sourcil haussé.

— J'aurais préféré que vous restiez chez vous. Ainsi, ni vous ni moi ne serions ici.

Elle n'avait aucun argument à opposer à cela. Mieux valait changer de sujet.

— Vous n'avez pas beaucoup d'argent sur vous, n'est-ce pas ?

— Pour aller là où j'allais ? Je ne suis pas stupide.

— Alors, n'en faites pas une maladie, suggéra-t-elle raisonnablement. C'est assez simple. Vous leur donnerez votre argent et ils ne vous feront aucun mal.

— Ce n'est pas ainsi que je vois les choses, petite fille.

Elle éprouva sa première frayeur.

— Warren, je vous en prie, je sais que vous cherchiez la bagarre ce soir mais soyez assez bon pour ne pas choisir ces gaillards. Ils seront armés et...

— Je le suis, moi aussi.

Elle cilla.

— Quoi ?

Il releva les jambes de son pantalon pour extraire de ses bottes un petit pistolet et un couteau pourvu d'une lame impressionnante.

Amy passa de la frayeur à la panique.

— Cachez cela !

— Pas question.

— Les Américains ! s'exclama-t-elle, écœurée. Écoutez-moi, je n'ai aucune envie de me retrouver prise entre deux feux pendant que vous jouerez les héros. Et si vous êtes blessé, je risque d'être tentée de faire quelque chose de vraiment stupide comme de chercher à vous venger. Il n'entrait absolument pas dans mes plans de me faire tuer ce soir.

— Vous resterez dans la voiture.

— Non.

— Si.

— Je vous jure que non. Je resterai si près de vous que toute balle qui vous sera destinée risquera de m'atteindre. Est-ce cela que vous voulez, Warren Anderson ?

— Sacré bon sang ! Mais pourquoi n'êtes-vous pas comme les autres femmes ? Vous devriez déjà vous cacher sous votre siège. Vous pourriez même piquer une crise d'hystérie, cela me serait égal.

— Sornettes, rétorqua-t-elle. Les hommes détestent les hystériques. Et les Malory ne sont pas hystériques.

Avant qu'il ne puisse répondre, la voiture s'immobilisa brutalement. Si brutalement que Warren faillit perdre l'équilibre. Il laissa tomber son pistolet. Amy voulut s'en emparer mais il fut plus rapide.

— Et que comptiez-vous en faire ? fit-il.

— Le jeter par la fenêtre.

Il parut si écœuré qu'elle ajouta précipitamment :

— Écoutez, rangez-le et je vous promets de faire tout ce que vous me demanderez.

Plus tard, il faudrait qu'elle trouve un moyen de ne pas obéir à cette promesse. Elle imaginait très bien ce qu'il allait lui demander : ne plus jamais chercher à le revoir.

— Absolument tout ? demanda-t-il.

Maudit homme : il ne s'y trompait pas et saisissait l'occasion.

Mais elle n'avait pas le choix.

— Oui.

— Très bien. (Il remit le couteau dans sa botte puis il glissa le pistolet sous sa veste.) Remontez votre satanée capuche, ajouta-t-il froidement, comme si le marché qu'ils venaient de conclure ne le satisfaisait pas entièrement. Inutile de leur montrer votre beauté.

À tout autre moment, ce compliment l'aurait ravie mais elle n'en eut pas le temps. À peine lui avait-elle obéi que la porte s'ouvrait. Un pistolet bien plus gros que celui de Warren était braqué sur eux.

— Dehors ! hurla le voleur dont le visage était masqué par un foulard.

Warren se mit en branle le premier mais il le fit avec une lenteur exagérée, prenant bien soin de montrer qu'il n'avait aucune intention de se dépêcher. Amy comprit ce qu'il cherchait : exaspérer la canaille afin d'avoir une bonne excuse pour se battre. Mais les voleurs ne lui en donnèrent pas l'occasion. Ils ne bronchèrent absolument pas, attendant patiemment. Il n'eut donc d'autre choix que d'aider Amy à descendre à son tour. Elle constata que leurs agresseurs étaient au nombre de quatre et armés jusqu'aux dents.

— Pas la peine d'y passer la nuit, mon prince. Donnez-nous l'argent et vous et la dame vous pourrez r'partir.

— Et si je ne veux pas ? demanda sèchement Warren.

Amy soupira. Il y eut un bref silence puis celui qui avait parlé reprit la parole :

— Ben alors, on sait tous c'qui arrivera, non ?

Quelques ricanements suivirent cette remarque. Amy n'aima pas cela du tout. Elle pouvait fort bien avoir fait preuve de trop d'optimisme en pensant que les brigands anglais n'étaient habituellement pas des assassins. Il y avait toujours des exceptions à la règle !

Immédiatement, elle jeta sa bourse de satin à terre. L'un des brigands la ramassa pour la soupeser. Malgré son masque, elle comprit qu'il était satisfait.

— Bien gentil à vous, princesse, dit le voleur.

— Il n'y a pas de quoi, répondit-elle.

— Par l'enfer ! marmonna Warren, dégoûté.

Amy se sentit excédée par la conduite provocante de Warren dans un moment pareil et elle le lui fit comprendre en lui flanquant un bon coup de coude dans les côtes. Après lui avoir jeté un regard de travers, il fouilla dans sa poche et laissa tomber dans la poussière les rares pièces qui s'y trouvaient encore.

Amy eut à nouveau envie de le gifler mais Warren n'en avait pas fini avec ses défis.

— Je m'attendais à rencontrer des rats de votre espèce. C'est tout ce que vous obtiendrez de moi.

Il était enfin parvenu à un résultat : les énerver pour de bon.

— Si ça vous chante, répliqua le chef de la bande, on pourrait également vous dépouiller des frusques que vous avez sur le dos.

Puis un autre demanda à Amy :

— Qu'est-ce qu'une dame comme vous fabrique avec un foutu Yankee ?

— Elle envisage un meurtre, répliqua-t-elle, si sincèrement qu'ils éclatèrent tous de rire. Donc, si vous voulez bien nous excuser, messieurs, je compte m'y mettre tout de suite.

Elle n'attendit pas qu'ils lui donnent la permission de partir. Saisissant Warren par le bras, elle se mit en marche en direction de Londres.

Pendant un instant, elle crut que cela suffirait. Jusqu'à ce que le chef les rappelle :

— Z'êtes sûre de pas avoir une breloque ou deux à nous donner, princesse ?

Warren se raidit. Ne rien faire était vraiment contre sa nature. À l'évidence, il n'avait pas pour habitude de reculer, même face à quatre pistolets braqués sur sa poitrine.

Mais avant qu'il n'ait réagi, Amy s'était retournée et placée entre lui et les autres.

— Non, je n'ai rien d'autre. Et si vous ne tenez pas à vous mesurer aux Malory de Haverston, vous feriez bien d'en rester là.

Ils ne savaient sans doute pas où se trouvait Haverston mais le nom de Malory était très célèbre, y compris dans les bas-fonds de Londres. Anthony Malory y avait régné durant ses années de débauche, passant la plupart de son temps à fréquenter les prostituées, à jouer dans les pires bouges et à provoquer un nombre impressionnant de duels.

Elle ne s'était pas trompée car les voleurs n'ajoutèrent pas un mot. Cela ne l'empêcha pas de continuer à traîner Warren derrière elle. Ils devaient s'éloigner au plus vite.

Ils avaient franchi un bon kilomètre quand il se décida enfin à parler :

— Vous pouvez arrêter de me broyer le bras, petite fille. Je ne m'enfuirai pas.

— Enfin une parole intelligente, marmonna-t-elle pour elle-même.

— Pardon ?

— Rien.

Elle le lâcha et continua d'avancer d'un bon pas. D'après ses estimations, ils avaient encore près de quatre kilomètres à parcourir avant d'atteindre les faubourgs de la ville. Ce qui signifiait qu'elle ne rentrerait pas chez elle avant… Mieux valait ne pas y penser. Elle n'avait pas prévu de s'absenter si longtemps, annonçant à Artie qu'elle se retirait pour la nuit dans l'espoir qu'on ne la dérange pas.

Il lui faudrait se faufiler dans la maison sans être remarquée. Et, à cette heure de la nuit, la demeure risquait d'être très tranquille : le moindre bruit pouvait être entendu.

— Silencieuse, enfin ! Ce ne serait pas, par hasard, parce qu'il me serait très facile de trouver une badine dans ces fourrés ? demanda-t-il un bon kilomètre plus tard.

Amy espérait qu'il s'agissait là d'une nouvelle vantardise mais elle en doutait.

— Oh, une badine fraîchement coupée ne fait pas un excellent travail, l'informa-t-elle sans se retourner pour constater sa réaction. Une badine ne devient bonne qu'après des années...

— Je crois, au contraire, qu'une badine neuve saura faire ses preuves. Je n'ai même aucun doute là-dessus.

Elle fit volte-face.

— Oubliez cela, Warren. Je n'ai rien fait qui justifie...

— Rien ? Sans vous, j'aurais pris du bon temps. Sans vous, je ne me serais pas fait dévaliser. Sans vous, je ne serais pas sur cette route en plein milieu de la nuit.

— Eh bien, quoi ? C'est un excellent exercice et on ne vous a pris qu'une somme dérisoire. Quant à votre autre problème, si vous n'étiez pas aussi ridiculement obstiné, vous sauriez parfaitement comment le résoudre...

— En voilà assez.

Il quitta la route pour se plonger dans les fourrés. Amy n'attendit pas de voir s'il coupait effectivement une branche. Elle se mit à courir comme si tous les démons de l'enfer étaient à ses trousses.

15

Un rayon de lune perçait la mince couche de nuages, ce qui lui permettait de voir clairement la route et d'éviter les nids-de-poule et les ornières creusées par les roues des attelages. Il n'avait pas plu depuis trois jours, la terre était sèche, elle ne risquait donc pas de glisser dans une flaque de boue.

En fait, l'unique inquiétude d'Amy était de ne pas se faire rattraper par cet homme. Ce fou furieux qui voulait passer sa frustration sur elle – mais pas comme il aurait dû. Elle ne pouvait pas le laisser faire. Après, il le regretterait. Et il y avait de fortes chances pour qu'elle le regrette encore plus que lui – en tout cas, son postérieur le regretterait !

Quoi qu'il en soit, elle était assez confiante : elle s'estimait meilleure à la course que Warren dans l'état où il était. Mais, malheureusement pour elle, ses prévisions étaient fausses. Warren avait largement eu le temps de dessoûler et il n'était plus du tout maladroit.

En quelques secondes, il l'avait rattrapée et la forçait à faire volte-face. Elle trébucha, ce qui leur fit perdre l'équilibre. Elle tomba, et lui sur elle. La violence du choc coupa le souffle de Amy. Il avait sûrement dû lui briser une demi-douzaine de côtes. En tout cas, elle avait un mal de chien.

Il avait commencé à se relever mais en voyant ses yeux écarquillés, ses lèvres entrouvertes, il s'était immobilisé avant de pousser un gémissement et de fondre sur elle.

Le seul contact de ses lèvres fit oublier à Amy toutes ses douleurs. Sa jupe n'était pas très large mais assez cependant pour qu'il puisse glisser une jambe entre les siennes. À cet instant, elle jeta ses bras autour du cou de Warren pour l'attirer contre elle.

Le paradis ! Ce fut le mot qui lui vint quand elle sentit à nouveau tout son poids sur elle.

L'une de ses mains vint se poser sur son sein. Il pétrissait, massait, pinçait, et elle avait l'impression que son sein naissait à la vie. Le mamelon se dressa, un flot de sensations merveilleuses l'envahit… Elle avait toujours su que faire l'amour avec cet homme serait une expérience éblouissante ! Il lui offrait librement sa passion tout comme elle lui offrait la sienne.

Il roula sur lui-même. La guidant avec une science consommée, il l'amena au contact de sa virilité dressée avant de la forcer gentiment à onduler lentement. Sa fine robe d'été ne représentait pas une barrière contre les sensations, loin de là.

Amy eut l'impression de devenir folle. Ses doigts s'accrochèrent à sa longue chevelure dorée. Elle embrassa son visage, son cou, titilla son oreille tandis qu'il continuait à la caresser.

Ils se trouvaient au beau milieu de la route. Perdus dans le tourbillon de leurs émotions, ils étaient seuls au monde. Plus rien ne comptait hormis leur passion.

Malheureusement, un fiacre arriva et ils ne l'entendirent pas, pas même lorsqu'il ne fut qu'à quelques mètres d'eux. Fort heureusement, le cocher avait remarqué cet obstacle sur la piste et arrêta l'attelage. La maîtresse du fiacre se pencha par la fenêtre pour voir ce qui se passait mais elle ne put distinctement apercevoir Warren et Amy. Enfin, les hennissements des chevaux et les raclements de gorge du cocher arrivèrent aux oreilles des jeunes gens et ils se relevèrent précipitamment.

— Eh bien, John, demanda la dame, que se passe-t-il ? Et si vous me dites qu'il s'agit encore de ces maudits brigands, je vous congédie… à la première heure demain matin !

John, qui avait été prodigieusement amusé par le spectacle des deux amoureux, devint songeur. Non, ce n'était pas la menace de la dame qui le troublait. Il en avait l'habitude ! Elle voulait le congédier au moins une fois par semaine et cela durait depuis vingt ans. En revanche, la mention des brigands lui donna à penser qu'il venait peut-être de se laisser prendre à un piège d'un genre nouveau.

Prudemment, il répondit :

— Je ne sais pas exactement à quoi nous avons affaire, lady Beecham.

Amy sursauta en entendant ce nom. Abigail Beecham était une comtesse douairière, une vieille dame acariâtre dont l'unique occupation était de colporter les derniers ragots. En vérité, c'était bien la pire rencontre à faire au beau milieu de la nuit. Si jamais elle reconnaissait la dernière fille de la famille Malory, Amy pouvait boucler ses valises pour la Chine. Il fallait qu'elle se cache sur-le-champ. Malheureusement, Warren était, pour une fois, ravi. Il n'avait aucune envie de se cacher.

— N'ayez aucune inquiétude, mon bon, dit-il à John le cocher. Nous venons, nous-mêmes, de nous faire dévaliser...

— Quoi ? Quoi ? couina Abigail. Approchez donc que je vous voie, jeune homme.

Warren s'apprêtait à lui obéir lorsque Amy le retint en lui chuchotant à l'oreille :

— Elle va me reconnaître ! Au cas où vous ne comprendriez pas ce que cela signifie, n'oubliez pas que, dans notre famille aussi, on sauve l'honneur par un mariage.

— Sornettes, railla-t-il, visiblement indifférent. Remettez votre capuche si vous avez peur.

Amy n'en crut pas ses oreilles. Ce maudit individu ne se souciait pas le moins du monde de la gravité de la situation. En fait, il la traîna avec lui dans la lumière des lanternes de la voiture, la livrant à l'examen attentif d'Abigail Beecham.

— Qui cachez-vous là, jeune homme ? voulut savoir cette dernière.

Warren jeta un coup d'œil par-dessus son épaule pour constater qu'Amy se cachait effectivement derrière lui.

Il répondit paisiblement :

— Ma catin.

— Jeune homme, vous devez être d'une grande générosité, nota Abigail, sceptique.

Les vêtements d'Amy n'étaient évidemment pas ceux d'une traînée des quais.

— Un homme dépense son argent selon son bon plaisir, répliqua Warren avec un sourire de loup.

La vieille dame claqua la langue mais elle garda pour elle-même ce que cette réponse lui inspirait.

— Vous semblez en fâcheuse situation.

— Nous le sommes, répondit Warren. On nous a volé notre argent et notre voiture.

— Des brigands ?

— De la ville, expliqua-t-il. Nous avons été enlevés en plein Londres.

— C'est scandaleux ! Eh bien, montez avec moi, vous me raconterez cela.

— Pas question, murmura Amy dans son dos. Je ne peux pas courir ce risque.

— Que marmonne-t-elle ? s'enquit Abigail.

Avant qu'il ne réponde, Amy chuchota :

— Elle ne vous a pas cru. Elle meurt de curiosité car elle veut savoir si elle me connaît. Et elle me connaît !

— Vous l'avez bien mérité, répliqua-t-il en ouvrant la porte de la voiture et en la poussant à l'intérieur de la cabine.

Comment osait-il ? Mais Amy n'avait aucune intention de se laisser faire. Le visage dissimulé par sa capuche, elle fit mine de s'installer mais ressortit par l'autre portière.

Warren l'imita aussitôt, s'arrêtant juste un instant pour annoncer à la dame éberluée :

— Pardonnez-moi, madame, j'en ai pour un instant.

Il rattrapa promptement Amy.

— Que signifie cette attitude ? Au nom du...

— Ce que cela signifie ? s'étrangla-t-elle, furieuse. Vous vous moquez de moi ? Vous savez mieux que moi ce que cela signifie. Vous essayez de vous venger des petits soucis que je vous ai causés en me compromettant. Eh bien, croyez-moi, vous allez devoir trouver autre chose.

— Je ne retournerai pas à Londres à pied quand cette dame a la gentillesse de nous offrir sa voiture.

— Alors partez avec elle mais, ne comptez pas sur moi pour vous accompagner. Si ma réputation vous indiffère, pensez à la vôtre. Cette dame ne sera que trop ravie de raconter à tout le monde dans quel état elle nous a trouvés. Et si vous pensez pouvoir vous en tirer sans conséquence, vous vous trompez. Ce n'est pas ainsi que je vous veux, Warren. Je ne veux pas de vous contraint et forcé. Je veux que vous en ayez envie et que vous me demandiez ma main.

Il serra les dents.

— Très bien. Je vous propose un compromis. Vous n'avez qu'à monter avec le cocher. Je pense que lui ne vous reconnaîtra pas, n'est-ce pas ?

— Et que direz-vous à lady Beecham ?

— Que vous ne voulez pas lui offrir le triste spectacle de votre immorale petite personne.

Elle eut envie de le gifler mais se contenta de lui offrir son plus beau sourire.

— Vous n'êtes peut-être pas un débauché, Warren Anderson, mais vous êtes sans aucun doute un mufle.

16

À la différence de Warren qui, apparemment, était tout disposé à cultiver son amertume pour le restant de ses jours, Amy était dotée d'un caractère trop impulsif pour supporter de rester fâchée bien longtemps ou pour même lui garder rancune. Aussi, quand lady Beecham les déposa à proximité de l'hôtel *Albany*, elle avait déjà pardonné à Warren. En outre, la proximité de l'hôtel et de la chambre de Warren lui redonna des idées.

Il la regarda soudain à la dérobée et, devinant sans peine ce qu'elle avait en tête, il gronda :

— Si vous dites quoi que ce soit, je vous renverse sur mon genou, ici même, en plein milieu de la rue, et je me fiche pas mal des témoins... Je n'arrêterai que lorsque vous me supplierez.

— Qu'est-ce qui vous fait croire que je ne vous supplierai pas tout de suite ?

— Qu'est-ce qui vous fait croire que j'aurai pitié de vous ?

Elle sourit, nullement intimidée.

— Je sais qu'il y a de la pitié en vous. Elle est bien cachée, c'est certain. Mais je suis prête à parier que si j'essayais vraiment, je parviendrais à la provoquer. Et je ne perds jamais mes paris.

Il ne daigna pas répondre. La saisissant par le bras, il héla un fiacre. La patience de Warren atteignait ses limites : il voulait se débarrasser d'Amy et, si possible, immédiatement.

Or, c'était elle maintenant qui le prenait en pitié. À plusieurs reprises aujourd'hui, elle l'avait mis dans des situations impossibles. Et elle l'avait fait délibérément et sans le moindre regret. Un homme normal aurait eu du mal à en supporter autant, alors que dire d'un homme aussi emporté que Warren ?

Au bout du compte, cette journée avait été splendide. Même les petites mésaventures imprévues avaient tourné à son avantage... en tout cas, l'une d'entre elles ! Si ces bandits ne les avaient pas enlevés et abandonnés en rase campagne, elle n'aurait jamais connu ce déchaînement de passion. Et Warren non plus. Tout au long du trajet de retour à Londres, elle avait rêvé à ce qui aurait pu se passer si lady Beecham n'était pas arrivée...

Quand ils stoppèrent devant chez James et Georgina, Warren ordonna au cocher de l'attendre. Amy ignorait quand elle le reverrait. Si son intuition était juste, il allait l'éviter par tous les moyens. Ce qui lui serait cependant difficile puisqu'elle habitait dans la maison de sa sœur. Si seulement il habitait ici, lui aussi ! Tiens, voilà une bonne idée à suggérer à Georgina...

Ils atteignirent la porte. Amy s'y adossa pour le regarder. Comme d'habitude, il fronçait les sourcils mais cela n'enlevait rien à son charme. Elle était convaincue d'être celle qui gagnerait son cœur.

Plus que jamais, elle se sentait audacieuse.

— Vous rendez-vous compte, lui demanda-t-elle d'un ton léger, que notre histoire n'a commencé que depuis ce matin ? Si nous continuons à faire de tels progrès, j'estime que vous devriez être prêt à demander ma main vers la fin de la semaine. Bien sûr, vous pourriez renoncer au combat et me demander de vous épouser sur-le-champ. Ainsi, nous aurions régularisé la situation à la fin de la semaine. Qu'en pensez-vous, Yankee ? Êtes-vous prêt à vous rendre sans condition ?

— Je suis prêt à parler à votre oncle. (À son tour, il n'y avait pas d'erreur possible : il n'avait pas l'intention de l'entretenir de leur mariage.) Ouvrez la porte, Amy.

Elle se raidit, n'ayant pas une seule seconde imaginé une telle éventualité.

— Vous n'oserez pas !

— C'est ce qu'on va voir.

— Mais vous ne me reverriez plus jamais et ce n'est pas ce que vous voulez !

— En fait, il n'y a rien qui me ferait plus plaisir.

— Rien ?

Ce fut au tour de Warren de se raidir. Ah, c'était stupide de dire une chose pareille, pensa Amy. Elle aurait dû au contraire lui promettre de le laisser tranquille... mais elle n'avait aucune intention de le laisser tranquille. Et elle devait se montrer d'une scrupuleuse honnêteté, sinon il ne lui ferait jamais confiance.

Elle proposa donc ce qu'elle estimait une suggestion raisonnable :

— S'il vous plaît, laissez au moins la nuit vous porter conseil. Maintenant vous êtes furieux mais demain matin vous verrez la situation différemment.

— Non.

— Ce n'est vraiment pas le moment de faire preuve d'une telle obstination, fit-elle, au comble de l'exaspération. Vous ne seriez seulement pas débarrassé de moi. Oncle James ne croira pas une seule seconde que vous êtes sans reproche. Même si je le lui affirme, il ne le croira pas. Et vous ne tenez pas vraiment à rouvrir les hostilités avec lui, n'est-ce, pas ? Il est tellement imprévisible, vous savez. Il pourrait vous assommer, ou même vous jeter dehors et vous interdire de revoir Georgie et Jack.

— Je prends le risque.

Il avait prononcé ces mots avec une telle indifférence qu'elle eut toutes les peines du monde à garder son calme.

— Vous croyez que je me fais des idées, c'est cela, hein ? C'est possible. En fin de compte, on se contentera peut-être de m'expédier à la campagne et vous pourrez ainsi reprendre vos petites affaires sans craindre ma charmante présence. Bien sûr, au bout d'un jour ou deux, vous mourrez d'ennui. Et vos frères ? Vous pouvez être certain qu'ils se moqueront de celui qui n'a pas été capable de faire face à une « petite fille ». Je suppose cependant que leurs railleries ne vous troubleront pas le moins du monde.

— Cela suffit, Amy.

— Vous avez changé d'avis ?

— Non.

Elle leva les mains vers le ciel.

— Parfait ! Allez donc vous confesser puisque vous y tenez tant. Mais il y a une autre possibilité que vous n'avez pas envisagée. Je suis peut-être capable de convaincre ma famille de voir les choses à ma façon. Alors, tout ce que vous y gagnerez, ce sera d'avoir mes deux oncles sans arrêt derrière vous à surveiller le moindre de vos gestes. (Elle était assez furieuse pour ajouter :) Et encore une chose. Vous vous croyez peut-être très malin pour l'instant, mais vous êtes simplement lâche. Si vous tenez tellement à me repousser, Warren Anderson, faites-le donc vous-même.

Elle lui tourna le dos pour chercher la clé de la maison dans la poche de sa cape. Au moment où elle la glissait dans la serrure, elle sentit qu'il la saisissait par les épaules.

— Vous m'en croyez incapable ?

— De quoi ?

— De vous résister.

Elle avait elle-même beaucoup de mal à résister à l'envie de se laisser aller contre lui. Elle n'en fit donc rien. Et il ne la repoussa pas.

— Je crois que vous tenterez tout ce qui est en votre pouvoir, murmura-t-elle.

— Et que je réussirai.

— Vous voulez parier ?

Elle retint son souffle, dans l'attente de sa réponse. C'était ridicule, elle le savait, mais elle était certaine qu'il scellerait son destin s'il acceptait ce pari. Elle ne perdait jamais un pari. Mais il la déçut.

— Non, parier là-dessus donnerait à toute cette histoire trop d'importance. Votre audace m'a stupéfié, c'est tout. Mais, à présent, je sais à quoi m'en tenir. Je vous ignorerai.

— Le pourrez-vous ? demanda-t-elle, provocante.

Il s'en alla.

Bon, d'accord. Il fuyait encore… mais plus pour très longtemps.

17

Amy referma la porte et s'y adossa, un léger sourire aux lèvres : le danger était passé. Elle était parvenue à entrer dans la maison sans Warren : un véritable miracle, à n'en pas douter, si on pensait à l'obstination dont il pouvait faire preuve. Elle ne savait pas laquelle de ses remarques avait eu raison de lui mais oncle James n'allait pas être tiré du lit cette nuit, et c'était bien tout ce qui comptait.

— Y a-t-il une bonne raison pour que tu franchisses cette porte à cette heure de la nuit ?

Amy crut bien qu'elle allait mourir de peur.

— Oui... non, bredouilla-t-elle. Il faut que je réfléchisse. Tu peux attendre demain ?

— Amy...

— Je plaisantais, au nom du Ciel, répondit-elle à Jeremy tandis qu'elle s'éloignait de la porte, heureuse d'être tombée sur lui et non sur son père. Et, toi-même, que fais-tu à la maison si tôt ?

Jeremy était trop malin pour se laisser berner si facilement.

— Peu importe. J'attends ta réponse, cousine.

Elle se dirigea vers le salon.

— Si tu tiens à le savoir, j'avais un rendez-vous secret avec un homme qui m'intéresse.

— Déjà ?

Elle lui fit face.

— Comment ça, déjà ?

Il s'adossa à la porte, bras croisés, avec cet air faussement désinvolte que leur oncle Tony affectionnait et que Jeremy semblait vouloir lui aussi cultiver.

— Eh bien, ta sortie dans le monde date de la semaine dernière à peine. Je ne pensais pas que tu suivrais l'exemple de ta sœur Diana et que tu fixerais ton choix aussi vite.

Elle haussa un sourcil.

— Tu t'imaginais peut-être que je ferais comme Clara qui a mis deux ans à se décider ?

— Non, pas aussi longtemps mais au moins quelques mois.

— J'ai simplement dit qu'il m'intéressait, Jeremy.

— Content de te l'entendre dire. Alors, pourquoi tant de secret ?

— Parce que je doute que la famille l'accepte, admit-elle.

Jeremy était sans doute la seule personne à qui elle pouvait se confier sans provoquer un drame.

— Alors, de qui s'agit-il ?

— Cela ne te regarde pas.

— Donc, je le connais ?

— Ce n'est pas ce que j'ai dit.

— Mais je le connais ?

— Il y a des chances.

— Ce n'est quand même pas un de ces prétentieux complètement débauchés ? Cela me chagrinerait beaucoup.

— Absolument pas. Sa moralité est au-dessus de tout soupçon.

Jeremy fronça les sourcils.

— Où est le mal, alors ?

Jusque-là, elle avait tenté de rester au plus près de la vérité mais il ne la laisserait pas s'en sortir aussi facilement. Prise de court, elle ne trouva qu'une seule réponse pour satisfaire la curiosité de son cousin :

— Il n'a pas le sou.

— Alors tu as raison, ils ne l'accepteront jamais. Ils ne peuvent pas te laisser vivre dans la misère.

— Cela n'arrivera pas. Il a des projets et quelques bonnes perspectives.

— Encore une fois, où est le problème, alors ?

— Il hésite à faire sa demande tant qu'il n'aura pas réussi.

Jeremy hocha la tête d'un air pensif.

— Et tu as essayé de le convaincre qu'il n'avait pas besoin d'attendre ?

— Exactement.

— Et, pour cela, il fallait que tu te roules dans la poussière ?

Il contemplait de façon éloquente les traces qui maculaient sa cape et sa robe.

Amy rougit.

— Nous n'avons pratiquement fait que parler et marcher. J'ai dû trébucher.

— Le bonhomme doit être assez inélégant pour ne pas t'avoir rattrapée. À moins qu'il n'ait *trébuché*, lui aussi ?

Du rouge, elle vira au violet sous son regard moqueur.

— Je suis toujours vierge, sacré bon sang, explosa-t-elle, si c'est ce que tu veux me faire dire !

Nullement repentant, il sourit.

— Mais je n'en doutais pas, ma chère. Et il faudrait qu'il soit sacrément stupide pour ne pas avoir essayé de t'embrasser. Alors, tu peux arrêter de rougir. Je suis un fervent adepte du baiser.

Elle rit. Elle avait parfois du mal, en le regardant, à se souvenir qu'il avait son âge et qu'il comprenait parfaitement le tumulte des passions de jeunesse. Par ailleurs, puisque le sujet était évoqué, elle pouvait peut-être profiter au mieux de la situation.

— Puisque tu en parles, commença-t-elle en enlevant sa cape et en se pelotonnant dans un coin du sofa, il y a une question que j'aimerais te poser. Alors, viens t'asseoir à mes côtés pour me faire profiter de ton expérience.

— Cela va-t-il être douloureux ? répliqua-t-il en la rejoignant.

— Pas du tout. Ma question est d'un ordre, disons, purement philosophique. Mais je ne vois pas à qui d'autre la poser. Elle est un peu embarrassante.

— Je ne vais sûrement pas t'expliquer comment faire l'amour, la prévint-il, indigné.

Amy gloussa.

— Ah, mais ce ne serait pas du tout philosophique, n'est-ce pas ? Quoique assez pertinent quant à mon avenir. Non. Tout ce que j'aimerais savoir, Jeremy, c'est : que devrait faire une femme pour se faire désirer de toi si tu avais décidé que tu ne veux pas d'elle ?

— Tu veux dire parce qu'elle n'est pas très jolie ?

— Prenons pour hypothèse qu'elle est plutôt très jolie.

— Alors, il n'y a pas de problème.

— Si, il y en a un. Tu as décidé, pour quelque absurde raison que seuls les hommes peuvent inventer, que tu ne peux pas la toucher.

— Quelle sorte de raison ?

— Comment le saurais-je ? Peut-être pour une question d'honneur, ou disons qu'elle est la meilleure amie de ta sœur ou quelque chose comme ça.

— Eh bien, par les cloches de l'enfer, je ne pense pas que cela pourrait m'arrêter.

— Jeremy, fit-elle, à bout, il ne s'agit que d'une hypothèse. Quelle qu'en soit la raison, tu refuses tout rapport avec elle. Donc, que devrait-elle faire pour que tu changes d'avis ?

— Il ne faudrait pas qu'elle fasse grand-chose, Amy, pour me faire changer d'avis.

Son expression la fit éclater de rire.

— Non, je suppose que non. Mais essayons de passer outre au fait que tu sais te rendre disponible pour l'immense majorité des femmes de cette planète. Disons que cette situation est la seule exception à ta règle de conduite. Tu ne veux pas toucher cette dame. Tu refuses absolument de faire l'amour avec elle même si, au fond de toi, tu la désires plus que tout. Alors, que devrait-elle faire pour que tu oublies tes scrupules ?

— Enlever ses vêtements.

— Pardon ?

— Si elle se déshabille devant moi, je pense sincèrement que je ne pourrais pas lui résister... si elle est aussi jolie que tu le dis.

Amy était surprise.

— Et cela suffirait ?

— Absolument.

Elle soupira. Elle s'était peut-être adressée au mauvais interlocuteur ?... Jeremy était jeune et impulsif, il ne possédait sans doute pas la résolution et la volonté d'un homme comme Warren.

— Et maintenant, dis-moi pourquoi tu tenais tant à savoir cela ? s'enquit-il à son tour.

Elle poussa un nouveau soupir, beaucoup plus théâtral, celui-là.

— À ton avis ? Ce garçon auquel je m'intéresse refuse absolument de me faire l'amour avant le mariage.

— Quoi ?

Elle lui tapota le bras pour le rassurer.

— C'était une plaisanterie, Jeremy.

— De mauvais goût, grommela-t-il.

Elle sourit.

— Tu ne dirais pas cela si tu avais pu voir ta tête.

Il n'était pas encore satisfait.

— Alors ? J'attends toujours ta réponse.

N'ayant pas d'autre choix, elle décida de faire preuve d'audace.

— Vas-tu prétendre que tu ne te souviens pas de ta curiosité à propos de toutes ces choses à l'époque où tu ne connaissais pas les réponses ?

Dans la mesure où, ayant été élevé dans l'arrière-salle d'une taverne, il ne se souvenait pas d'une telle époque, il préféra ne pas répondre.

— Ainsi, tu étais simplement curieuse ?

— Je suis dévorée de curiosité, dit-elle en lui faisant une grimace espiègle. Au fait, on pourrait en profiter, non ? Tu pourrais m'expliquer comment on fait l'amour ?

— Pas question. Donc, il est plutôt distant ?

— Qui ça ?

— Ton gentleman.

— Je n'ai pas dit que c'était lui.

— Ce n'était pas nécessaire. Il est malin, le bougre, d'être aussi prudent.

— J'espère que cela ne signifie pas ce que je pense que cela signifie.

— Ah, ne me regarde pas comme ça, se défendit-il. Après tout, en quoi cela me regarde-t-il si tu veux ton bébé avant de prononcer tes vœux ? Je ne me lancerais pas à la poursuite du bonhomme !

— Mon père ne...

— Ton père ? Oh non, pas lui. Il a deux jeunes frères qui adorent s'occuper de ce genre de choses.

Tu auras de la chance, après cela, s'il te reste encore quelque chose à épouser.

Amy ferma les yeux en gémissant. C'était bien de Jeremy de proférer de pareilles atrocités ! Mais elle ne lui dirait rien de plus. Il ne resterait sûrement pas sans rien faire s'il apprenait que son gentleman était un homme que son père détestait ouvertement et que le reste de la famille tolérait à peine.

Par ailleurs, il n'avait pas absolument tort. Et, ayant pris sa décision avec une telle soudaineté, elle n'avait pas encore eu le temps de considérer cet aspect de la question. Mais une possible grossesse ne la ferait pas changer d'avis : tant qu'elle ne disposait pas d'un meilleur moyen de le faire changer d'avis, elle était décidée à faire l'amour avec Warren. Mais le risque était grand.

— Tu veux faire un pari avec moi, Jeremy ?

Il lui lança aussitôt un regard soupçonneux. Il connaissait sa chance proverbiale.

— Quel pari ?

— Si je décide que c'est lui que je veux, je l'aurai sans pour cela qu'on le force à m'épouser.

— Je croyais qu'il t'intéressait, simplement.

— J'ai dit *si* je décide que c'est lui.

— D'accord, j'accepte le pari. Mais à une condition : si tu perds, si on tente de le forcer à t'épouser, parce que tu es enceinte, par exemple, tu devras refuser.

Les yeux d'Amy lancèrent des éclairs. Si elle perdait, elle serait enceinte et elle ne pourrait pas l'épouser ?

— C'est… c'est…

— À prendre ou à laisser, fit-il, insolent.

— Très bien, répliqua-t-elle, tout aussi insolente. Et si je gagne, tu ne toucheras pas de femme pendant…

Il sursauta, l'air terrifié.

— Sois assez bonne de te souvenir que je suis ton cousin préféré.

— Un mois.

— Un mois entier ? Bon, d'accord, soupira-t-il, mais il retrouva bien vite sa bonne humeur. Bien, je crois avoir accompli ma bonne action de la journée.

Amy lui rendit son sourire.

— Oh oui ! À cause de toi, il sera à moi – si c'est bien lui que je décide d'épouser –, parce que je n'ai jamais perdu un pari de toute ma vie.

18

Même si elle n'en sut rien, le vœu d'Amy se réalisa cette nuit-là : accaparer l'esprit de Warren. Comme elle l'avait espéré, il se coucha et ne pensa qu'à elle. Il nourrissait bien quelques idées de meurtre à son égard mais ce n'était là qu'un détail. Et il dormait seul. Cela le stupéfiait encore.

Après l'avoir quittée, il était retourné directement à son hôtel sur Piccadilly, et non au *Chien de l'Enfer* vers les bras de l'avenante Paulette.

Bon, il était tard et ses frères et lui avaient des affaires à régler tôt demain matin. Mais était-ce une raison suffisante pour ne pas se trouver une femme s'il en ressentait le besoin ? Et, aucune erreur là-dessus, il en avait besoin. Surtout depuis ce premier baiser, ce matin. Dieu que cette fille était exaspérante ! Il avait pourtant tout fait pour la repousser. Il lui avait dit clairement qu'il ne voulait pas d'elle, pensant que cela suffirait. Mais on avait oublié de l'avertir de la ténacité des adolescentes de ce pays. Pour couronner le tout, il avait failli faire l'amour à Amy Malory au beau milieu d'une route de campagne.

Il avait encore du mal à y croire. Il avait oublié les joies du désir vrai, le déchaînement des sens, le besoin irrépressible, l'incroyable plaisir. Trop longtemps, ses conquêtes n'avaient été qu'un moyen de se soulager. Amy avait ravivé des émotions oubliées et Paulette n'était tout simplement pas assez tentante pour qu'il fasse l'effort de retraverser la ville. C'était aussi simple que cela.

Cependant, il n'était pas question qu'il revive une journée comme celle d'aujourd'hui. Et tout cela à cause des caprices d'une gamine de dix-sept ans. Seigneur ! Comment était-il possible que cette jeunette le manipule ainsi ? À l'évidence, elle avait découvert le sexe et ne pouvait plus s'en passer. Comme tant de jeunes, elle s'en gorgeait jusqu'à plus soif. Il n'était rien d'autre qu'un défi pour elle, probablement le premier homme qui la repoussait, et rien de plus. Voilà pourquoi elle lui en avait fait voir de toutes les couleurs. Il aurait dû parler à James Malory. Comment avait-il pu se laisser convaincre de n'en rien faire ?

— Tu es réveillé, grand frère ? demanda Drew qui venait d'entrer dans la chambre en claquant violemment la porte derrière lui.

— Maintenant, oui.

Drew ricana.

— Je ne pensais pas te trouver déjà là. Tu as dû avoir ton plaisir très tôt ce soir.

Un doute vint alors lui ronger l'esprit : s'il n'avait pas dû partager sa chambre avec Drew parce que l'hôtel était complet, aurait-il amené Amy ici ce soir ? C'était une idée effrayante. Sa volonté était-elle si faible ? Ou alors le désir de cette petite si puissant ?

De toute manière, il était clair que cette fille ne lui apporterait que des ennuis. Elle était la nièce de sa sœur. C'était une Malory. Elle venait à peine de quitter les bancs de l'école. Et, pour finir, elle caressait sûrement l'espoir de se lancer dans une vie de débauches et d'excès.

Elle finirait par tomber enceinte un jour et il y avait de fortes chances pour qu'elle soit même incapable de nommer le père de l'enfant. Si un imbécile quelconque décidait de reconnaître le bâtard, cela le regardait, mais qu'elle ne compte pas sur lui.

En fait, il était probable qu'elle ne tenait même pas à se marier. Ce devait être une ruse destinée à le flatter, car elle était effectivement incroyablement belle. Mais elle s'était trahie ce soir. En se cachant de lady Beecham, elle avait montré à quel point elle était opposée au mariage.

— Tu sais, reprit Drew tandis qu'il se débarrassait de ses bottes à l'autre bout de l'immense lit qu'ils partageaient, on peut reprocher beaucoup de choses à l'Angleterre mais ils ont quelque chose de très bien ici. C'est incroyable ce qu'on peut s'amuser dans ce bon vieux Londres. Tout ce que tu cherches, tu peux le trouver. Bon sang, ils ont même des vices dont je n'avais jamais entendu parler.

— Je dois donc comprendre que tu as pris du bon temps, répliqua sèchement Warren.

— Du bon temps ? Tu plaisantes ? Ce n'était pas bon, c'était... c'était bien pire que ça. Boyd et moi avons rencontré cette superbe...

— Je ne veux pas en savoir davantage, Drew.

— Mais, pour le prix, crois-moi, elle était exceptionnelle et très jolie avec une magnifique chevelure noire et des yeux bleus. Elle m'a fait penser à Amy Malory même si, bien sûr, elle n'était pas aussi belle que notre chère Amy.

— Pourquoi, diable, faut-il que tu parles d'elle ?

Drew haussa les épaules, ne se rendant pas compte que son frère avait haussé le ton.

— Maintenant que tu m'en parles...

— C'est toi qui en as parlé.

— Peu importe... Je dois avouer que cette jolie fille n'a pas quitté mon esprit depuis que nous l'avons revue.

— Alors, oublie-la, fit Warren, les dents serrées. Elle est trop jeune, même pour toi.

— Tu plaisantes ? désapprouva Drew. Non, en fait, je trouve plutôt que c'est le genre de fille que tu devrais épouser. Ce qui fait qu'elle n'est pas pour moi. Pourtant, soupira-t-il avec regret, elle me donnerait presque envie de me mettre en ménage !

Warren en avait assez entendu.

— Couche-toi ! Et si tu ronfles ce soir, je t'étouffe avec ton oreiller.

Drew lui lança un regard surpris par-dessus son épaule.

— Eh bien, eh bien, tu es d'excellente humeur ! C'est bien ma chance de partager ma chambre avec le râleur de la famille.

Ce fut la goutte qui fit déborder le vase. Après la journée qu'il avait connue, Warren ne supporta pas cette dernière insulte. Il se leva d'un bond et Drew se retrouva étalé par terre. Il se toucha la joue puis il pencha la tête pour dévisager son frère, toujours assis sur le lit.

— Ah, c'est donc cela qui te manque, dit Drew comme s'il comprenait enfin les raisons de la mauvaise humeur de Warren. (Il se redressa en ricanant :) Eh bien, viens, je t'attends.

Warren n'attendit pas qu'il l'invite une deuxième fois. Cinq minutes plus tard, une chaise et un cadre de lit brisés avaient quelque peu gonflé leur facture d'hôtel. Clinton n'allait pas être ravi : il n'avait jamais apprécié la tendance de Warren à provoquer des rixes. Quant à Drew, il s'en moquait, toujours heureux de prendre une part active à l'exercice préféré de son frère. Et son œil poché ne le gênerait pas tant qu'il n'aurait pas décidé de séduire une des jeunes beautés de la haute société londonienne.

Warren, lui, était ravi. Il avait délibérément placé sa bouche sur la trajectoire du poing de son frère, récupérant ainsi une lèvre fendue. Ce qui l'enchantait : pendant quelques jours, il aurait du mal à embrasser. Si Amy tentait de le séduire à nouveau, la douleur lui remettrait les pieds sur terre.

Ce petit intermède eut également un effet apaisant sur ses nerfs. Tandis qu'il se couchait aux côtés de Drew sur le matelas posé à même le sol, il se souvint enfin que lady Amy lui avait fait une promesse. Il pouvait exiger d'elle tout ce qu'il voulait. Tel avait été leur marché, lorsqu'il avait renoncé à se battre avec les brigands. D'une manière ou d'une autre, elle était parvenue à lui faire oublier son serment. Mais il n'oublierait plus. Ah, quelle joie ! Il venait enfin de trouver la solution à tous ses problèmes.

19

Les affaires dont devaient s'occuper les Anderson le lendemain matin leur prirent moins de temps que prévu. Le local trouvé par Thomas la veille reçut leur approbation unanime. Le loyer était raisonnable et le bail fut signé en moins d'une heure. Les trois pièces nécessitaient néanmoins quelques travaux. Boyd fut chargé de trouver un charpentier et un peintre, Clinton et Thomas s'occupèrent du mobilier.

Ce qui laissait du temps libre à Drew et à Warren. Ce dernier se serait volontiers passé d'une telle compagnie. Il voulait retourner à Berkeley Square pour avoir une petite discussion avec Amy. Il ne pouvait cependant en être question avec Drew toujours pendu à ses basques. Il envisagea de provoquer une nouvelle bagarre pour se débarrasser de son frère mais maintenant qu'il connaissait le moyen de résoudre son dilemme, son humeur n'était plus aussi querelleuse.

Quoi qu'il en soit, Drew lui épargna cette peine. Son frère avait, à l'évidence, d'autres projets pour sa journée.

— Je vais aller rendre visite à un tailleur que Derek m'a recommandé. Ce type peut, en un rien de temps, fabriquer n'importe quelles frusques de soirée, et à un prix imbattable.

— Et pour quelle raison aurais-tu besoin d'une tenue de soirée, ici à Londres ? s'enquit Warren.

— Boyd et moi avons été invités à un bal à la fin de la semaine. En fait, l'invitation est valable pour nous tous mais j'imagine que tu n'es pas intéressé.

— Pas du tout… Mais as-tu oublié que tu devais faire voile vers Bridgeport à la fin de la semaine ? lui rappela Warren.

— Quelle importance ? On part le lendemain. Je peux bien m'offrir quelques heures de romance dans un grand bal de Londres.

— J'avais oublié. L'homme qui abandonne chacune de ses conquêtes ! Oui, effectivement, quelle importance ?

Drew s'esclaffa.

— C'est le destin du marin. Il doit toujours partir. Et toi ? Tu ne pars jamais ?

— Je ne fais aucune promesse aux femmes si je n'ai pas l'intention de les tenir.

— En fait, elles ont trop peur de ton fichu caractère pour essayer de te soutirer la moindre promesse.

Warren ne mordit pas à l'hameçon. Il prit même son frère par les épaules pour lui confier :

— Si tu insistes, je te poche l'autre œil.

Drew éclata de rire.

— Tu t'es suffisamment défoulé hier soir, pas vrai ?

— Il y a de ça.

— Content de te l'entendre dire. Mais, bien sûr, ça ne durera pas. Ta mauvaise humeur ne va pas tarder à reprendre le dessus.

Warren fronça les sourcils tandis que Drew le quittait. Était-il si hargneux ? Si ombrageux ? Son équipage ne semblait pas le penser, sinon il ne lui aurait pas été aussi fidèle depuis tant d'années. Bien sûr, il avait du caractère et certaines choses le mettaient rapidement hors de lui. L'éternelle gaieté de Drew, par exemple. La nature insouciante de son jeune frère le caressait à rebrousse-poil. Sans doute parce qu'il se souvenait d'une époque - lointaine - où il était comme lui. Avant Marianne.

Il chassa les images du passé de son esprit tandis qu'il se dirigeait vers Berkeley Square pour mettre un terme à un autre sujet d'irritation. Pourtant, il restait de bonne humeur. Et à mesure qu'il approchait de son but, il se surprenait à faire des projets. Ne plus jamais vivre ce qu'il avait vécu hier. Pouvoir à nouveau rendre visite à sa sœur sans arrière-pensée, s'occuper des affaires de la Skylark et de leur nouveau bureau. Il pourrait même envisager de se trouver une maîtresse temporaire pour la durée de son séjour ici.

Et s'il assistait à ce bal avec ses frères, après tout ? Juste pour voir ce que la haute société offrait ces temps-ci en matière de vertus faciles.

L'ancien pirate français, Henri, qui faisait office de majordome, ne se fit pas prier pour apprendre à Warren qu'il avait mal choisi son moment. Georgie faisait la sieste. Jacqueline aussi. Et les trois autres Malory étaient de sortie.

Warren fut déçu. Il devait encore attendre ! Quant à rester dans ce lieu, il n'en avait guère envie : ne rien faire jusqu'au réveil de Georgie risquait de le mettre de très mauvaise humeur. Il ne voulait pas faire d'elle sa victime. Il partit donc.

Il y avait autre chose qu'il avait eu l'intention d'accomplir à Londres. Une heure plus tard, il trouva le gymnase qu'il cherchait. Il s'entretint avec le propriétaire qui accepta de lui donner des cours individuels à un prix exorbitant. Il ne tarda pas à découvrir, à ses dépens, qu'il ne connaissait pratiquement rien à l'art du combat. Il avait toujours été un bagarreur et, grâce à son imposante stature, s'en était toujours bien tiré... jusqu'à ce qu'il rencontre James Malory !

— Pas comme ça, Yankee, se plaignit l'instructeur. Avec un coup comme celui-là, vous enverrez un homme normal sur les fesses mais si vous voulez qu'il reste au tapis, ce n'est pas ainsi qu'il faut s'y prendre.

En temps ordinaire, Warren n'aurait jamais accepté ce genre de critique, mais il était bien décidé à progresser. Cela en valait largement la peine : il rêvait d'écraser son poing sur la figure de son beau-frère sans que l'autre puisse se relever et le démolir.

— Vous avez la force et la puissance, vous pourriez infliger des dommages considérables, si seulement vous saviez les utiliser. Ne baissez pas votre garde et utilisez tout votre corps quand vous placez votre droite.

— Tiens, tiens, voyez-vous ça, fit une voix que Warren ne reconnut que trop bien. Y a-t-il une raison particulière qui vous pousse à vous entraîner, Yankee ?

Warren se retourna pour faire face à James Malory et à son frère Anthony. Ils étaient sur le ring.

— Une seule, répliqua-t-il d'un ton éloquent en le toisant de la tête aux pieds.

James sourit.

— Tu entends ça, Tony ? J'ai bien l'impression que ce garçon veut toujours me tanner le cuir.

— Eh bien, il se trouve au bon endroit pour y parvenir, non ? répliqua Anthony avant de se tourner vers Warren. Saviez-vous que Knighton nous a entraînés tous les deux ? Bien sûr, cela se passait il y a quelques années et nous avons appris une ou deux choses depuis. Je pourrais vous donner quelques leçons moi-même.

— Ne vous donnez pas cette peine, sir Anthony. Je n'ai pas besoin de votre aide.

Anthony se contenta de ricaner avant de déclarer à son frère :

— Il ne comprend pas. Veux-tu lui expliquer pendant que je vais chercher l'argent de mon pari avec Horace Billings que je vois là-bas ?

— Sur quoi as-tu parié cette fois-ci ? s'enquit James.

— Tu ne devines pas ?

— Le sexe de ma fille ?

— Son nom, mon vieux, ricana Anthony. Je te connais trop bien.

James suivit son frère d'un regard affectueux avant de s'adresser à nouveau à Warren :

— Vous devriez accepter son offre. C'est le seul homme qui ait une chance, si minime soit-elle, de me battre. Et, malgré tout ce que vous vous imaginez, il vous enseignera le mieux possible l'art de la lutte pour le simple plaisir de me voir à terre. Il est ainsi, ce brave Tony.

Warren avait suffisamment vu comment ces deux frères se comportaient l'un avec l'autre pour deviner que James disait vrai. Il en était un peu jaloux, d'ailleurs. Cela ne s'était jamais passé ainsi avec ses frères et, généralement, toute dispute entre eux se terminait fort mal.

— J'y réfléchirai, répliqua-t-il.

— Excellent. Je vous offrirais bien moi-même le bénéfice de mon savoir, pour égaliser les chances, mais votre sœur m'accuserait sûrement de chercher à me venger. Il est vrai que je risque de me montrer moins tendre avec vous que Tony. Au fait, c'est une jolie lèvre que vous avez là. Quelqu'un que je connais ?

— Afin que vous puissiez le féliciter ? rétorqua Warren. Désolé de vous décevoir, Malory, mais ce n'était que Drew. Nous avions du mal à partager le même lit.

— Quel dommage ! soupira James. L'idée que vous vous fassiez de nouveaux ennemis en ville me rendrait positivement heureux. Positivement.

— Dans ce cas, je veillerai à ne pas vous en informer, répliqua Warren.

— De toute manière, je suis sûr que cela arrivera, Yankee. Vous vous ferez des ennemis. Vous ne pouvez pas vous en empêcher. Vous êtes un baril de poudre ambulant. Un baril de poudre perpétuellement à la recherche d'une étincelle. Vous explosez beaucoup trop facilement.

Comme sa colère n'avait pas encore éclaté – même si c'était imminent –, Warren ironisa :

— Il semble bien que je fasse des progrès.

— Il semble, oui, concéda James. Mais il se trouve aussi que je suis dans d'excellentes dispositions, ayant enfin déniché une nourrice pour Jack.

En d'autres termes, James n'essayait même pas de le provoquer. Mais Warren, qui ne voyait pas les choses ainsi, serra les dents.

— Vous faites bien de m'en parler. Georgie a suggéré que je vous demande pourquoi vous appelez votre fille Jack.

— Parce que je sais trop bien à quel point cela vous irrite, mon cher garçon. Quelle meilleure raison ?

Warren parvint – difficilement – à se maîtriser et remarqua, non sans raison :

— Ce genre d'attitude ressemble bien à de la perversion, vous vous en rendez compte ?

Ce qui eut le don de déclencher l'hilarité de James.

— Parce que vous espériez que je fusse normal ? Dieu m'en préserve !

— D'accord, Malory, vous avez fait tout ce qu'il fallait pour me provoquer. Vous voulez bien me dire pourquoi ?

James haussa les épaules.

— C'est une vieille habitude que je semble avoir du mal à perdre.

— Avez-vous essayé ?

James sourit.

— Non.

— Les habitudes ont toujours une origine, dit Warren. Quand la vôtre a-t-elle commencé ?

— Bonne question. Alors, mettez-vous un peu à ma place. Que feriez-vous si la vie n'avait absolument aucun intérêt pour vous ? Si chasser une jolie jupe vous semblait fade ? Et si même la perspective d'un duel à mort vous faisait bâiller d'ennui ?

— Alors, vous insultez les gens pour voir s'ils sont capables de violence ?

— Non, pour voir jusqu'à quel point ils peuvent se rendre ridicules. Vous vous débrouillez très bien, au fait.

Warren abandonna. Parler à James Malory exigeait de lui trop de patience et de maîtrise de soi et il n'en possédait pas des quantités infinies, loin de là. Cela devait se voir car James ajouta :

— Vous êtes sûr de ne pas vouloir me sauter dessus maintenant ?

— Non.

— Vous me préviendrez, bien sûr, quand vous aurez changé d'avis ?

— Vous pouvez y compter.

James hocha vigoureusement la tête.

— Parfois, vous êtes aussi amusant que ce prétentieux d'Eden. C'est rare, Warren, mais il vous arrive d'avoir de bons côtés.

20

Comme Henri était en train de ranger les malles de Mme Hillary, la nouvelle nourrice qui venait de prendre possession de sa chambre à côté de la nursery, Amy dut ouvrir la porte aux cinq frères Anderson. Cette fois, ils étaient attendus. Georgina les avait invités à dîner. James n'avait pas débordé de joie à l'annonce de cette nouvelle car il estimait que sa femme n'était pas encore prête à quitter la chambre. Ils avaient fini par trouver un compromis : James porterait son épouse jusqu'à la salle à manger.

Amy s'était préparée à cette nouvelle rencontre et elle était tout excitée de constater que Warren n'avait pas refusé l'invitation. Apparemment, il comptait se comporter comme s'il ne s'était jamais rien passé entre eux. Elle se demanda combien de temps il allait jouer ce petit jeu. Quant à elle, elle n'avait aucune intention de l'ignorer.

Drew profita du fait que ses frères se dirigeaient tout droit vers le salon pour monopoliser son attention. Il lui déroba sa main et, d'une façon tout à fait charmante, effleura ses doigts du bout des lèvres. Ce ne fut que quand il se redressa qu'elle remarqua son œil au beurre noir. Ayant aussi remarqué la lèvre fendue de Warren, elle n'eut aucun mal à comprendre ce qui s'était passé.

— Cela fait mal ? demanda-t-elle avec sympathie.

— Horriblement. (Pourtant son sourire éclatant démentait cette affirmation.) Mais il suffirait que vous m'embrassiez pour que je me sente beaucoup mieux.

Elle eut une petite moue espiègle.

— Je pourrais aussi vous pocher l'autre œil. Ainsi, vous ne sentiriez pas la différence.

— Tiens donc, mais où ai-je déjà entendu cela ?

Et il lança à Warren un regard en coin. Celui-ci ne parut pas le moins du monde amusé. Avant qu'ils n'en viennent à nouveau aux mains, Amy préféra intervenir :

— J'espère que vous aurez une excellente excuse à donner à votre sœur. Le moment est mal choisi pour qu'elle se fasse du souci à votre sujet.

— Ne craignez rien, mon cœur. Georgie a l'habitude de nos plaies et bosses. Elle ne remarquera sans doute rien. Mais, au cas où… (Il se retourna vers Warren qui ne se décidait toujours pas à suivre ses autres frères vers le salon.) Nous pourrions dire que nous sommes tombés dans le même escalier ?

— Tu n'as pas à mentir pour moi, Drew. Georgie sait parfaitement de quoi je suis capable.

— Eh bien, tant mieux. Je n'ai aucune envie de lui mentir... Après tout, je n'ai fait qu'une innocente remarque. Au fait, de quelle remarque s'agissait-il ?

— Je ne m'en souviens pas, mentit Warren.

— Voilà, c'est exactement ça, nous étions ivres tous les deux. Elle comprendra parfaitement mais mieux vaut que ce soit moi qui le lui dise. Tu risquerais d'en faire tout un plat et de gâcher la soirée.

Là-dessus, Drew les abandonna. Amy fut tout étonnée de se retrouver seule avec Warren. Elle aurait juré qu'il aurait tout fait pour l'éviter.

Elle attendit qu'il ouvre le feu mais il ne dit rien. Elle en profita pour le taquiner un peu.

— Honte à vous, lui reprocha-t-elle. Fallait-il que vous vous soulagiez sur lui, hier soir ?

— J'ignore de quoi vous parlez.

— Vous n'ignorez rien du tout. C'est moi que vous vouliez égorger, pas votre frère.

— Si je me souviens bien, rétorqua-t-il, j'avais simplement l'intention de vous cravacher.

— Balivernes. (Elle lui sourit : cette menace ne l'intimidait plus du tout.) Ce que vous désiriez vraiment, c'était me faire l'amour, et vous avez bien failli le faire. Pourchassez-moi encore une fois et on verra bien ce qui se passera.

Son expression s'assombrit : la conversation ne se déroulait pas du tout comme il l'aurait voulu.

— Je suis passé ici aujourd'hui pour vous rappeler votre promesse.

Elle fronça les sourcils, ne voyant pas à quoi il faisait allusion.

— Quelle promesse ?

— Que vous feriez ce que je vous demanderais. Je vous demande donc de me laisser tranquille.

Elle avait fait cette promesse dans le seul but de lui éviter une blessure ou pis encore. Et maintenant, il s'en servait sans vergogne contre elle ! Elle aurait dû s'en douter.

Elle trouva enfin une parade dont elle était toute prête à reconnaître la mauvaise foi. Cela faisait partie du jeu puisque lui-même se permettait d'utiliser contre elle un serment arraché dans un moment de panique.

— Vous m'avez déjà demandé quelque chose, lui dit-elle.

— C'est faux.

— C'est vrai. Vous m'avez demandé de remonter ma capuche juste après avoir rangé vos armes. Et je l'ai fait.

— Amy…

— Quoi ? Vous me l'avez bien demandé !

— Sorcière ! Vous savez très bien…

— Ne vous mettez pas en colère, Warren. Comment puis-je vous aider à retrouver la route du bonheur si vous ne cessez de m'en empêcher ?

Il ne répondit pas. Il était trop enragé pour cela. Amy soupira quand il la planta là. Elle venait de perdre son meilleur atout. Dans son esprit, elle avait menti. Il ne pouvait donc lui faire confiance. Elle venait de renforcer son opinion des femmes. Mazette, sa tâche devenait de plus en plus ardue !

La soirée se déroula étonnamment bien malgré le silence de Warren. James ne lui lança qu'un seul regard pour lui faire comprendre qu'il n'aurait aucun plaisir à le provoquer ce soir. À l'occasion, Georgina fronçait les sourcils vers son frère, bien décidée à avoir une conversation privée avec lui, mais pas ce soir.

Amy elle-même avait du mal à se montrer enjouée. Elle ne voyait pas comment arranger les choses avec Warren, sinon en obéissant à sa demande, ce qu'elle, évidemment, ne voulait absolument pas faire. L'optimisme qui l'habitait était trop fort pour qu'elle abandonne la partie, sans compter que son pari avec Jeremy décuplait encore sa confiance. Mais, pour l'instant, les perspectives n'avaient rien de très prometteur.

Conrad Sharpe était arrivé dans l'après-midi ; Jeremy et lui eurent une discussion animée avec les quatre autres Anderson. On discuta du nouveau bureau de la Skylark. Amy eut la stupéfaction d'apprendre que Warren resterait à Londres plus longtemps que prévu. Il dirigerait le bureau en attendant que son remplaçant arrive d'Amérique. Amy en fut ravie jusqu'à ce que Georgina remarque, comme elle l'avait déjà fait, qu'il serait plus logique que le bureau de Londres soit dirigé par un Anglais.

Apparemment, l'idée ne plaisait pas à Warren. Mais Clinton dit qu'il y réfléchirait et Thomas approuva sa sœur. Cependant, quelle que soit leur décision, Warren resterait plus longtemps que ses frères. Ce qui, pour Amy, constituait un précieux avantage. Disposer d'une semaine ou d'un mois supplémentaire était une aubaine.

— Au fait, Amy, intervint soudain James. J'ai vu ton père aujourd'hui ; ta mère et lui vont partir à Bath pour prendre les eaux quelques jours. Puis ils se rendront dans le Cumberland. Ce bon Eddie va visiter une mine là-bas avant de se décider à en acquérir quelques parts.

C'était un sujet très familier pour Amy.

— Oui, il aime rencontrer les propriétaires et les exploitants personnellement ; généralement sa première impression est toujours la bonne et détermine chacun de ses investissements.

— C'est ce que je découvre chaque jour, répondit James. Mais ils seront partis pour quelques semaines, ma chérie. Bien sûr, tu es la bienvenue dans cette maison si tu désires rester ici jusqu'à leur retour. Cependant, ils sont aussi prêts à retarder leur départ si tu veux les accompagner.

Elle constata avec plaisir qu'on lui laissait le choix. Quelques semaines plus tôt, elle n'aurait même pas été consultée. On lui aurait simplement annoncé quelle décision avait été prise. Bien sûr, dans ce cas précis, il n'y avait pas d'alternative : elle ne quitterait pas Londres tant que Warren s'y trouverait.

— Je resterai ici, si cela ne vous dérange pas trop, dit-elle.

— Nous déranger ? intervint Georgina. Alors que tu occupes la plupart de ton temps à nous aider… et de quelle manière ! Ah, même Artie et Henri t'obéissent au doigt et à l'œil et seraient prêts à nettoyer la maison de la cave au grenier quatre fois par jour si tu leur demandais. Je suis loin d'avoir ton autorité. Je te garderais bien ici avec moi jusqu'à ton mariage si ta mère n'y voyait pas d'objection.

— C'est donc une affaire réglée ? s'enquit James.

— Pas tout à fait, dit Georgina. Si tu restes, Amy, j'insiste pour que tu recommences à recevoir tes admirateurs. Ton oncle ne s'y opposera pas. En fait, j'ai plutôt l'impression qu'il va être ravi d'impressionner tous ces beaux garçons. (Elle sourit.) Il doit s'entraîner, tu comprends, pour Jacqueline. Tu ne peux pas continuer à te dérober aux regards de toutes les conquêtes que tu as faites la semaine dernière.

Avant de répondre, Amy lança un regard à la dérobée vers Warren. Un mot de sa part, même un vague signe, et elle était prête à inventer une raison pour éviter ses admirateurs. Mais il tourna délibérément la tête comme pour lui signifier que sa réponse ne l'intéressait nullement.

— Oui, j'imagine que oui, dit-elle finalement.

Mais elle avait regardé Warren un peu trop longtemps. Quand elle se détourna, elle croisa les yeux trop bleus, trop perspicaces de Jeremy. Et ce satané vaurien s'exclama :

— Bon Dieu, pas lui !

Lorsqu'il vit Amy devenir toute rouge, Jeremy sut qu'il avait deviné juste. Fort heureusement, personne ne fit attention à elle car tous les regards convergeaient vers Jeremy.

— Pas qui ? demanda son père. De quoi diable parles-tu, jeune fou ?

Le regard qu'Amy lui lança promettait les pires vengeances si jamais il trahissait son secret. Bien sûr, aucune menace ne lui aurait fait tenir sa langue mais il était son ami. Il se sentait moralement obligé de corriger son faux pas... pour le moment.

— Désolé, fit-il comme s'il venait de revenir sur terre. Mon esprit s'est égaré, je crois. Il se trouve que je viens de me rappeler que ce bon vieux Percy envisageait de courtiser notre chère Amy.

— Percy ? Tu veux dire Percival Alden ? (James avait besoin d'éclaircissements. Jeremy opina.) Il devra me passer sur le corps.

Cela fut dit sans passion, comme un simple constat. Jeremy ricana sous cape, se gardant bien de dire que Derek et lui avaient déjà prévenu le malheureux Percy.

— C'est bien ce que je pensais, se contenta de répondre Jeremy.

À l'autre bout de la table, Amy soupira. Si son oncle réagissait ainsi devant l'inoffensif Percy, qu'en serait il avec Warren ? Elle en avait déjà froid dans le dos. Elle lança un nouveau coup d'œil discret vers Warren et fut surprise de voir ses yeux verts emplis de fureur tandis qu'il contemplait James. Soudain, une idée lui vint, une idée très osée... Étant donné l'animosité entre James et Warren, si James lui disait de rester à l'écart de sa nièce, n'y avait-il pas de fortes chances pour que celui-ci fasse exactement le contraire ? Dans le seul but de faire enrager son beau-frère ?

Elle décida de tester sa théorie.

— Ah, vous pouvez vous détendre, Warren. Mon oncle ne vous permettra jamais de me tourner autour.

Personne ne la prit, bien évidemment, au sérieux et cette remarque provoqua quelques gloussements et même un ricanement de la part de James. Mais Jeremy ne trouva pas cela très drôle. Quant à Warren, il était maintenant au comble de l'exaspération. Sa petite cicatrice frémissait et sa main pétrissait sa serviette. Amy retint son souffle. Comment allait-il réagir ?

— Voilà qui me désole, bien sûr.

Warren n'avait rien d'un dissimulateur. Il avait dit cela sur un ton glacé, ce qui amusa James mais rendit sa sœur quelque peu perplexe.

— Allons, sois gentil, Warren, le gronda-t-elle sans méchanceté. Elle ne faisait que plaisanter.

Il se contenta de grimacer un sourire. Georgina soupira et préféra changer de conversation.

Le dîner prit fin. De façon prévisible, Amy et Warren traînèrent, pour être les derniers à quitter la salle à manger.

Warren prit la parole :

— Ne refaites jamais ça.

Il était en proie à une telle fureur que, malgré elle, elle se recroquevilla.

— Vous êtes toujours en colère à propos de cette fichue promesse que, selon vous, j'ai brisée ? Mais vous n'auriez pas été heureux si je vous avais obéi.

— Au contraire, j'aurais connu l'extase.

— Alors, évitez-moi quelques jours et vous verrez si je ne vous manque pas, suggéra-t-elle.

— Vous ne me manquerez pas.

— Oh, mais bien au contraire. Je fais cet effet aux gens, vous savez. Je les fais sourire quand plus rien ne les fait sourire. Ils adorent m'avoir avec eux. Mais pour vous, ce sera bien pire parce que vous savez que je vous veux. Et le jour viendra où vous ne supporterez plus d'être séparé de moi... jour et nuit.

— Rêves de gamine, dit-il, les dents serrées.

— Tête de mule, répliqua-t-elle en secouant la tête. La chance vous sourit enfin, Warren Anderson, acceptez-la. Pour votre bonheur, il se trouve que je tiens de mon père : ma première impression est toujours la bonne. Et je peux me montrer encore plus obstinée que vous.

— Voilà qui ne fait nullement mon bonheur.

— Vous changerez d'avis bientôt, promit-elle.

21

Dès que la porte se fut refermée sur le dernier des Anderson, Amy se rua dans l'escalier avec l'espoir d'éviter Jeremy. Mais il l'attendait, adossé à la porte de sa chambre, bras croisés, comme il en avait l'habitude.

Bon, elle pouvait tourner les talons et se réfugier en bas auprès de son oncle et de sa tante mais Jeremy risquait de la suivre et de dire ce qu'il avait sur le cœur en leur présence. Le fait qu'il soit venu jusqu'ici prouvait qu'il était prêt à ce que leur petite conversation – ou son sermon – reste privée.

Amy tenta néanmoins sa chance.

— Je ne veux vraiment pas en parler, fit-elle.

— Dommage, répliqua-t-il, impassible, en la suivant dans sa chambre.

Le problème avec Jeremy – même si c'était en général une qualité – c'est que, malgré son insouciance naturelle, il pouvait se montrer obstinément sérieux. À en juger par son expression, il devait être convaincu de la gravité de sa démarche.

— Dis-moi que je me suis trompé, l'attaqua-t-il dès que la porte fut fermée. Vas-y, ose me dire que je me suis trompé.

Amy s'assit sur le bord de son lit avant de le regarder.

— Nous n'allons pas nous énerver, n'est-ce pas ?

— Cela dépend.

Elle n'apprécia pas du tout cette réplique.

— De quoi ?

Il ne prit même pas la peine de lui répondre et se mit à arpenter la pièce, ce qui, chez lui, était très mauvais signe.

— Il va falloir te montrer raisonnable, Amy. Avec lui, c'est impossible.

— Je ne vois pas en quoi mais je t'écoute. Dis-moi pourquoi tu penses que c'est impossible.

— C'est le pire de la bande.

— Je le sais.

— Il a un caractère abominable.

— Je le sais aussi… et mieux que toi.

— Il ne s'entendra jamais avec la famille.

— C'est possible.

— Mon père le hait.

Elle leva les yeux au ciel.

— Je pense que le monde entier sait cela maintenant.

— Le Yankee l'aurait pendu, tu sais. Il l'aurait vraiment pendu.

— Là, mon avis diffère. Warren aime beaucoup trop Georgie pour faire une chose pareille.

— Elle ne chantait pas vraiment les louanges de mon père à l'époque, lui rappela-t-il.

— Elle n'en avait pas besoin. Elle portait son bébé, ce qui disait bien ce que cela voulait dire.

Il finit par s'immobiliser devant elle.

— Pourquoi, Amy ? Pourquoi diable a-t-il fallu que tu le choisisses ?

— Je ne l'ai pas... vraiment choisi.

— Comment cela ?

— Ce sont mes sentiments qui l'ont choisi pour moi, essaya-t-elle d'expliquer. La façon dont je réagis dès qu'il s'approche de moi.

— Par les cloches de l'enfer, ce n'est pas à moi que tu vas faire un exposé sur le désir !

— Sacré boh sang, ne crie pas si fort. Bien sûr que le désir entre en compte. J'espère bien désirer l'homme que j'ai l'intention d'épouser. Enfin, tu serais le premier à me sermonner si ce n'était pas le cas, non ?

Il n'en était pas du tout certain.

— Tu dis que le désir entre en compte. Et quoi d'autre ?

— Je veux guérir ses blessures. Je veux qu'il retrouve le bonheur. Je veux le faire sourire à nouveau.

— Alors, donne-lui un livre de blagues.

Amy plissa les yeux pour le dévisager avec sévérité.

— Si tu commences avec tes sarcasmes...

— C'était un conseil sincère, s'indigna-t-il.

Cela la laissa sceptique mais elle lui accorda le bénéfice du doute.

— Tout ce que j'éprouve est réel, Jeremy, et très puissant. Je ne pourrai me satisfaire de quelque chose de temporaire. Et la passion qu'il éveille en moi ne disparaîtra pas. Quand il m'embrasse...

— Je ne veux pas entendre ça.

— Mais, bougre d'âne, fais-moi un peu confiance. Crois-tu que j'aurais vraiment choisi Warren Anderson si j'avais eu la possibilité de faire autrement ? Il est tout ce que tu as dit et plus terrible encore. Mais je ne peux pas m'empêcher d'être attirée par lui.

— Tu le peux, insista-t-il. Tu n'as qu'à ignorer tes sentiments.

— Et c'est toi qui me dis ça ? Un homme qui quitte la maison tous les soirs dans le simple but d'enlever son pantalon ?

Jeremy rougit.

— Pourquoi donc faut-il que je sois le seul à savoir à quel point tu peux être grossière ?

Elle était enfin capable de lui sourire.

— Plus maintenant. Warren a découvert à son tour qu'il n'aime pas cela plus que toi. Dommage pour vous deux.

Il la dévisagea avec exaspération.

— Et que dit-il de tout cela ?

— Il ne veut pas de moi.

— Dieu soit loué.

— Mais il me veut.

— Bien sûr qu'il te veut. Il faudrait être à demi mort pour ne pas vouloir de toi, et il ne l'est pas.

Mais que reste-t-il une fois que le désir est passé ? Rien. Au moins, lui semble le savoir.

— Ainsi, tu penses que je ne parviendrai pas à me faire aimer de lui ? demanda-t-elle avec une pointe d'angoisse.

— De ce glaçon ? Je suis navré, Amy, mais cela n'arrivera pas. C'est tout. Accepte-le et tu t'épargneras bien des souffrances.

Elle secoua la tête.

— Alors, j'imagine que j'ai de la chance de posséder assez de volonté pour deux.

— Tu auras de la chance si jamais mon père ne le tue pas quand il apprendra tout cela.

Elle haussa un sourcil vers son cousin et prit un ton menaçant.

— Tu vas le lui dire ?

— Ah, ne m'en veux pas, protesta-t-il. Cela sera pour ton bien.

— Laisse-moi m'occuper de mon bien et, pendant que tu y es, souviens-toi que je me suis confiée à toi, que je t'ai fait confiance. Et toi, tu veux me trahir !

— Bon Dieu ! soupira-t-il.

— Tu pourrais aussi te souvenir de notre pari, Jeremy, et t'apprêter à connaître un mois d'abstinence.

— Et tu m'obligeras à respecter notre marché, pas vrai ?

— Tu peux y compter.

— Eh bien, cette petite conversation a véritablement accompli des merveilles, marmonna-t-il, écœuré.

— Ne fais pas cette tête-là. Warren te plaira beaucoup quand je l'aurai changé.

— Ah ? Parce que tu as trouvé une baguette magique ?

À l'autre bout du couloir, James déposait Georgina dans leur lit.

— Je ne veux pas que tu recommences, la prévint-il en l'aidant à enlever sa robe de chambre. C'est beaucoup trop fatigant pour toi.

— Ridicule ! En quoi est-il fatigant de se faire porter de pièce en pièce ? C'est plutôt pour toi que c'est fatigant.

— Tu mets en doute ma virilité ?

— Dieu m'en préserve. Je ne suis pas encore prête à ce que vous me prouviez à quel point vous êtes fort et inépuisable, James Malory... Mais je vous le ferai savoir dès que le moment sera venu.

Il lui donna un bref baiser puis alla éteindre les lampes. Du regard, Georgina le suivit à travers la chambre. Une plaisante habitude qu'elle avait prise à l'époque où elle était son garçon de cabine à bord du *Maiden Anne*.

Elle attendit qu'il revienne se coucher pour remarquer :

— Quand Clinton et les autres seront partis, Warren va se retrouver tout seul à l'*Albany*.

— Et alors ?

— Nous avons une grande maison, James.

— N'y songe même pas, Georgie.

Elle ignora le ton menaçant.

— Désolée, mais j'y ai déjà songé. Je suis sa sœur. Tu ne pourras pas trouver une seule bonne raison pour qu'il ne séjourne pas chez nous.

— Au contraire. La première bonne raison qui me vient à l'esprit c'est que nous risquons fort de nous entre-tuer.

— J'aimerais croire que tu es un peu plus tolérant que cela.

— Mais je le suis. C'est ce philistin qui n'a aucune tolérance.

— Il fait des progrès.

— Vraiment ? Alors que fait-il chez Knighton à prendre des leçons de boxe ?

Elle fronça les sourcils.

— Ce n'est pas vrai !

— Désolé de te détromper. Je l'ai vu de mes propres yeux.

— Il prend un peu d'exercice, c'est tout.

— Tu crois cela, Georgie ?

Elle balaya le problème d'un revers de main.

— Il n'y a rien là d'inquiétant.

— Ai-je l'air inquiet ?

— Justement. Je t'ai vu te battre. Warren n'a aucune chance, même avec quelques leçons. Il devrait l'avoir compris.

— Ah, mais Tony a l'intention de l'entraîner.

— Dans quel but, au nom du Ciel ?

— Parce que ça l'amuse.

— Voyez-vous ça ! gronda-t-elle. Eh bien, ton satané frère a vraiment le don de m'exaspérer.

— Il ne fait pas cela pour toi ou pour ton frère, mon amour. Il le fait pour moi.

— C'est bien ce que j'avais compris.

— Et je lui en sais gré.

— Eh bien, voyons, maugréa-t-elle.

James gloussa et s'allongea pour la prendre dans ses bras.

— Allons, tu ne vas pas me suggérer de tendre l'autre joue s'il s'en prend à moi, n'est-ce pas ?

— Non, mais j'ose espérer que tu sauras retenir tes coups si jamais cela arrive.

— Tu peux oser, mon amour.

— Je suis sérieuse, James. Tu ne feras aucun mal à mon frère, n'est-ce pas ?

— Cela dépend de ce que tu entends par « faire mal ».

— Très bien. Je lui en parlerai, puisque tu refuses de te montrer raisonnable.

— Cela ne servira à rien, prédit-il. Il ne sera pas content tant qu'il n'aura pas sa petite bagarre avec moi. Tu comprends, il a des principes.

— Tu veux dire de la fierté, et je déteste vraiment ça. Je ne vois vraiment pas pourquoi vous ne vous entendez pas tous les deux.

— Je me suis montré exceptionnellement gentil avec lui.

Elle soupira.

— Je le sais et je t'en suis infiniment reconnaissante. Mais ta gentillesse, c'est encore trop pour Warren.

— Si tu veux que je cesse de lui adresser la parole, je crois pouvoir m'en accommoder.

— Non, cela ne servirait à rien, dit-elle avec tristesse. Je voudrais tant l'aider mais j'ai l'impression que c'est impossible... pour moi, en tout cas. Bon, revenons à notre problème. J'aimerais quand même lui offrir l'hospitalité.

— Pas question.

— Mais tu sais bien ce qu'ils ont dit ce soir. Warren va chercher une maison à Londres de façon qu'ils puissent tous l'utiliser quand ils viendront ici. Ce ne sera donc pas pour très longtemps.

— Non.

— Dans ce cas, je vais m'installer à l'*Albany* pour lui tenir compagnie.

— Écoute, Georgie...

— Je suis sérieuse, James.

Il abdiqua d'un coup.

— Très bien, invite-le. Mais il refusera, et tu le sais. Il tient encore moins que moi à ce que nous vivions sous le même toit.

Elle sourit et se blottit contre lui.

— Puisque tu sembles d'humeur à me faire quelques concessions, pourquoi ne m'aiderais-tu pas à chercher la femme parfaite qui domptera mon bouillant frère ? Il ne veut pas se marier mais si une femme sait...

— Oublie ça, Georgie, et cette fois c'est moi qui suis sérieux. Oublie ça. Je ne le souhaite pas à la pire garce de la terre.

— Je pense sincèrement que le mariage lui ferait le plus grand bien, James.

— Aucune chance.

— Mais…

— Est-ce que tu t'imagines pouvoir vivre avec lui pour le restant de tes jours ?

— Eh bien, non, pas comme il est en ce moment, mais… James, il est en train de se noyer dans son malheur.

— Laisse-le se noyer. Personne ne le mérite plus que lui.

— Je veux l'aider, insista-t-elle, têtue.

— Si tu es capable de faire preuve d'une telle cruauté à l'égard d'une pauvre malheureuse, cela te regarde.

— Voilà qui n'est pas drôle, James Malory.

— Je ne cherchais pas à être drôle.

22

— Mais qu'est-ce que tu fabriques ici ? s'étonna Anthony en trouvant James à l'entrée de la salle de bal.

— Je pourrais te poser la même question.

Anthony prit un air dégoûté.

— Mon petit amour adore danser. Je ne sais pas comment elle s'y prend mais elle réussit parfois à m'entraîner dans ces bals ridicules. Et toi, quelle est ton excuse ?

— Amy, répondit James en hochant la tête vers la robe de bal d'un bleu pâle et irisé qui tournoyait devant eux. La petite peste a décidé à la dernière minute qu'elle avait envie d'assister à ce bal et il n'y a pas eu moyen de l'en dissuader.

— Et avec Eddie et Charlotte en voyage, te voilà obligé de jouer les chaperons ? Et tout seul, en plus. Georgie n'est pas encore remise ?

— Pas tout à fait et elle n'a pas arrêté de me seriner des mots comme « devoir » et « responsabilité », alors que pouvais-je faire ? Elle a même prétendu que cela me ferait un parfait entraînement pour Jack. Mais si j'avais su que tu serais là, je t'aurais confié ce plaisir. D'ailleurs, puisque tu...

— Oh non, ricana Anthony. J'ai effectué ma part de travail en gardant un œil sur notre chère Reggie. C'est ton tour, j'en ai bien peur.

— Je m'en souviendrai, espèce de crapule, crois-moi, répliqua James, maussade.

Anthony le prit par les épaules.

— Fais pas cette tête, mon vieux. D'ailleurs, tu vas t'amuser : *il* est ici.

James suivit le regard de son frère vers le grand Américain à l'autre bout du parquet de danse. Warren n'était plus le même en tenue de soirée... il semblait presque civilisé. Et James se réjouit de constater qu'il ne s'amusait pas plus que lui. Mais cela n'améliora en rien son humeur : James aurait, de loin, préféré se trouver chez lui avec son épouse.

— Oui, j'ai vu, fit-il d'une voix sinistre. Et moi qui croyais que ma chance était revenue : cela faisait près d'une semaine qu'il ne nous rendait plus visite.

— C'est moi que tu devrais remercier. J'oserais dire que chaque soir il doit se coucher en grognant et en gémissant. Je lui fais subir un entraînement de chien.

— Oh, il a donc accepté ta proposition ?

— Tu en doutais ? répliqua Anthony. Il est vraiment décidé à apprendre, et avec son allonge... Ne sois pas surpris, mon cher, si tu te retrouves sur les fesses lors de votre prochaine rencontre.

— C'est toi, mon bon, qui ne t'es pas retrouvé sur les fesses depuis trop longtemps, rétorqua James. Je serais ravi d'y remédier.

Anthony se contenta de s'esclaffer.

— Attendons encore un peu, d'accord ? Jusqu'à ce que nos épouses nous comprennent un peu mieux. Ros devient infernale quand je fais quelque chose qui lui déplaît. Et infernale n'est pas un euphémisme.

— Voilà qui ne m'en donne que plus envie.

— Et que dirait Georgie ?

— Elle me remercierait, probablement. Tu n'es pas exactement dans ses petits papiers, ces temps-ci.

Anthony soupira.

— Qu'ai-je encore fait ?

— Tu as offert d'entraîner son frère.

— Et comment l'a-t-elle appris ?

— Il se peut que je lui en aie parlé.

— Ah, c'est parfait, se plaignit Anthony. Se rend-elle compte que c'est une faveur que je fais à son frère ?

— Nous savons tous les deux la raison de cette faveur et je l'apprécie, même si elle la regrette.

Anthony retrouva soudain son sourire.

— J'espère que tu n'oublieras pas ce que tu viens de dire quand ce sera terminé. Il n'est pas mal du tout, tu sais. Bien sûr, il n'a pas comme toi des briques à la place des poings mais, quand il trouve l'ouverture, crois-moi, il sait cogner. J'ai moi aussi ramené quelques douleurs mémorables à la maison cette semaine.

James n'était pas inquiet.

— Alors, quand sera-t-il prêt ?

— Je dirais d'ici un mois mais, avec son impatience, je vais avoir du mal à le convaincre d'attendre aussi longtemps. Le bonhomme est vraiment un baril de poudre, un tourbillon d'émotions bouillonnantes. Et, même si cela doit te désoler, je pense que tu n'es en rien responsable de son désarroi.

— Oh ?

— Je l'ai souvent surpris en train de fixer le vide devant lui avec un air idiot et nous savons tous les deux à quoi cela est dû… généralement.

— Pauvre fille, répliqua James. Quelqu'un devrait la prévenir.

— Je serais heureux de le faire si seulement je savais de qui il s'agit. Mais il ne m'a rien dit. Il est même devenu enragé quand je l'ai asticoté à ce sujet. Ce qui me fait penser que ton seul avantage quand j'en aurai fini avec lui sera sa colère.

— Je le savais déjà et je sais aussi à quel point il est incapable de se maîtriser.

— Oui, sans doute. Mais je me demande après qui il en a en ce moment.

À nouveau, James suivit le regard de son frère à travers la salle. Aucune erreur possible : Warren était effectivement en train de foudroyer quelqu'un du regard. Ce quelqu'un se trouvait sur le parquet de danse mais il y avait trop de couples virevoltants pour qu'il puisse, voir de qui il s'agissait.

— Tu crois qu'il s'agit de sa dame d'amour ? demanda-t-il d'un air pensif.

— Que je sois damné si ce n'est pas elle, rigola Anthony. Voilà qui devrait être bougrement intéressant.

— À condition qu'il fasse autre chose que ruminer ses idées noires dans son coin.

— Tu perds la foi, vieux frère ? La nuit ne fait que commencer. Il finira bien par danser avec elle... à moins qu'il ne tente de l'égorger.

Soudain, James soupira.

— J'ai bien peur que nous ne nous trompions du tout au tout.

— Ça m'étonnerait, protesta Anthony. Pourquoi dis-tu ça ?

— Parce que nous supposons qu'il est en train de crever de jalousie. Mais, selon Georgie, le bonhomme est incapable de tels sentiments.

— Absurde.

— Il a été plaqué et ne s'en est jamais remis. Il méprise les femmes.

— Oh ! Voilà qui explique beaucoup de choses. Mais alors, pourquoi est-il si en colère ? Tu n'as pas déjà eu des mots avec lui ce soir ?

— Je n'ai pas eu cette chance, malheureusement. J'ai bavardé avec ses frères puisqu'ils sont tous ici mais Warren m'a évité.

— Ce garçon n'est donc pas totalement idiot. Il sait te fuir quand tu es de sale humeur.

— Je constate que tu n'as pas encore détalé.

Anthony sourit.

— Ce qui prouve que j'aime encore vivre dangereusement.

— Ou plutôt que tu es fatigué de vivre.

Anthony ricana.

— Tu aimes trop ma femme pour la priver de son cher mari.

— Désolé de briser tes illusions, mon garçon, mais si je suis prêt à étriller le frère préféré de ma propre épouse, qu'est-ce qui te fait croire…

— Épargnons-nous cela, James, le coupa Anthony. Notre ami semble prêt à prendre une initiative.

Ils suivirent des yeux Warren qui se frayait un chemin à travers la foule de danseurs. Un instant plus tard, un jeune dandy quitta le parquet avec un air dépité.

— Alors, est-ce que tu vois qui est l'infortunée ? s'enquit James.

— Je ne vois rien, bon sang, il y a trop de monde. Mais prends patience. Ils finiront bien par venir par ici… Nom d'un chien, je vais le tuer !

James aperçut la robe bleue et irisée une fraction de seconde après Anthony. Celui-ci se mit en marche mais James l'arrêta.

— Allons, calme-toi, fit-il, amusé. Avant de tirer des conclusions hâtives, n'oublie pas que notre Amy est trop jeune pour le bonhomme. Bon Dieu, tu crois vraiment qu'il oserait s'en prendre à une telle innocente ?

— C'est toi qui le défends ?

— Écœurant, hein ? acquiesça James. Mais, d'après Georgie, même s'il traite les femmes avec la plus parfaite indifférence, il choisit toujours celles qui sont prêtes à coucher... pas d'innocentes vestales. Je dois admettre qu'il n'est pas aussi dépravé qu'il en a l'air.

Anthony n'était pas encore convaincu.

— Alors pourquoi danse-t-il avec Amy ?

— Elle est probablement la seule femme qu'il connaisse ici en dehors de ta femme.

— Et pourquoi n'a-t-il pas attendu que la danse soit terminée ? insista Anthony.

— Parce qu'il n'y a pas d'autre moyen d'arriver jusqu'à elle. Tu ne l'as peut-être pas remarqué mais c'est incroyable le nombre de jeunes soupirants qui s'accrochent à ses jupes. Et elle n'a pas arrêté de danser depuis notre arrivée.

Anthony soupira.

— Oui, c'est possible...

— C'est, en tout cas, nettement plus vraisemblable que ce que, tu t'imagines.

— Ce doit être à cause de celle qu'il foudroyait du regard tout à l'heure.

— Tu es bien mystérieux, ce soir. Si tu éclairais ma lanterne ?

— Eh bien, c'est assez évident, non ? Il utilise Amy, qui est sans conteste la plus jolie fille de la soirée – après mon épouse, bien sûr – pour rendre la dame jalouse.

— Je crois que tu fais fausse route, Tony. Ce n'est pas forcément la jalousie ou une femme qui le trouble autant. Même ses frères ne sont pas à l'abri de ses sautes d'humeur. Il est furieux, c'est certain, mais, crois-moi, ce type passe sa vie à être furieux ou déprimé. Il en a sans doute après ses frères. Il se bat sans arrêt avec eux.

— Mais ils ne dansent pas. Trois d'entre eux jouent aux cartes et le dernier est là-bas en train de parler à l'une des anciennes maîtresses d'Eden.

James fronça les sourcils d'un air pensif tout en cherchant à nouveau Amy et Warren parmi les danseurs.

— Tu as raison ! J'ai presque envie d'aller leur...

James ne finit pas sa phrase. Il avait enfin retrouvé Warren et le regard noir du Yankee était braqué sur Amy. D'une voix étonnamment calme, James annonça :

— Il est mort.

— C'est donc bien après Amy qu'il en a ? Mais pourquoi ? demanda Anthony.

— À ton avis, triple andouille ?

— Tu veux dire que j'avais raison ? Non, attends un peu. (Cette fois, ce fut Anthony qui retint son frère, non pour sauver la peau de Warren mais pour prendre lui aussi part à la curée.) Je dirais que cela me donne la préséance sur toi, vieux frère.

— Tu auras ce qui restera.

— Ah non, tu ne laisses jamais rien, protesta Anthony. Et, tant que j'y pense, on ne peut pas le trucider ici. Tout le monde n'appréciera pas ce genre de divertissement. De plus, il se peut que nous nous trompions.

— Ça vaudrait mieux pour le Yankee, répliqua James d'un ton sinistre.

23

— Puis-je espérer que vous dansez avec moi parce que vous en avez envie, Warren, et non parce que vous voulez me chercher querelle ? demanda Amy.

Il ne répondit pas, ou, plutôt, il le fit indirectement.

— Faut-il que vous flirtiez avec chacun d'entre eux ?

Elle rit délicieusement.

— Alors que vous ne me quittez pas des yeux ? Bien sûr qu'il le faut. C'est pour vous montrer la différence, vous comprenez.

— Quelle différence ?

— Comment c'est aujourd'hui, avant que vous ne m'ayez fait votre demande, et comment ce sera après quand je ne flirterai qu'avec vous ! À mon avis, cela vous plaira beaucoup plus. Et arrêtez de me regarder comme ça. Les gens pourraient le remarquer et penser que vous êtes en colère après moi. Vous l'êtes ?

— Ce que vous faites m'est parfaitement indifférent.

— Balivernes, répliqua-t-elle avec un petit ricanement indigne d'une lady. Mais ce n'est pas grave. Si vous refusez la vérité, moi pas. Et je vais vous la dire, moi, la vérité. Vous me manquez terriblement. Ce n'était vraiment pas gentil de votre part de ne plus venir nous rendre visite dans le simple but de me démontrer que je vous suis indifférente.

— J'ai réussi, non ?

— Ne soyez pas ridicule. Vous n'avez prouvé qu'une seule chose : que vous êtes incroyablement borné. La vérité est que je vous ai manqué aussi. Voulez-vous me rendre heureuse et l'admettre ?

La rendre heureuse ? À sa grande stupéfaction, il en ressentit le besoin irrépressible. Seigneur, c'était pure folie ! Quelle importance si elle lui avait manqué, ou même s'il avait beaucoup trop pensé à elle ? Elle était amusante... quand elle n'essayait pas de le séduire par n'importe quel moyen. Mais le lui avouer ? En toute honnêteté, il ne pouvait désormais dévier de sa ligne de conduite : la décourager d'une manière ou d'une autre.

Alors, pourquoi diable dansait-il avec elle ?

Parce qu'elle était exquise ce soir dans sa superbe robe de soirée. Parce qu'il avait eu envie de tuer son dernier partenaire qui la serrait de trop près.

Amy n'eut pas la patience d'attendre sa réponse.

— Vous êtes de plus en plus sinistre. Dois-je vous raconter une blague ?

— Non.

— Dois-je vous embrasser ?

— Non !

— Dois-je vous dire où vous pourrez trouver une cravache ?

Il émit un son bizarre, à mi-chemin du gémissement et du rire. Un son assez horrible, en fait, mais qui résonna aux oreilles d'Amy comme une musique céleste.

Elle lui sourit.

— Voilà qui est beaucoup mieux. Mais vous n'avez pas encore souri franchement. Un compliment vous aiderait-il ? Vous êtes splendide ce soir. Et j'aime ce que vous avez fait avec vos cheveux. (Il les avait repoussés en arrière pour l'occasion.) Vous n'envisagez pas de les couper un peu ?

— Pour ressembler à un Anglais ?

— Oh, j'aurais dû le deviner. (Un silence. À bout de patience, elle ajouta :) Eh bien ?

— Eh bien, quoi ?

— N'allez-vous pas retourner le compliment ?

— Non.

— C'est bien ce que je pensais, mais qui ne risque rien n'a rien.

— Amy, pourquoi ne vous taisez-vous pas cinq minutes ?

— Le silence ne mène nulle part.

— Vous seriez surprise de...

— Ah, ainsi vous désirez simplement me tenir dans vos bras ? Pourquoi ne pas l'avoir dit plus tôt ?

Il gémit. Pourquoi n'abandonnait-elle pas ? À moins que...

— Vous êtes enceinte, n'est-ce pas ?

Il l'avait enfin percée à jour.

— Quoi ?

— Et il refuse de vous épouser, alors vous cherchez désespérément un mari.

Elle soupira.

— Honnêtement, je me demande comment il se fait que je ne sois pas furieuse contre vous, Warren Anderson. Je dois déjà vous aimer. Oui, c'est la seule explication.

Il tressaillit.

— Vous avez dit que vous ne m'aimiez pas.

— J'ai dit que je n'en étais pas certaine mais pour quelle autre raison accepterais-je de me faire traiter ainsi sans vous gifler ?

— C'est exactement ce que je veux dire, répliqua-t-il. Et n'essayez pas de le nier.

— Oh, je n'essaierai pas, dit-elle d'une voix qu'il ne lui avait encore jamais entendue. C'est vous qui découvrirez la vérité tout seul, quand vous serez enfin prêt. Mais d'ici là, j'ai changé d'avis : je suis furieuse contre vous, après tout.

Elle le planta là. Il ne réagit pas immédiatement, ayant peine à croire qu'elle avait enfin perdu son sang-froid. Eh bien, tant mieux. En refusant de lui parler, elle ne pourrait plus le séduire avec ses sous-entendus lubriques.

Ah, au diable tout cela ! Il voulait l'entendre nier qu'elle était enceinte. Nom d'un chien, il fallait qu'il sache la vérité.

Il se lança à sa poursuite. Mais on l'en empêcha. James et Anthony, le prenant chacun par un bras, le forcèrent à les suivre. Il voulut protester. Il n'avait pas de temps à perdre avec ces deux-là maintenant. Mais ils semblaient très déterminés. Si déterminés qu'il aurait dû provoquer un véritable scandale pour leur échapper.

Warren n'avait aucune idée de ce qu'ils désiraient. Probablement rien de plus qu'un quatrième à un jeu de cartes. Même si, avec James, on n'était jamais sûr de rien. Il pouvait très bien avoir une objection à formuler sur la coupe de sa veste.

Bon, autant leur consacrer un moment. Tant que ses deux oncles restaient ici, Amy ne s'en irait pas.

Mais quand ils entrèrent dans la salle de billard déserte, il ne tarda pas à découvrir que James ne se souciait que très peu de la coupe de son costume. Dès que la porte fut fermée, Warren se retrouva plaqué au mur. Anthony le tenait par la gorge et James par les revers de sa veste.

— Vous avez une seconde, Yankee, pour me convaincre que vous ne nourrissez aucune intention envers ma nièce.

En temps normal, Warren n'aurait pas pris la peine de répondre et aurait commencé à frapper. Mais il s'agissait du mari de sa sœur... et du seul homme contre lequel il n'avait pas une chance dans un combat... pas encore. Et la raison pour laquelle James faisait une crise d'apoplexie était si grotesque que Warren faillit éclater de rire.

Seigneur, voilà qui était plaisant ! La fille le pourchassait effrontément et c'était lui le responsable !

— Je n'ai aucune intention à son endroit, déclara-t-il avec emphase.

— Je ne peux pas vous croire, répliqua James.

— Est-ce un crime de danser avec elle ?

— C'est un crime de la regarder comme vous la regardiez, fit James.

Il chercha une explication plausible.

— J'ai beaucoup de problèmes en tête, Malory. La façon dont je regarde les gens n'a souvent rien à voir avec eux.

Ce qui était vrai, mais pas dans ce cas précis. Tout ce qu'il avait fait, c'était essayer de repousser cette fille... Et penser à elle un peu trop. Et pratiquement lui faire l'amour sur une route de campagne. Les images lui revinrent, fortes et brûlantes.

— Je regrette de le dire, fit Anthony en le lâchant, mais il est sûrement sincère, James.

— Oui, c'est possible, approuva James qui gardait pourtant quelques soupçons.

Il lui fallait encore une dernière assurance de la part de Warren.

— Vous n'êtes donc absolument pas attiré par elle ?

— Ce n'est pas ce que j'ai dit, s'entendit répondre Warren comme pour prendre la défense d'Amy.

— Mauvaise réponse, Yankee.

Warren se retrouva à nouveau collé au mur. Maintenant, il était vraiment furieux.

— Vous voulez m'entendre nier qu'elle est incroyablement jolie ? gronda-t-il. Il faudrait que je sois mort pour ne pas avoir remarqué sa beauté. Maintenant, ôtez vos mains de moi.

Les mains n'abandonnèrent pas tout à fait sa veste mais la voix de James perdit beaucoup de son agressivité.

— Elle est trop jeune pour que vous la remarquiez.

Warren était entièrement d'accord, cependant, puisque c'était James qui le disait, il répliqua :

— Cela vous va bien de parler ainsi. Georgie n'était guère plus âgée qu'Amy quand vous l'avez rencontrée, et vous êtes bien plus vieux que moi.

Warren exagérait un peu : Georgina avait quatre ans de plus qu'Amy et James à peine un an de plus que lui. Même si c'était de bonne guerre, les Malory n'apprécièrent pas la comparaison.

— Il faudrait peut-être changer sa façon de voir, suggéra Anthony. En lui pochant les deux yeux, par exemple. Je suis tout disposé à m'en charger, vieux frère, si tu t'inquiètes de la réaction de Georgie.

— Pas du tout. Et puis, je crois qu'il mérite plus que ça.

Warren en eut subitement assez.

— C'est absurde ! explosa-t-il enfin. Je vous ai dit que je n'avais aucune intention à son endroit. Mais si vous tenez tant à protéger sa prétendue vertu, vous feriez mieux de l'enfermer à double tour et de jeter la clé. Peut-être qu'alors j'aurai enfin la paix !

— Par tous les démons de… Que voulez-vous dire ? demanda James.

— Je veux dire que votre nièce se jette à mon cou à la moindre occasion.

— Attends ! s'étrangla Anthony. Laisse-moi rire encore un peu avant de le tuer.

James trouvait cela beaucoup moins drôle que son frère.

— Auriez-vous perdu la tête, Yankee ? Ou alors êtes-vous idiot au point de croire que des sourires et des gestes de bienvenue d'une gentille fille sont autre chose que des preuves d'amabilité ?

Warren soupira. Il n'aurait pas dû dire cela. Fichu caractère. Il avait la désagréable impression d'avoir trahi Amy, même s'il ne lui avait jamais rien promis. Si seulement ils l'avaient cru, ils auraient pu l'aider à raisonner la jeune fille. Mais ils ne le croiraient jamais. Visiblement, toute la famille se laissait berner par ses grands airs innocents.

— J'imagine que vous mettez ma parole en doute ?

— Plus que ça encore ! lui dit James.

— Dans ce cas, acceptez les assurances que je vous ai données plus tôt et restons-en là, Malory.

— Alors que vous venez de ternir la réputation d'Amy ? Vous plaisantez, mon cher. Je veux entendre un démenti ou bien il faudra vous porter à votre hôtel ce soir, déclara James d'une voix douce.

Malheureusement, ce n'était pas une menace en l'air. James, quand il fulminait, ne se laissait pas aller à la violence. C'était quand il retrouvait son calme qu'il devenait vraiment dangereux. Eh bien, se dit Warren, il allait finalement devoir se battre avec lui. Bah...

— Je n'en aurais pas parlé, Malory, si vous n'aviez pas autant insisté. Mais examinons les faits, voulez-vous. Pourquoi croyez-vous que je ne suis pas venu voir Georgie de toute la semaine ? Pourquoi croyez-vous que j'aie refusé son offre de m'installer chez vous dès demain après le départ de mes frères ? Je ne voulais pas dormir sous votre toit, de peur qu'Amy ne vienne se glisser dans mon lit...

Il esquiva juste à temps. Le poing de James s'écrasa contre le mur, ratant son oreille d'un cheveu. Ils entendirent tous les trois le bois craquer. Et une tache de sang ornait à présent la tapisserie de soie qui recouvrait la boiserie.

— Je t'avais bien dit qu'il faisait des progrès, dit Anthony d'un ton très sec.

Aucun des trois ne remarqua la porte de la pièce qui s'ouvrait. Amy n'eut pas besoin d'une boule de cristal pour deviner ce qui était en train de se passer.

Elle s'adressa à son oncle :

— Tu ne l'as pas blessé, j'espère ?

Ils sursautèrent. Anthony retrouva le premier l'usage de la parole.

— A-t-il l'air blessé, mon cœur ?

— Nous avions simplement... une petite discussion, renchérit James en époussetant de sa main valide le revers de la veste de Warren. Rien là qui offre d'intérêt pour toi, ma chérie. Si tu retournais à...

— Ne me traite pas comme une enfant, oncle James. Qu'a-t-il fait cette fois-ci pour que tu veuilles encore t'en prendre à lui ?

— Il a sali la réputation de quelqu'un que nous connaissons. Mais il était justement sur le point de nous présenter ses excuses. Tu peux aller danser.

Amy ne bougea pas d'un pouce. Elle contempla Warren et devina.

— Vous leur avez dit ?

Elle le regardait, peinée. Il l'avait trahie. La tristesse disparut très vite, aussitôt remplacée par une solide détermination.

— Très bien, cela ne fait rien, dit-elle. Ils l'auraient appris de toute manière quand nous aurions annoncé nos fiançailles.

— Quoi ? s'exclamèrent les deux oncles.

— Vous avez oublié de leur dire que nous allons nous marier, Warren ? demanda-t-elle avec de grands yeux innocents.

— Nous n'allons pas nous marier, Amy, fit Warren, les dents serrées, les joues en feu.

Elle se tourna vers James.

— Tu vois un peu ce qu'il m'a fallu subir ? Un refus à chaque fois. Mais il changera d'avis. (Puis à Warren :) Que leur avez-vous dit, alors ? Certainement pas votre dernière idée absurde que j'étais enceinte ?

— Quoi ? répétèrent à nouveau ses oncles tandis que les joues de Warren passaient du rouge au violet.

— C'est ce qu'il imagine, expliqua-t-elle toujours avec la même innocence. Je ne le suis pas, bien sûr. Mais il est trop cynique pour me croire. D'ailleurs, il cherche sans cesse des raisons pour refuser le fait que je le veux. (Trois regards ébahis la contemplaient.) Oh, il ne vous l'a pas dit ? Dans ce cas, il a dû simplement confesser que j'essayais de le séduire.

— Amy ! s'exclama Anthony.

Puis ce fut au tour de James :

— Cela n'a rien d'amusant, ma petite. Que crois-tu provoquer en nous déversant ce flot d'absurdités ?

Ce qui provoqua un éclat de rire de Warren.

— De mieux en mieux ! Ils ne vont pas vous croire, pas plus qu'ils ne m'ont cru. Donc vous feriez bien de vous enfuir, petite fille, et de me laisser mon maigre avantage.

— Je vous ai déjà demandé de ne pas m'appeler ainsi, espèce de tête de mule, et je ne fuirai nulle part.

Mais, pour une fois, elle fut ignorée, car Anthony désirait une précision.

— Quel avantage ?

— Ses phalanges brisées.

— Il n'a pas tort, dit Anthony à son frère.

— Ce n'est pas ça qui va me gêner, répliqua James.

Ce à quoi Amy ne pouvait rester indifférente.

— Il n'y aura pas de bagarre, ou alors tante Georgie en entendra parler. Et je ne crois pas qu'elle appréciera que tu te sois jeté sur son frère pour la simple raison qu'il te disait la vérité. Tante Roslynn sera quelque peu surprise elle aussi quand elle saura qu'oncle Anthony n'a rien fait pour les séparer. Et je pense qu'oncle Jason devrait être...

— N'en rajoute pas, dit Anthony en constatant l'air écœuré de son frère. Il te suffisait d'évoquer Georgie. Et depuis quand Ros te donne-t-elle des cours de manipulation ?

— Ce n'était pas de la manipulation, c'était du chantage. Vous êtes en train de menacer la santé de mon futur mari.

— Par tous les diables, tu n'es pas sérieuse ? s'enquit Anthony, soudain effaré.

Amy n'eut pas le temps de lui répondre. Warren s'en chargea.

— Je ne l'épouserai pas, affirma-t-il avant de fixer James droit dans les yeux et de répéter avec plus d'emphase encore : Je ne l'épouserai pas.

— Il m'épousera, corrigea Amy avec sa confiance habituelle avant d'enchaîner d'une voix menaçante : Mais personne ne le forcera. Je ne l'épouserai pas s'il y est contraint et forcé. Il le sait, même si cela ne lui procure aucun soulagement. Il n'a pas encore compris que nous étions faits l'un pour l'autre. Maintenant, je vous laisse, messieurs, mais il vaudrait mieux que je ne voie pas une seule égratignure sur lui tout à l'heure, oncle James.

— Bon Dieu, Anderson, dit Anthony dès qu'elle eut disparu, je compatis. Sincèrement.

— Pas moi, gronda James. Que diable avez-vous fait pour qu'elle jette ainsi son dévolu sur vous ?

— Absolument rien.

— Vous ne l'aurez pas, Yankee.

— Je ne la veux pas.

— Vous êtes un fichu menteur.

Warren était à nouveau au bord de l'explosion.

— Je vous le répète, je ne la toucherai pas. Et je continuerai à la décourager. Je ne peux rien faire de plus.

— Vous pouvez quitter l'Angleterre... Et elle ne remarquera pas *ça*.

Le coup au ventre fut trop inattendu pour que Warren puisse l'éviter. James y avait mis toute sa rancœur et toute sa hargne. Warren, le souffle coupé, se retrouva plié en deux.

Il ne remarqua même pas le départ des Malory.

Dans le couloir, Anthony taquina son frère.

— Il encaisse bien les coups, le Yankee, tu ne trouves pas ?

— Ouais, maugréa James avant de prendre un air pensif. Je continue à penser que la chère petite nous a joué une belle comédie. Elle ne peut quand même pas vouloir de cet effroyable spécimen. Cela défie l'entendement. Et, en plus, elle l'admet ? Devant lui ?

— Je vois ce que tu veux dire. De notre temps, les femmes préféraient laisser un homme dans l'expectative. Et nous, pauvres garçons, ne sachions jamais sur quel pied danser.

— Et depuis quand as-tu pris ta retraite ? s'enquit sèchement James. Elles n'ont pas changé. Ce qui ne nous explique pas pourquoi Amy se comporte de la sorte.

— Elle n'a sûrement pas hérité cette audace d'Eddie. Du chantage ; et la petite garce était sérieuse !

— Peu importe, répondit James. Le Yankee t'a-t-il paru sincère ?

Anthony ricana.

— Il semblait sincère dans ses efforts pour te rendre la vie impossible.

— Alors, nous n'avons plus qu'une seule chose à faire, hein ? Attendre et voir venir. Ah... misère de nous !

24

Warren joua aux cartes avec Clinton et deux Anglais pendant le reste de la soirée. Il ne comprenait pas franchement le jeu, ce qui lui servit d'excuse pour perdre deux cents livres. Dire qu'il était venu à ce bal pour se trouver une maîtresse ! Mais, dès l'arrivée d'Amy, il n'avait plus vu aucune autre femme.

Elle devait toujours être en train de danser avec sa centaine d'admirateurs. Et, désormais, ils lui rendraient visite. Sa propre sœur avait insisté pour qu'il en soit ainsi. Il ne pouvait plus qu'espérer que l'un d'entre eux ravisse son cœur pour qu'elle renonce enfin à lui.

— Ah non, Yankee ! se plaignit l'homme à sa gauche.

Warren baissa les yeux vers les cartes que sa main venait à nouveau de réduire en bouillie.

— Désolé, dit-il en quittant la table et en lançant à son frère : Je retourne à l'hôtel.

— Sage décision.

— Ne me provoque pas, Clinton.

— Je n'en avais pas l'intention. On se verra demain matin.

Ils avaient tous prévu une dernière visite à Georgina avant de prendre la mer : elle n'était pas encore suffisamment rétablie pour descendre jusqu'au port. Warren devait accompagner ses frères mais, à présent, il comptait se décommander. Puisqu'il restait un peu plus longtemps à Londres, il aurait encore l'occasion de voir sa sœur. Dès que possible, il l'emmènerait en promenade avec le bébé. Mais, pour l'instant, mieux valait ne pas mettre les pieds à Berkeley Square.

Warren évita la salle de bal. Il n'avait aucune envie de croiser Amy. C'était une erreur : elle ne dansait pas. Elle l'attendait dans le couloir près de la sortie, à moitié dissimulée derrière une plante verte.

Un éclair de soie irisée attira le regard de Warren. Il essaya de ne pas s'arrêter. Elle ne lui en laissa pas le choix. Elle bondit devant lui, lui bloquant le passage.

— J'imagine que vous êtes fou furieux après moi maintenant ? commença-t-elle.

— Vous pouvez le dire ! En fait, il vaudrait mieux pour vous que je ne vous revoie plus jamais.

Pour quelque insondable raison, cette réplique lui fit perdre toute crainte et la lueur espiègle réapparut dans ses yeux.

— Oh, mon cher, voilà qui semble bien définitif. Et, puisque nous en sommes aux confidences, sachez que je ne suis vraiment pas contente de vous. Vous n'auriez pas dû leur parler de nous, Warren.

— Pas de nous, de vous.

— C'est pareil, fit-elle gaiement. Vous vous rendez compte, j'espère, qu'ils vont s'acharner sur moi maintenant.

— Tant mieux. Peut-être parviendront-ils à vous donner un peu de bon sens. Dieu sait si j'ai essayé en vain.

— Ils vont simplement répéter encore et encore que vous ne me convenez pas du tout. Ce que nous savons déjà.

— *Je* le sais. Vous l'ignorez.

— Évidemment. Le bon sens n'a rien à voir avec les sentiments que vous avez provoqués en moi.

— Seigneur, ne recommencez pas !

Il l'écarta. Elle le contourna pour se retrouver à nouveau devant lui.

— Je n'avais pas terminé, Warren.

— Moi, oui.

— Vous comprenez que vous venez de leur donner l'occasion de convaincre mon père de ne pas nous donner son approbation ?

— Vous voulez dire que, finalement, cette soirée aura servi à quelque chose ?

— Inutile d'espérer. Cela signifie simplement que vous devrez m'enlever.

— Vous vous bercez d'illusions. Mais, dites-moi, je croyais que vous craigniez surtout d'être exilée à la campagne ?

Enfin, elle parut perdre un peu de sa confiance.

— Cela reste une possibilité. Mais ne vous inquiétez pas, je reviendrai immédiatement.

— Et on vous y renverra ?

— Sûrement, mais je reviendrai encore.

— Espérons que la troisième fois j'aurai pris la mer.

Mimant l'écœurement, elle secoua la tête.

— Je sais que vous faites de votre mieux pour me mettre en colère. Et je dois reconnaître que vous y parvenez merveilleusement. Mais, heureusement pour vous, dès demain matin, je vous aurai pardonné.

— Eh bien, moi pas.

— Oh, bien sûr que si !

Exaspéré, il soupira.

— Quand allez-vous enfin comprendre, Amy ? Vous devriez me repousser, pas m'encourager.

— Balivernes !

— Vous savez très bien que vous vous conduisez sans aucune pudeur.

— C'est possible mais je n'agirais jamais ainsi si vous n'étiez pas l'homme que je veux. Ne vous l'ai-je pas déjà dit ?

Elle le lui avait dit mais il ne la croyait toujours pas. Et si elle n'était pas enceinte…

— Vous espérez m'obliger à vous épouser en vous faisant faire un enfant, c'est cela ? Voilà pourquoi vous êtes si déterminée à partager mon lit.

Ah, il était prompt à passer à l'offensive !

— Pourquoi devrais-je avoir des motifs aussi inavouables ? Vous n'ignorez sûrement pas que vous êtes désirable. Alors pourquoi ne pourrais-je pas vous désirer pour vous-même ?

— Je ne suis pas du tout désirable.

Cela faisait des années qu'il s'attachait à ne pas l'être !

— Ah, mais je vais arranger tout cela. Vous serez aussi charmant que Drew, aussi patient que Thomas. Bien sûr, je ne peux pas faire grand-chose pour votre fichu caractère. Mais je ferai désormais tout mon possible pour que vous ne vous emportiez pas. Donc, vous voyez, vous pouvez ronchonner autant que cela vous chante, cela n'y changera rien. Ce qui compte, c'est comment vous serez quand nous serons mariés.

Sa confiance avait quelque chose de stupéfiant, et même d'effrayant. Pendant un bref instant, il crut même qu'elle disposait d'un sortilège capable d'accomplir un tel prodige.

Elle s'écarta' pour le laisser passer. Cette fois, Warren renonça à avoir le dernier mot. De toute manière, avec elle, il n'avait aucune chance.

Mais il n'avait pas fait trois pas quand elle lança :

— Je ne suis venue ici ce soir que parce que je savais que vous y seriez. Ne m'évitez plus aussi longtemps car maintenant que vous êtes seul à l'*Albany*, je pourrais venir vous y voir.

Cette menace l'horrifia. Amy, dans la même chambre que lui ? Une chambre avec un lit ? Demain matin, à la première heure, il changerait d'hôtel.

— Nous pouvons partir maintenant, oncle James, dit Amy en le rejoignant au buffet.

— Dieu soit loué ! fit James. Mais pourquoi si tôt ?

— Parce que Warren est parti.

James leva les yeux au ciel et se dirigea vers le vestiaire. Il devait avoir une sérieuse conversation avec cette petite, et le trajet du retour était l'occasion rêvée.

Mais d'où tenait-elle une telle audace ? Les enfants de ce bon Edward s'étaient toujours conduits de façon exemplaire... Bon Dieu, se demanda-t-il soudain, Jeremy aurait-il eu une mauvaise influence sur elle ? Bien sûr, c'était la seule explication possible. Ces deux-là avaient trop traîné ensemble.

Cette opinion fermement ancrée en lui, il annonça dès que la porte du fiacre se fut refermée sur eux :

— Jeremy va me le payer, tu peux me croire.

Amy, bien sûr, n'avait aucune idée de ce à quoi il faisait allusion.

— Pourquoi donc ?

— Pour ton attitude insensée.

— Qu'a-t-il à y voir ?

— Il t'a influencée, c'est évident.

Elle sourit affectueusement à son oncle.

— Sornettes. J'ai toujours eu tendance à dire ce que j'avais sur le cœur. Simplement, jusqu'à présent, je me taisais.

— Tu aurais dû continuer à te taire.

— En temps normal, je l'aurais fait. Mais la situation nécessitait de la franchise.

— Quelle situation ? Ce barbare méritait que nous nous occupions de lui. Tu vas admettre maintenant que tout cela n'était que de la comédie. Que tu cherchais simplement à lui épargner une cruelle punition, pour quelque raison idiote. Parce que tu avais peur pour lui ou je ne sais quoi. Je comprendrais parfaitement. Et je n'en parlerai plus jamais.

— Je ne peux pas, oncle James.

— Bien sûr que tu peux. Essaie, fit-il, au désespoir.

Amy secoua la tête.

— J'ignore pourquoi tu prends cela si mal. Ce n'est pas toi qui vivras avec lui.

— Et toi non plus, persista James. Je n'arrive pas à imaginer un homme qui convienne moins...

— Il me convient parfaitement, le coupa-t-elle. Tu ne l'aimes pas, c'est tout.

— Cela va sans dire mais ça n'a aucun rapport. (Le moment était venu de s'en tenir aux faits.) D'ailleurs, il ne veut pas de toi, ma chère. Il l'a dit lui-même.

— Je sais que ce n'est pas vrai.

James tressaillit et se pencha en avant, le corps tendu comme pour un combat invisible.

— Comment diable sais-tu cela ?

— Peu importe comment je le sais. Le fait est que ce qu'il ne veut pas, ce sont les chaînes et les liens qui vont avec une relation suivie. Mais je ferai tout ce qui est en mon pouvoir pour le faire changer d'avis et pour qu'il m'épouse. Si j'échoue, il ne faudra pas que ce soit à cause de ton intervention mais parce qu'il ne veut pas de moi. C'est la seule raison que j'accepterai. Dans le cas contraire, je ne renoncerai jamais, même si je dois le suivre jusqu'en Amérique. Alors, n'essaie pas de m'arrêter, oncle James. Cela ne servira à rien sinon à empirer les choses.

Se faire rabrouer ainsi n'était vraiment pas dans les habitudes de James. Bien sûr, il pouvait tout simplement tuer Warren. Mais Georgie risquait de ne jamais lui pardonner. Enfer et damnation !

— Ton père ne donnera jamais sa permission, ma chère petite, tu peux en être sûre.

— Si tu lui parles, c'est certain.

— Alors, il ne te reste plus qu'à l'oublier.

— Non, dit-elle fermement.

— Bon sang, Amy, ce type est beaucoup trop vieux pour toi. Quand tu auras son âge, il sera tout voûté et il se servira d'une canne.

Elle éclata de rire.

— Allons, mon oncle, il n'a que dix-huit ans de plus que moi. Tu penses que dans dix-huit ans tu marcheras avec une canne ?

En fait, dans dix-huit ans, Jack ferait son entrée dans le monde et James comptait bien rosser chacun de ses prétendants.

— Bon, d'accord, il ne boitera pas, mais…

— Inutile d'insister sur cette différence d'âge, je t'en prie. Warren m'en rebat assez les oreilles.

— Alors, pourquoi n'écoutes-tu pas tes aînés ?

Il insistait encore. Elle lui lança un regard écœuré mais James semblait assez fier de lui.

— L'âge est un détail mineur et auquel on ne peut rien changer. Je préfère me concentrer sur les nombreux défauts de Warren qui peuvent encore être corrigés.

— Ah ! Tu reconnais ses nombreux défauts ?

— Je ne suis pas aveugle.

— Mais alors, que diable vois-tu dans cet homme ?

— Mon bonheur futur, dit-elle simplement.

— Où as-tu trouvé ta boule de cristal ?

Amy gloussa.

— Tu vas être ravi de savoir que Warren m'a dit à peu près la même chose.

— Bon Dieu, ne me raconte pas ça. J'aurais honte de savoir que ce maudit bougre pense comme moi.

— Il a dit exactement la même chose que toi.

Les paupières de James se plissèrent, soupçonneuses. Était-elle en train de se moquer de lui, de lui rendre la monnaie de sa pièce ? Bon, elle était une Malory, après tout. Ce qui signifiait qu'elle ne manquait pas de vivacité d'esprit. Il eut soudain presque pitié du Yankee... Ah non, pas ça !

— Très bien, ma chère, mais cesse au moins de faire de l'esprit avec moi.

Elle lui lança un regard horrifié.

— Dieu m'en préserve. Je serais démolie en quelques secondes.

— Exactement.

Amy laissa tomber son masque pour déclarer d'une voix presque tombale :

— Mais, pour ce qui est de la détermination, je suis prête à affronter n'importe qui dans la famille.

James soupira. Cette conversation ne se déroulait pas bien du tout.

— Amy...

— Écoute, oncle James, il ne servirait à rien de continuer sur ce sujet. Depuis ma première rencontre, il y a six mois, avec les Anderson, j'ai su que Warren était l'homme de ma vie. Ce n'est pas un caprice que j'oublierai dans une semaine. Il est certain qu'un Anglais aurait été un meilleur choix, mais il ne s'agit pas de raison, il s'agit de sentiments. Je crois que je suis déjà amoureuse de Warren.

— Par les feux de l'enfer !

— C'est à peu près mon avis. Parce qu'il va me faire subir l'enfer avant de comprendre enfin.

— Je ne dirais pas que je le regrette, grommela James.

— Je n'en attendais pas moins de toi. (Puis elle lui offrit soudain un de ses sourires de gamine.) Mais réjouis-toi, mon oncle. Ce que moi, je vais lui faire subir sera bien, bien pire.

25

— Amy et Warren ? fit Georgina, incrédule.

— Tu m'as bien entendu, aboya son mari qui continuait à marteler le plancher de leur chambre à grands pas furieux.

— *Amy et Warren... ?*

— Exactement. Et il faut que tu le saches, Georgie, je le tuerai si jamais il pose les yeux sur elle un jour, promit James.

— Non, tu ne le tueras pas. Mais voyons si j'ai bien compris. C'est elle qui le veut et pas le contraire ?

— N'ai-je pas été assez clair ? Tu veux un dessin ?

— Ah, ne joue pas les Malory avec moi ! Je trouve cela plus que choquant, si tu tiens à le savoir.

— Et moi ? Que crois-tu que cela m'a fait ?

— Mais tu as eu le temps de digérer la...

— Digérer ? Tu plaisantes ? Je suis en fait en train de faire une maudite indigestion. Que vais-je dire à mon frère ?

— Lequel ?

Il lui lança un regard noir.

— Son père ! Tu n'as pas oublié qu'elle a un père ?

Elle ignora le sarcasme.

— Tu as dit qu'elle se moquait d'avoir sa permission. Et dire que je lui ai si souvent parlé de mes frères !

— Tu as contribué à ce gâchis ?

— Tout à fait innocemment, je te l'assure. Je n'en avais vraiment pas la moindre idée, James. Et cela me paraît incroyable. La douce petite Amy se lançant sans pitié aux trousses de Warren ?

— Et encore, c'est un euphémisme. Cette satanée gamine essaie par tous les moyens de le séduire. Et, selon l'expression de ton frère, « elle se jette à son cou » dès que l'occasion se présente.

— Pourquoi es-tu si furieux contre lui ? Il est parfaitement innocent dans cette histoire.

— Parce que je refuse de croire qu'il n'a rien fait pour l'encourager. Cette jeune fille est beaucoup trop confiante quant à la réussite de ses projets.

— L'optimisme de la jeunesse ?

— J'aimerais le croire.

— Alors, tu es en train de dire qu'elle... qu'ils... qu'ils pourraient éventuellement...

— Bon Dieu, Georgie, arrête de bafouiller, tu vas t'étouffer, la coupa-t-il avec impatience.

— Tu penses qu'elle va finir par coucher avec lui ?

— Sans doute. Et j'aimerais savoir une chose : l'épousera-t-il s'il lui vole son innocence ?

— Avec Warren, je doute que cela compte. Le mariage le dégoûte trop.

— Ah… Eh bien, il nous reste au moins cette chance.

Georgina sursauta.

— Je suis choquée, James. Si nous en arrivons là, bien sûr qu'il devra l'épouser. J'y veillerai moi-même, si ta famille refuse de le faire.

— Elle ne voudra pas de lui si on le force.

— Pourquoi pas ? C'est ainsi que je t'ai eu et le marché me satisfait pleinement.

— Eh bien, il se trouve qu'elle n'est pas comme toi. (Soudain, il s'immobilisa avec un sourire.) Voilà peut-être la solution. Nous allons le contraindre à l'épouser.

Ce fut au tour de Georgina de lui lancer un regard noir.

— Alors qu'il n'a encore rien fait ?

James repoussa cette objection d'un haussement d'épaules.

— Il l'a sûrement compromise d'une manière ou d'une autre. Quelques arguments persuasifs devraient suffire.

— Oh, non, pas question. Tu ne rosseras pas mon frère une nouvelle fois.

— Juste un peu, Georgie, plaida-t-il avec douceur. Il survivra.

— Oui, et il n'aura à nouveau qu'une envie : te passer une corde autour du cou. Pas question, James.

— Tu ne trouves pas que ce serait plutôt drôle ?

— Non. Car tu n'envisages pas une seule seconde que cela se terminera par un mariage. Non, il va falloir que tu fasses confiance à Warren et à sa capacité de résistance. Amy finira bien par se décourager.

— Ça m'étonnerait. Elle a déjà prévu de le suivre jusqu'en Amérique s'il le faut.

— Fuir seule ? Oh non, ce serait une folie ! Crois-tu que cela servirait à quelque chose si je lui parlais ? Après tout, je connais Warren beaucoup mieux qu'elle.

— Pourquoi pas ? Mais tu verras qu'elle te répondra : Ça ne sert à rien, Georgie.

— Cela ne servira à rien, tante Georgie, déclara Amy le lendemain après-midi pendant le thé.

Georgina se laissa aller dans le sofa dans lequel James l'avait déposée avant de l'abandonner à sa déplaisante tâche. Elle fut passablement déconcertée par cette violente entrée en matière : après tout, elle n'avait encore rien dit de ses préoccupations à Amy, elle lui avait simplement demandé de lui servir une tasse de thé.

— Tu lis dans les pensées, maintenant ?

Amy éclata de rire.

— Lire dans les pensées ? Une boule de cristal ? Une baguette magique ? Il semble que je sois devenue une vraie sorcière ces derniers temps.

— Je te demande pardon ?

— Je n'ai pas besoin de lire dans tes pensées pour savoir ce que tu as en tête. Depuis ce matin, tu n'arrêtes pas de me regarder avec un drôle d'air. Sans parler de ta distraction fort amusante. Donc, dans la mesure où il ne m'est pas poussé un deuxième nez au milieu de la figure pendant la nuit, il est raisonnable de penser qu'oncle James t'a fait quelques confidences. Et maintenant, c'est toi qui vas prendre le relais de mon oncle. C'est à peu près cela, n'est-ce pas ?

— Désolée, Amy, fit Georgie, le visage empourpré, je ne savais pas que je te regardais bizarrement.

— Oh, cela ne me dérange pas. Bien sûr, Boyd a été un peu surpris quand tu l'as embrassé sur le front en lui disant : « À demain ! »

— J'ai fait ça ? s'étrangla Georgie.

— Ce qui était vraiment amusant, en fait, c'est qu'il a essayé de te dire trois fois que demain il serait au milieu de l'océan mais tu ne l'écoutais pas. Il est parti en marmonnant quelque chose à propos du climat qui rendait les gens un peu toqués.

— Oh, arrête. (Georgie ne put s'empêcher de rire.) Tu es en train de tout inventer.

— Croix de bois, croix de fer. En fait, c'est une bonne chose que Warren n'ait pas été là pour te voir : il se serait inquiété pour de bon, comme il en a l'habitude.

Georgina n'était plus du tout amusée.

— Est-ce une façon détournée de me dire que tu connais Warren aussi bien que moi ?

— Pas du tout. Mais, pour ce qui est de ses bons côtés, il est tout à fait prévisible. Et l'affection qu'il te porte est l'un de ses bons côtés. Tes frères vont-ils te manquer ?

— Bien sûr, mais je sais qu'ils reviendront dans peu de temps avec le responsable du bureau de Londres.

— Tu ne les as pas convaincus de choisir un Anglais ?

— Non.

— Eh bien, Warren sera ravi de pouvoir reprendre la mer.

— Il n'est pas du genre à grimper aux murs quand il est bloqué à terre, dit Georgina.

— Tant mieux. Mais je faisais référence à son désir de s'éloigner de moi, pas à son amour de la mer.

Georgina devint soudain très grave.

— Amy, je ne veux pas te voir souffrir.

— Tu ne me verras pas souffrir. Mon histoire d'amour aura une très belle fin, exactement comme la tienne.

— Avec mon mari et mon frère qui cherchaient à s'entre-tuer, la mienne n'a pas été tout à fait un lit de roses.

— Mais si ! Bien sûr, il y a toujours les épines. (Amy sourit.) Personnellement, je préfère les jonquilles.

— Et tu auras des chardons, prédit Georgina. Je ne cherche pas à faire de l'humour, ajouta-t-elle en voyant Amy réprimer un éclat de rire.

— Je sais, dit Amy avec bonne humeur. Mais quand j'en aurai fini avec lui, il sera aussi doux qu'un agneau… ou devrais-je dire qu'un pétale de rose ?

Georgina leva les yeux au ciel.

— Vous êtes tous pareils dans cette famille.

— J'essaie simplement de mettre un peu de légèreté dans tout cela, tante Georgie. Tu ne devrais vraiment pas te faire de souci. Ton frère est un grand garçon. Il peut se prendre en charge tout seul.

— Tu sais très bien que c'est pour toi que je me fais du souci. Amy, ma chérie, je connais mon frère. Il ne t'épousera pas.

— Même pas s'il m'aime ?

— Eh bien… cela pourrait faire une différence mais…

— Ne dis pas que cela n'arrivera pas, tante Georgie, la coupa Amy. Je suis convaincue qu'il finira par m'aimer. Bien sûr, ce ne sera pas facile. Je m'y suis préparée.

— Cela n'est exact qu'en partie. Au bout du compte, c'est toi qui risques d'être amère.

— Quelle prédiction ! Heureusement pour moi que l'amour écoute le cœur plutôt que les conseils, aussi bien intentionnés soient-ils.

— Tu suggères que je garde mes opinions pour moi ? s'enquit Georgina.

— Bien sûr que non, la rassura promptement Amy. Mais je te ferai remarquer que je suis assez grande pour faire mes propres choix. Il s'agit de ma vie et de mon avenir, après tout. Et si je ne fais pas tout ce qui est en mon pouvoir pour partager la vie de l'homme que je désire, la faute m'en reviendra à moi, et à personne d'autre. Évidemment, je préférerais que cette cour se déroule normalement. Mais toi et moi savons qu'avec un homme comme ton frère c'est impossible. Donc je m'y prends à ma manière, et si ça ne marche pas, au moins j'aurai essayé.

— Quel discours ! commenta Georgina avec prudence.

Amy sourit.

— Déplorable, hein ?

— Sorcière. (Georgie lui rendit son sourire.) Je ne sais jamais si tu es sérieuse ou pas.

— Et ton frère non plus. Du coup, il a toujours l'impression de marcher sur des œufs.

— Je me demande pourquoi tu t'obstines. Il paraît qu'il t'a repoussée plusieurs fois.

Amy balaya cette objection d'un revers de main.

— Cela ne signifie rien.

— Qu'est-ce qui te le fait croire ?

— La façon dont il m'embrasse.

Georgina fit un véritable bond sur son sofa.

— Il t'a embrassée ? Pas un vrai baiser, n'est-ce pas ?

— Un vrai baiser, tout ce qu'il y a de vrai.

— Ah, le rustre !

— Il ne pouvait pas s'en empêcher…

— La canaille !

— Je l'avais provoqué…

— Le malotru ! Il t'a déjà compromise, n'est-ce pas, Amy ?

— Eh bien, d'un point de vue technique…

— Voilà qui règle la question. Il devra t'épouser, décréta Georgina.

Amy se pencha vers elle.

— Attends un peu. Je n'ai pas fini. Nous nous sommes effectivement retrouvés dans des situations qui auraient pu être mal interprétées et provoquer les pires ragots. Mais c'était à chaque fois ma faute.

— Ne mens pas pour le défendre, la prévint Georgina, encore toute bouleversée.

— Je ne mens pas, dit Amy. Mais la question n'est pas là. Il n'y aura pas de mariage forcé. Oncle James ne te l'a pas dit ?

— Il en a parlé mais cela ne change rien. Si mon frère a déjà...

— Il ne l'a pas fait... pas encore. Mais quand il le fera... et il le fera – tu peux me croire –, personne n'en saura rien. Par ailleurs, tante Georgie, il faudra qu'il me demande de l'épouser, sinon je n'accepterai jamais. C'est aussi simple que cela.

— Pas quand il s'agit de mon frère. Oh, Amy, tu ne sais vraiment pas ce que tu fais, soupira Georgina. C'est un homme si dur, si amer. Il ne te rendra jamais heureuse.

Amy éclata de rire.

— Dans quelque temps, il sera très différent.

— Différent ?

— Bien sûr. J'ai l'intention de faire de lui un homme très heureux. N'est-ce pas ce que tu désires pour ton frère ?

Cette question amena Georgina à reconsidérer la situation. Elle songea à nouveau à cette conversation qu'elle avait eue avec Reggie le jour de la naissance de Jacqueline. Elles étaient tombées d'accord sur un point : Warren avait besoin de s'occuper de sa propre famille. L'optimisme d'Amy avait quelque chose de fascinant, de communicatif. Si quelqu'un pouvait transformer Warren, c'était bien cette belle jeune femme, pleine de vie, d'esprit et d'amour.

James allait en faire une attaque mais son épouse venait de changer de camp.

26

— Servez-vous de vos jambes ! Ne restez pas là à attendre qu'on vous casse le nez ! (Warren bondit hors de portée d'Anthony.) Voilà qui est mieux, mon vieux, mais ça ne suffit pas.

Anthony plongea vers la gauche. Warren se déplaça à son tour mais ne put éviter un violent direct du droit. Il grimaça. Son nez n'était pas cassé, mais il s'en était fallu de peu. Et ce n'était pas le premier coup qu'Anthony lui donnait. Warren en avait assez.

— Si vous ne parvenez pas à donner ces leçons sans céder à vos penchants personnels, Malory, il vaut mieux en rester là. J'aurais dû me douter que votre présence ici aujourd'hui ne devait rien au hasard.

— L'homme apprend par l'expérience, répliqua Anthony innocemment.

— L'homme apprend aussi par la répétition, la mémorisation et d'autres moyens beaucoup moins douloureux.

— Oh, très bien, grommela Anthony. Reprenons, Warren.

Warren leva ses poings assez prudemment ; si ce Malory-là était fidèle à sa parole, la leçon n'en fut pas moins extrêmement pénible.

Quand il put enfin prendre sa serviette il en avait plus qu'assez. Il avait décidé de se mettre en quête d'un nouvel hôtel cet après-midi mais il décida que cela pouvait bien attendre encore un jour. Pour le moment, il avait surtout besoin d'un bon bain et de son lit. Et sûrement pas de la conversation d'Anthony.

Elle commença pourtant de façon assez anodine :

— Où en sont vos nouveaux bureaux ?

— Les peintres auront fini demain.

— Je connais quelqu'un qui ferait un excellent directeur, annonça Anthony.

— Pour que je parte plus vite ? devina Warren. Désolé, mais Clinton a décidé à la dernière minute que nous confierions ce soin à un Américain. Me voilà donc coincé ici jusqu'à son arrivée.

— Ce qui signifie que vous ouvrirez le bureau vous-même dès qu'il sera en ordre ?

— C'est cela.

— J'ignore pourquoi, mais j'ai du mal à vous imaginer derrière un bureau, enfoui sous une montagne de factures. Vous, au milieu de ce fatras bureaucratique, voilà qui me dépasse. Mais j'ai cru comprendre que vous l'avez déjà fait.

— Nous avons tous appris à gérer un bureau, même Georgie. Notre père l'exigeait. Il tenait à ce que nous connaissions tous les aspects de notre travail.

— Vous m'en direz tant ! (Anthony était impressionné mais il ne put s'empêcher d'ajouter :) Je parierais que vous n'aimiez pas ça du tout.

Et il aurait gagné son pari. Mais Warren ne l'avait jamais avoué à quiconque et il n'allait pas faire des confidences à un Malory.

— Où voulez-vous en venir, sir Anthony ?

Celui-ci haussa les épaules.

— Nulle part, mon vieux. Je me demandais simplement pourquoi vous teniez tant à ouvrir ce bureau à Londres avant l'arrivée de votre directeur.

— Parce que les nouvelles routes ont déjà été envoyées à tous nos capitaines. Les navires de la Skylark commenceront à arriver ce mois-ci. Il faudra que les cargaisons soient prêtes à embarquer, que les acheteurs soient prévenus pour faire leurs offres...

— Oui, oui, je suis certain que tout cela est fascinant, le coupa Anthony avec impatience. Mais vous ne pouvez pas avoir des bureaux dans chacun des ports que fréquentent vos bateaux.

— Non. Uniquement sur les lignes les plus importantes.

— Et dans les ports qui ne sont pas sur ces lignes ? Vos capitaines ont sans doute assez d'expérience pour vendre et acheter toutes sortes de cargaisons.

Warren en avait assez entendu pour comprendre où voulait en venir Anthony.

— Allons droit au cœur du problème, voulez-vous ? suggéra-t-il. Ces tours et détours me fatiguent. Je ne quitterai pas ce pays dans l'immédiat. Voilà qui est établi. Je vous ai donné, à votre frère et à vous, toutes les assurances possibles à propos de votre nièce. J'évite même de fréquenter ma sœur pour ne pas risquer de la voir. Que voulez-vous de plus ?

Avec ses cheveux noirs et son air asiatique, Anthony pouvait, s'il le désirait, se montrer très inquiétant.

— Nous ne voulons pas qu'elle souffre, Anderson. Nous n'aimerions pas cela du tout.

Warren en tira la mauvaise conclusion.

— Vous ne suggérez quand même pas que je l'épouse ? demanda-t-il, horrifié.

— Grand Dieu, non, fit Anthony, tout aussi horrifié. Mais il semble raisonnable de penser que plus tôt vous serez parti, plus tôt elle vous aura oublié.

— Il n'y a rien qui me ferait plus plaisir mais c'est impossible.

Anthony marmonna un instant dans sa barbe avant de maugréer :

— Mais pourquoi fallait-il que ce soit vous qui restiez ?

Warren haussa les épaules.

— Personne ne voulait le faire, alors je me suis porté volontaire.

— Pourquoi diable avez-vous fait une chose pareille ?

Warren aurait bien voulu le savoir.

— À ce moment-là, cela semblait une bonne idée.

— Eh bien, espérez que vous n'aurez pas à regretter cette décision.

Ce fut cette dernière remarque d'Anthony qui hanta Warren tandis qu'il regagnait son hôtel. Pourquoi, en effet, avait-il pris cette décision ? Cela ne lui ressemblait pas du tout. Tous ses frères avaient été surpris. Et Amy s'était déjà déclarée... à peine quelques minutes auparavant, en fait. Non, à ce moment-là, il ne l'avait pas crue. Ou alors... ?

Il marchait dans le couloir conduisant à sa chambre quand il se trouva face à face avec un Chinois. Et quel Chinois ! Ce même seigneur de la guerre qu'il avait vu pour la dernière fois dans une salle de jeu crasseuse de Canton et qui avait essayé un peu plus tard de mettre un terme à son existence et à celle de son frère Clinton. Zhang Yat-sen à Londres ? Impossible. Et pourtant il était bien là, vêtu de sa robe de mandarin en soie.

Yat-sen, lui aussi, le reconnut. Immédiatement, le Chinois porta la main à sa ceinture pour prendre l'épée qui ne s'y trouvait pas. Warren en fut fort heureux car les duels à l'épée n'étaient pas vraiment sa spécialité. De plus, partout où se rendait Yat-sen, ses gardes du corps n'étaient pas loin. Warren décida donc qu'il était urgent de fuir, ce qu'il fit sur-le-champ. Il enverrait plus tard quelqu'un régler sa note et prendre ses affaires. Mais qu'il soit damné s'il remettait les pieds ici tant que ce fou de Chinois s'y trouvait.

Zhang Yat-sen à Londres ? C'était incroyable. L'homme méprisait les étrangers. Il ne faisait commerce avec eux que parce qu'il en tirait d'immenses profits. Il ne les fréquentait que très rarement et ne se privait pas alors de leur témoigner son mépris. Alors, pourquoi s'était-il donné la peine de franchir des milliers de kilomètres ? Pourquoi avait-il quitté son petit monde où il régnait en maître absolu...

Seule une somme d'argent fabuleuse avait pu l'y conduire... ou alors un problème personnel. Malgré sa modestie naturelle, Warren avait la déplaisante sensation que ce maudit vase antique que Clinton et lui avaient ramené de Chine pouvait fort bien être ce problème personnel.

Un héritage de famille, voilà comment Zhang Yat-sen avait présenté ce maudit vase lorsqu'il l'avait parié contre le navire de Warren qui excitait tant sa convoitise. Et Yat-sen se trouvait dans cette salle de jeu pour ça. Il voulait le navire de Warren. À tout prix. Pour deux raisons : d'abord, parce qu'il venait de prendre la décision de monter sa propre flotte marchande, ce qui lui éviterait désormais d'entretenir des contacts avec des étrangers ; et, surtout, parce qu'il haïssait Warren. Il espérait que la perte de son navire mettrait un terme aux voyages de l'Américain en Chine.

Zhang Yat-sen avait perdu le vase. Si Warren n'avait pas été aussi soûl ce soir-là, il aurait dû remarquer que cette perte ne l'affectait pas le moins du monde. Le Chinois comptait bien revoir son vase à son petit déjeuner... avec la tête de Warren. Il n'avait eu ni l'un ni l'autre. Les équipages de

Warren et de Clinton étaient venus les secourir cette nuit-là sur les quais. Mais, dans l'affaire, ils avaient hérité d'un ennemi très puissant. Ils avaient dû fermer la route très lucrative de la Chine.

Warren et Clinton, qui avaient très souvent emprunté cette route, ne la regrettaient pas. Ces voyages interminables les éloignaient de chez eux parfois fort longtemps. Ils avaient donc décidé de sillonner l'océan Atlantique vers l'Angleterre, mais Warren n'en était guère plus heureux : cela avait engendré des années de guerre et d'amertume difficiles à oublier. Comme l'était la petite cicatrice sur sa joue due à un sabre anglais. Mais Georgina était ici... malheureusement. Et comme ils comptaient bien lui rendre souvent visite, autant en profiter pour conclure quelques affaires.

Warren avait eu la stupidité de se porter volontaire pour rester à Londres. À présent, il venait d'y retrouver un ennemi mortel. Un homme qui prendrait un plaisir infini à le découper en petits morceaux. Sans compter ses beaux-frères !

27

Amy devenait hystérique. Près d'une semaine s'était écoulée depuis le bal, et elle n'avait toujours pas revu Warren. Quant à oncle James, il ne lui en avait plus reparlé. Pas plus que Georgina. Ces deux-là continuaient à vivre leur petite vie comme si rien ne s'était passé. Et voilà bien ce qui inquiétait Amy. Savaient-ils quelque chose qu'elle ignorait ? Warren avait-il changé ses plans et déjà quitté l'Angleterre ?

À bout de patience, elle finit par aller trouver la sœur de Warren.

— Où est-il ? As-tu de ses nouvelles ? Son bateau est-il parti ?

Georgina tenait les comptes de la maison. Elle avait repris la plupart de ses activités maintenant, ce qui laissait davantage de temps à Amy pour ronger son frein.

Elle reposa sa plume pour demander :

— J'imagine que tu parles de Warren ? (Pour toute réponse, Amy la fusilla du regard.) Oui, question idiote, n'est-ce pas ? Non, Warren n'est pas encore parti. Il travaille beaucoup.

— Il travaille ? Et c'est tout ?

— Que croyais-tu ?

— Qu'il m'évitait. As-tu de ses nouvelles ?

— Il envoie un mot de temps à autre.

Georgina aurait aimé lui en dire plus, lui donner un peu d'espoir, mais ce chacal qu'elle avait pour frère l'évitait elle aussi. À présent, elle était parfaitement convaincue qu'Amy était la femme idéale pour Warren mais elle avait eu le malheur de proférer cette opinion à haute voix devant James : il lui avait tout simplement promis le divorce si elle aidait Amy d'une quelconque manière. Oh, elle n'avait pas cru une seconde à ce chantage, mais il valait mieux désormais qu'elle ne le heurte plus de front sur ce sujet.

Pour l'instant, d'ailleurs, elle ne pouvait rien faire. Amy devait continuer, seule, la campagne qu'elle avait entreprise.

— Où se trouve le bureau de la Skylark ? demanda subitement Amy.

— Près des quais. J'espère que tu n'as pas l'intention d'aller là-bas, c'est vraiment trop dangereux pour une femme.

Remarquant son air songeur, Georgina insista d'un ton inquiet :

— Il ne faut pas, que tu ailles là-bas.

— Je n'irai pas.

— Tu me le promets ?

— Oui.

Mais Amy ne promit pas de ne pas chercher Warren ailleurs. Et il existait un endroit où elle était certaine de le trouver : son hôtel. Fort heureusement, l'*Albany* était situé dans un quartier respectable. Elle pouvait s'y rendre sans courir le moindre risque. Sa mère et elle y avaient souvent déjeuné.

Bien sûr, Amy ne s'y était jamais aventurée seule le soir : le seul moment propice où elle pourrait trouver Warren. Son unique problème était de sortir et de rentrer sans se faire remarquer. Surtout depuis que Georgina ne passait plus ses soirées confinée dans sa chambre.

En fait, il existait bien d'autres obstacles à son plan mais Amy était bien décidée à se rendre à l'*Albany*, quel qu'en soit le prix.

Elle consacra beaucoup de temps à choisir sa tenue vestimentaire et opta pour sa robe d'après-midi d'un bleu profond. Elle enleva la dentelle qui garnissait le col de son corsage, donnant ainsi à son décolleté plus de profondeur.

Ce petit subterfuge était, selon Amy, parfaitement nécessaire et justifié. Warren n'allait pas être ravi de la voir et elle devait faire quelque chose pour le distraire et briser son obstination.

Elle arriva à l'*Albany* peu après une heure du matin. Après son travail, Warren avait dû s'arrêter dans une ou deux tavernes et, à présent, il devait être au lit. Elle s'engagea dans l'escalier qui menait au deuxième étage.

Les deux personnes qu'elle avait rencontrées dans le hall – deux employés de l'hôtel – l'avaient à peine remarquée, se figurant sans doute qu'elle était une cliente.

Elle se souvenait de son numéro de chambre, Drew en avait parlé en se plaignant de devoir partager les lieux avec son bougon de frère. Soudain, la pensée de le trouver au lit se mit à la hanter. Pourrait-elle en tirer avantage ? Si elle pouvait le tenter avant qu'il soit complètement réveillé... Son cœur se mit à battre violemment. Ce soir, il fallait que cela se passe ce soir...

Elle frappa un grand coup à sa porte, de façon à être certaine de le réveiller. Mais elle ne s'attendait pas que la porte s'ouvre immédiatement... ni que les quatre portes voisines en fassent autant. Ses joues s'empourprèrent. Mais sa gêne se transforma rapidement en surprise quand elle s'aperçut que tous ceux qui l'entouraient étaient des Orientaux de petite taille. De même que celui qui lui faisait face.

— Désolée, bafouilla-t-elle juste avant qu'on ne la pousse dans ce qui aurait dû être la chambre de Warren.

La porte se referma derrière elle. Elle se retourna pour dévisager celui qui l'avait ainsi bousculée pour découvrir qu'ils étaient deux. Les autres étaient restés dans le couloir. Seigneur, que se passait-il donc ici ?

Ces gens semblaient avoir pris possession de tout l'étage, ce qui signifiait que Warren avait déménagé ou s'était installé ailleurs dans l'hôtel. Malédiction !

— Je crois que j'ai...

— Silence, femme.

— Mais j'ai...

— Silence, femme.

Le même homme l'interrompit à nouveau avec plus d'insistance.

Indignée, Amy s'apprêtait à lui expliquer ce qu'elle pensait de sa façon d'agir quand une voix s'éleva depuis le lit pour aboyer quelque chose dans une langue inconnue. Elle se tourna vers le lit pour découvrir un autre homme qui se redressait sur ses oreillers. Il portait une chose en soie blanche qui ressemblait à un sac et qui semblait le couvrir presque entièrement. Une natte extrêmement longue pendait sur l'une de ses épaules. Il semblait en colère mais ses yeux noirs fixaient Amy avec intérêt.

Elle se retourna vers le premier homme, celui qui s'était montré si grossier.

— Écoutez, je suis navrée si je l'ai réveillé, chuchota-t-elle. Mais puis-je partir à présent ? À l'évidence, j'ai commis une erreur.

La réponse vint du lit mais elle n'en comprit pas un mot. Et elle était trop embarrassée pour regarder à nouveau dans cette direction. Quel qu'il soit, elle avait dérangé cet homme. L'avait tiré de son sommeil. La situation était très gênante.

Le petit homme impoli daigna à nouveau lui adresser la parole.

— Je suis Li Liang, femme. Je parle au nom de mon seigneur. Vous cherchez le capitaine américain ?

Amy tressaillit. Ils ne faisaient quand même pas partie de son équipage ? Non, c'était une idée absurde. Mais peut-être savaient-ils où il avait déménagé, ce qui lui éviterait un détour gênant par la réception de l'hôtel.

— Vous connaissez le capitaine Anderson ? demanda-t-elle.

— Oui, répondit Li Liang. Et vous, le connaissez-vous ?

Amy hésita : fallait-il dire la vérité ? Ils ne la connaissaient pas. Elle ne les reverrait jamais. Un mensonge ne porterait pas à conséquence.

— C'est mon fiancé.

Bah, il le serait bientôt.

Le seigneur dans le lit dit encore quelque chose avant que Li Liang annonce :

— Nous sommes satisfaits d'apprendre cela. Vous pourrez peut-être nous dire où le trouver.

— J'allais vous demander la même chose. C'était sa chambre, comme vous devez le savoir. J'imagine qu'il s'est installé à un autre étage.

— Il ne réside plus dans cet hôtel.

— Il a changé d'hôtel ? fit-elle, avant de remarquer, plus pour elle-même que pour ses étranges compagnons : Ah, pourquoi sa sœur ne m'a-t-elle pas prévenue ?

— Vous connaissez sa famille ?

— Bien sûr que je connais sa famille. Sa sœur a épousé mon oncle.

Le seigneur dans le lit parla à nouveau. Li Liang traduisit :

— Cela nous satisfait encore davantage.

— Et si vous m'expliquiez ce qui vous rend si heureux ?

Elle n'obtint pas de réponse mais une nouvelle question :

— La sœur saura où trouver le capitaine ?

— Certainement, marmonna Amy. Et cela m'aurait bien arrangée qu'elle se donne la peine de me le dire. Maintenant, je dois vous quitter et laisser votre seigneur se rendormir. Je vous présente à nouveau mes excuses de l'avoir dérangé.

— Vous ne pouvez pas partir, femme.

Amy se raidit. Et se dressa de toute sa hauteur. Ce qui lui donnait un avantage de plusieurs centimètres sur son petit interlocuteur. Elle le toisa avec l'arrogance que lui donnait cet avantage.

— Je vous demande pardon ?

— Vous resterez ici jusqu'à ce que le capitaine nous rejoigne.

Voilà qui la désarçonna.

— Vous l'attendez ? Ah, mais pourquoi ne pas l'avoir dit plus tôt ?

Li Liang prit un air chagrin.

— Nous espérons sa venue quand il apprendra votre présence ici. Nous devons d'abord le prévenir.

— Oh ! Eh bien, dépêchez-vous de le faire. Je crois que je peux attendre un peu, fit-elle, magnanime. (Par ailleurs, le retrouver au milieu de cette foule n'était pas exactement ce qu'elle avait en tête.) Non, en y repensant, je crois que je le verrai une autre fois.

Elle se retourna vers la porte. Les deux gardes du corps lui barrèrent le chemin.

Amy plissa les paupières.

— Ai-je parlé trop vite ? Vous n'avez pas compris ?

— Voici notre requête : vous allez envoyer un message à la sœur du capitaine pour qu'elle l'informe de votre situation.

— Vous plaisantez ? Déranger tante Georgie à cette heure de la nuit ? Mon oncle n'aimerait pas cela et ce n'est pas un homme dont vous aimeriez provoquer le déplaisir.

— Le déplaisir de mon seigneur est aussi à craindre.

— J'en suis persuadée, mais cela peut certainement attendre une heure décente, fit-elle avec raison. Vous avez dû remarquer que nous étions au beau milieu de la nuit !

— Le temps et l'heure n'ont aucune importance !

— Quelle chance pour vous, mais il se trouve que, pour nous autres, le temps règle nos vies. Désolée, monsieur Li Liang.

Il perdit patience.

— Vous allez obéir ou bien...

Un torrent de mots orientaux provenant du lit l'interrompit. Amy risqua un regard dans cette direction. Le seigneur n'avait toujours pas bougé mais il n'y avait plus rien de plaisant dans son expression.

Amy reprit la parole d'un ton hésitant :

— Quelqu'un pourrait peut-être m'expliquer ce qui se passe ?

Le seigneur lui répondit par l'intermédiaire de Li Liang qui traduisit ses paroles :

— Je suis Zhang Yat-sen. L'Américain m'a volé un trésor de famille.

— Volé ? fit Amy, dubitative. Cela ne ressemble pas du tout à Warren.

— Peu importe. Je vivrai dans le déshonneur tant qu'il ne me sera pas restitué.

— Et pourquoi ne pas simplement le lui demander ?

— J'en ai bien l'intention. Mais il semble avoir besoin d'arguments plus... persuasifs.

— Et vous pensez que je suis cet argument persuasif ? Désolée de vous le dire, mais j'exagérais un peu en disant qu'il était mon fiancé. Oh, je suis certaine qu'il le sera un jour mais, pour l'instant, il me repousse bec et ongles. En fait, il serait ravi d'apprendre que j'ai disparu.

— Vous risquez effectivement de disparaître s'il ne vient pas vous chercher, fit Li Liang.

28

Amy commença à avoir de sérieux doutes sur les bonnes intentions de ses nouvelles relations quand elle fut enfermée dans une malle et transportée dans un navire sur le port. Ce mot « disparaître » prenait soudain pour elle une nouvelle signification. Ces gens étaient dangereux.

Déverser des titres de noblesse ne l'avait pas menée bien loin. Les brigands anglais étaient peut-être sensibles à ce genre d'arguments mais ces Orientaux semblaient ne pas comprendre qu'il valait mieux ne pas s'attirer les foudres du marquis de Haverston. Cela n'avait eu aucun effet sur eux. Bien au contraire. Ils l'avaient alors menacée des pires tortures : ils hésitaient apparemment entre le fouet et lui arracher les ongles. Ils n'oseraient pas. Hum... ils avaient bien osé la retenir toute la nuit et toute la matinée. Et elle qui ne savait pas comment rentrer chez oncle James sans se faire remarquer !

Dire qu'elle était dans cette situation à cause de Warren ! Pourquoi diable avait-il changé d'hôtel sans prévenir ? Pourtant, malgré sa fureur, elle avait fermement décidé de ne pas aider Zhang Yatsen à le retrouver.

À présent, elle était enfermée dans une minuscule cabine munie en tout et pour tout de deux couvertures rugueuses posées à même le sol en guise de paillasse, d'une lanterne – il n'y avait pas de fenêtre –, d'un seau et de la malle vide qui avait servi à la transporter. Rien de très distrayant !

Mais cela n'entamait en rien la confiance d'Amy : elle était persuadée de pouvoir s'enfuir sans aucune aide. Elle espérait simplement que le navire ne prendrait pas la mer subitement. Elle avait même un plan qu'elle comptait mettre en application dès qu'on lui apporterait son deuxième repas.

Un petit bonhomme jovial qui s'était présenté sous le nom de Taishi lui avait apporté, quelques heures plus tôt, un bol de riz accompagné de petits légumes qui baignaient dans une sauce douce-amère. Il était très maigre et vêtu d'un pantalon ample et d'une tunique nouée à la taille. Son épaisse natte noire était aussi grande que lui. Comme Li, Taishi était plus petit qu'Amy. Elle n'aurait sûrement aucun mal à s'en débarrasser en lui flanquant un bol de riz sur le crâne. Aucun mal.

Mais les heures passaient avec une lenteur exaspérante, Taishi ne revenait pas et Amy désespérait. Elle avait perdu son sac, dans la courte lutte qui avait précédé son séjour dans la malle, mais elle avait toujours sa montre de poche et surveillait le temps qui s'étirait mollement. Ils allaient bien lui donner à manger, non ? Ou bien avaient-ils l'intention de l'affamer pour la faire parler ?

Le soir était tombé quand Taishi déverrouilla enfin la porte et entra avec un nouveau bol de riz. La privation de nourriture n'était donc pas au programme. En dépit des protestations de son estomac, Amy se fichait pas mal de ce qu'il lui avait apporté. Elle constata qu'il n'y avait pas d'autre garde en vue. Ils se figuraient sans doute que cette porte suffirait à la retenir prisonnière et qu'elle ne tenterait rien contre Taishi. Eh bien, ils se trompaient.

C'était bien dommage, car le bonhomme était vraiment sympathique avec ses grands sourires et son anglais fantaisiste. Tant pis ! Pour l'instant, une seule chose comptait : sortir d'ici. Elle fermerait les yeux quand elle le cognerait avec le bol et lui présenterait ses excuses plus tard.

— Legaldez ce que Taishi appolte, missie. Bon, tlès bon mangel. Si vous pas aimer, moi couper main du cuisiniel...

— Ce ne sera pas nécessaire, j'en suis sûre, répondit Amy. Mais je n'ai pas très faim. Si vous voulez bien poser cela ici.

D'une main, elle montrait la malle, tandis que de l'autre, elle serrait le bol vide dans son dos.

Amy retint son souffle tandis que Taishi passait devant elle. Puis elle leva son bol, ferma les yeux et frappa. Mais avant que le bol n'atteigne quoi que ce soit, son poignet fut saisi et elle s'envola dans les airs. Son postérieur rebondit plusieurs fois sur la maigre paillasse.

Amy n'était pas blessée mais quasiment abasourdie. Levant un regard furibond vers le nabot, elle s'aperçut qu'il n'avait même pas renversé son repas. Et il lui souriait.

— Comment diable avez-vous fait ça ? demanda-t-elle, rageuse.

— Facile. Vous vouloil applendle ?

— Non... je-ne-veux-pas-apprendre ! haleta-t-elle en se relevant. Ce que moi vouloil, c'est moi letoulner chez moi !

— Ah, moi leglette beaucoup, missie. Quand homme venil, vous lentler peut-êtle.

Il haussa les épaules pour indiquer qu'on ne le tenait pas informé de ces grandes décisions.

— Mais homme ne... Mais Warren ne viendra pas.

— Seigneur Yat-sen dile lui venil. Lui venil, insista Taishi. Vous pas besoin souci.

Amy secoua la tête, exaspérée.

— Comment pourrait-il venir alors qu'il ne sait pas où je suis, qu'il ne sait même pas que j'ai disparu ? Votre seigneur Yat-sen est un triple idiot !

— Chut, missie, ou missie peldle sa tête, fit Taishi, alarmé.

— Balivernes, rétorqua-t-elle, personne ne coupe des têtes pour une petite insulte. Maintenant, partez. Laissez-moi toute seule.

Taishi lui montra à nouveau toutes ses dents.

— Vous tlès beaucoup dlôle, missie.

— Dehors, ou moi tlès beaucoup huler !

Il lui obéit souriant toujours. Amy l'arrêta avant qu'il ne referme la porte.

— Je suis désolée d'avoir essayé de vous fendre le crâne. Cela n'avait rien de personnel, vous comprenez.

— Pas souci, missie. Homme venil bientôt.

Elle lança le bol de riz vide qu'elle tenait toujours sur la porte qui se refermait. Il viendrait bientôt ? Alors qu'elle ne leur avait rien dit qui puisse les conduire à lui ? Ils étaient idiots. Et même s'ils avaient trouvé un moyen de le localiser, jamais Warren ne viendrait à son secours. Il serait, au contraire, ravi d'apprendre qu'elle avait été kidnappée.

Et maintenant ? À l'évidence, attaquer ces petits bonshommes malicieux était hors de question. Bon, son premier plan avait échoué mais elle n'abandonnerait pas. Elle n'avait pas pu terrasser Taishi. Il ne parlait pas simplement bizarrement, il se battait aussi bizarrement. Mais peut-être courait-elle plus vite que lui. Même si elle n'allait pas plus loin que le pont, un « tlès » grand hurlement pouvait attirer l'attention… Elle n'avait plus qu'à attendre son prochain repas.

29

Quand elle frappa à la porte de la chambre d'hôtel de Warren, à 5 heures cet après-midi-là, Georgina était au bord de la crise de nerfs. Elle était déjà venue ici deux fois aujourd'hui. Elle était passée à son bureau à trois reprises et sur le *Nereus* mais personne n'avait vu son frère.

James ne l'avait pas quittée de la journée. Elle n'était pas parvenue à le convaincre de la laisser seule. Amy était sa nièce, et c'était lui qui allait mettre Warren en pièces… si jamais Georgina lui en laissait un morceau.

La porte s'ouvrit enfin. Georgina entra d'autorité, demandant d'emblée :

— Où diable étais-tu passé, Warren ? Et où est-elle ?

Un seul regard dans la chambre lui apprit que Warren était seul. Georgina alla droit vers le lit pour regarder en dessous. Ce qui n'amusa son frère qu'à moitié.

— Je t'assure qu'ils font même le ménage sous les lits, Georgie, dit-il sèchement.

Elle se dirigeait déjà vers la penderie.

— Ne fais pas semblant de ne pas comprendre. (La penderie ne contenait que des habits. Elle se retourna vers son frère.) Amy ? Tu te souviens d'elle ?

— Elle n'est pas ici.

— Alors, où l'as-tu mise ?

— Je ne l'ai pas vue et j'ai fait tout ce qu'il fallait pour cela, répliqua Warren avant de se retourner vers James, l'air railleur. Que se passe-t-il, Malory ? Vous ne me faites plus confiance ?

Georgina bondit entre eux.

— Crois-moi, Warren, tu ferais mieux de ne pas lui adresser la parole en ce moment.

Warren en convint. Pour que James reste muet si longtemps, il fallait que quelque chose n'aille vraiment pas... et cela concernait Amy. L'inquiétude commença à le gagner.

— Tu veux dire qu'Amy a disparu ?

— Oui, et sans doute depuis la nuit dernière.

— Pourquoi la nuit dernière ? Elle aurait pu sortir de bonne heure ce matin, non ?

— C'est ce que j'ai cru jusqu'à présent, répondit Georgina, même si c'était fort improbable. Quand elle sort, elle me dit toujours où elle va.

— Mais si elle voulait me voir, te l'aurait-elle dit ? s'enquit Warren.

— Non, mais j'avais cru comprendre qu'elle voulait te voir à ton bureau. Et, comme tu n'y étais pas, j'ai pensé que tu étais parti avec elle. Mais si tu ne l'as pas vue... (Elle se tourna vers son mari.)

Si elle est bien sortie hier soir pour le retrouver, elle n'a pu aller qu'à l'*Albany*. J'ai oublié de lui dire que Warren avait déménagé.

Cette fois, l'inquiétude de Warren se transforma en panique.

— Elle ne connaissait pas le numéro de ma chambre, n'est-ce pas ?

— Si je m'en souviens bien, Drew l'a mentionné, un soir, à un dîner. Oui, elle le connaissait. Pourquoi ?

— Zhang Yat-sen est à l'*Albany*.

— Qui ?

— L'ancien propriétaire du vase Tang, précisa Warren.

Georgina écarquilla les yeux.

— Celui qui à essayé de te tuer ?

— Oui, et il ne voyage pas seul. Il a une véritable petite armée avec lui.

— Mon Dieu ! Tu ne crois tout de même pas... ?

— Il savait que je résidais là-bas. Il n'a dû avoir aucune difficulté à apprendre le numéro de ma chambre et à la faire surveiller. C'était son seul espoir de me retrouver dans une ville aussi grande. Je sais qu'il est toujours à Londres. J'ai mené mon enquête, c'est pourquoi je n'étais pas au bureau. J'ai fini par découvrir son bateau. Mais, s'ils la retiennent prisonnière depuis hier soir, pourquoi ne m'ont-ils pas déjà contacté ?

— Où ? Ici ? Je te l'ai dit, elle ignorait que tu avais déménagé, et d'ailleurs...

— Elle aurait pu leur parler de toi. Elle doit bien se douter que tu sais où me trouver.

— Si tu m'avais laissée terminer, j'aurais pu t'apprendre qu'elle ne ferait jamais une chose pareille. Elle t'aime, Warren. Et, à ce propos,...

— Pas maintenant, Georgie !

— Très bien, mais elle ne dira rien à ses ravisseurs si elle pense qu'on te veut du mal.

— Même si sa propre vie était en jeu ?

James intervint alors d'une voix mortellement calme :

— Sa vie est-elle en jeu ?

— Probablement. Yat-sen ne fait pas les choses à moitié. Il utilisera tous les moyens pour parvenir à ses fins. Seigneur, j'aurais dû savoir que je ne lui échapperais pas !

— Il y a quelqu'un d'autre à qui vous n'échapperez pas s'il arrive quoi que ce soit à Amy, promit James.

— Vous attendrez votre tour, Malory. C'est moi qu'ils veulent. Ils la relâcheront dès qu'ils m'auront.

— Alors, j'aurai le plaisir de vous remettre à ces messieurs. Nous y allons ?

— Nous ? Il n'y a aucune raison pour que vous soyez mêlé à cela.

— Oh, je ne raterais...

— Au cas où tu n'aurais pas tout compris, James, l'interrompit Georgina avec irritation, il est clair que Warren n'est en rien responsable de l'enlèvement d'Amy. Il ignorait qu'elle tenterait de venir à son hôtel. Alors, essaie de l'aider au lieu de lui mettre des bâtons dans les roues.

— Je réserve mon jugement sur la responsabilité des uns et des autres, Georgie.

— Tu es impossible, rétorqua-t-elle.

— Oui, tu me le dis souvent.

Warren, quant à lui, partageait l'avis de James. Il savait qu'Amy essaierait de le voir. Elle le lui avait dit et il l'avait crue. C'était pour cela qu'il avait décidé de changer d'hôtel avant même d'avoir vu les Chinois. Il aurait pu éviter sa disparition en se rendant de temps à autre à Berkeley Square. Mais non, il n'avait pu se résoudre à la voir, de peur d'être incapable de lui résister.

Vingt minutes plus tard, Warren et James entraient dans le hall de l'*Albany*, laissant Georgina dans la voiture. Au bout de cinq minutes, un message fit descendre Li Liang au salon. Warren se souvenait de lui. À Canton, la rumeur prétendait que Zhang Yat-sen parlait parfaitement l'anglais mais qu'il ne daignait pas se salir la bouche avec ce dialecte impur, préférant utiliser des interprètes comme Li Liang.

Celui-ci s'inclina cérémonieusement devant eux.

— Nous vous attendions, capitaine. Si vous voulez bien me suivre ?

Warren ne bougea pas d'un pouce.

— Dites-moi d'abord ce que je veux entendre.

Li Liang alla droit au but :

— Il ne lui a été fait aucun mal… pour le moment. Nous étions persuadés que sa disparition suffirait à vous amener ici. Nous avions raison. (Il accorda un regard à James.) Votre ami doit attendre ici.

— Je ne suis pas son ami, répliqua James. Et je n'attendrai nulle part.

Li Liang haussa un sourcil narquois.

— Vous cherchez de l'aide auprès de vos ennemis ? demanda-t-il à Warren.

— C'est l'oncle de la fille.

— Ah… celui qui est aussi votre beau-frère ?

Cette question prouvait sans le moindre doute qu'ils détenaient Amy.

— Oui. Il est ici pour la ramener chez elle.

— Cela dépendra, bien sûr, de votre coopération, fit Li Liang.

— De ma coopération ou des caprices du seigneur Zhang Yat-sen ? rétorqua Warren avec amertume.

Li Liang se contenta de sourire et tourna les talons. Serrant les dents, Warren le suivit.

Dans son dos, James remarqua :

— Un personnage très causant, n'est-ce pas ?

— Il ne fait que répéter ce que veut bien lui dire Zhang Yat-sen. Et, à ce propos, je vous suggère de la fermer et de me laisser m'occuper de cela. Je connais ces Chinois. Ils ne voient pas du tout les choses comme nous. Yat-sen est tout-puissant dans sa province : il lui arrive de faire trancher une tête simplement parce qu'il en a envie ou parce qu'il s'ennuie. Et s'il y a bien deux choses qu'il n'apprécie pas, c'est la condescendance et l'ironie.

— Oh, j'ai bien l'intention de vous laisser vous débrouiller tout seul, mon vieux... tant que vous faites ce qu'il faut pour qu'Amy s'en sorte sans dommage.

Warren ne répondit pas à cela. Quelques instants plus tard, Li Liang s'arrêtait devant la porte de son ancienne chambre. Quoi de plus logique ? se dit Warren. Seigneur, Amy s'était jetée tout droit dans la gueule du loup !

— Vous avez tout prévu, dit-il en montrant la chambre.

Li Liang haussa les épaules.

— C'était logique. Malheureusement, vous avez décidé de quitter l'hôtel.

— Ton maître a été trop lent.

— Vous risquez de le regretter d'ici peu.

— Si c'est une menace contre la fille, prenez garde à la colère de son oncle.

— Vous comprendrez que cette colère ne nous émeut pas, déclara Li Liang avec un petit air supérieur.

— On ne vous a jamais dit que vous étiez un crétin pompeux ? demanda-t-il paisiblement.

— Je crois que vous m'avez déjà posé cette question, capitaine.

— Annoncez-moi, grogna Warren, qu'on en finisse.

Le Chinois opina et se glissa dans la chambre. James s'avança alors.

— La vie d'Amy est-elle en danger ? demanda-t-il.
Warren secoua la tête.

— Non. Ces courtisans aiment simplement que les étrangers se tortillent de terreur devant eux. Mais c'est moi qui détiens la meilleure carte, Malory. Ils ne prendront aucun risque tant qu'ils ne seront pas assurés de ma coopération.

La porte s'ouvrit. Un des gardes s'inclina devant eux pour les inviter à entrer. Warren repéra immédiatement Zang Yat-sen assis dans le lit. Il avait fait changer le couvre-lit, préférant s'installer sur sa propre soie. Il semblait nu sans sa pipe à opium et cet environnement austère devait lui déplaire souverainement.

— Où est mon vase, capitaine ? demanda Li Liang, s'exprimant au nom de son maître.

— Où est la fille ?

— Vous croyez être en position de marchander avec moi ?

— Absolument. Que désirez-vous le plus, ma vie ou le vase ?

Liang et Yat-sen se mirent à parler en chinois. Warren avait bien appris quelques mots au cours de ses voyages mais il ne comprit rien à cet échange qui s'éternisa.

— Les deux nous satisferaient, capitaine, dit finalement Liang.

Warren éclata de rire.

— J'en suis certain mais tel n'est pas le marché.

— Le vase pour la fille, ce qui ne vous laisse rien à échanger contre votre vie.

— Bien joué, mais vous savez parfaitement que je ne peux pas accepter. Il n'y a qu'un marché possible. Vous relâchez la fille puis je vais chercher le vase. Vous me laissez alors partir ou je le mets en morceaux.

— Aimeriez-vous voir cette fille rendue à sa famille morceau par morceau ?

Warren ne mordit pas à l'hameçon mais ce ne fut pas du tout le cas de James. Il s'avança d'un air belliqueux. Le bras de Warren jaillit pour le retenir mais il était déjà trop tard. Les gardes de Zhang Yat-sen avaient immédiatement réagi. En quelques secondes, James s'effondra, inconscient. Il fut promptement ligoté.

Warren savait qu'il n'aurait servi à rien d'intervenir, sinon à se retrouver, lui aussi, lamentablement terrassé.

Un regard à son beau-frère lui apprit qu'il revenait à lui. Il n'était donc pas sérieusement blessé. Warren aurait bien aimé savoir comment ces Orientaux s'y étaient pris pour éliminer aussi facilement un homme de la puissance de James.

— Très distrayant, dit sèchement Warren en se retournant vers Liang et Yat-sen. Pouvons-nous revenir à nos affaires ?

— Certainement, capitaine, sourit Liang. Nous parlions de la libération de la fille – en un seul morceau – contre le vase. Ni plus, ni moins.

— Inacceptable, et avant que vous me fassiez perdre davantage mon temps, autant que vous sachiez que cette fille ne signifie rien pour moi et le vase encore moins. Mon frère aîné l'aime bien mais cela m'est complètement indifférent. Nous en revenons donc à cette simple question : qui veut vraiment quoi ? Tuez-moi, et vous n'aurez pas ce que vous voulez. Blessez la fille, et vous n'aurez pas ce que vous voulez. Relâchez-la, et je vous conduis au vase. C'est à prendre ou à laisser.

Li Liang dut à nouveau consulter Zhang Yat-sen. Sans le savoir, Warren venait d'apporter de l'eau au moulin d'Amy qui leur avait déjà dit qu'il ne tenait pas vraiment à elle. Cela lui donnait un petit avantage. Mais Zhang Yat-sen voulait à la fois son vase *et* sa vengeance. Il ne respecterait donc pas le code de l'honneur et il pouvait fort bien faire des concessions maintenant, simplement pour arriver à ses fins.

— Je crois que vous n'avez pas bien compris, capitaine, dit enfin Li Liang. La fille restera avec nous pour nous assurer de votre complète coopération jusqu'au terme de cette affaire.

— Il se trouve que le vase est en Amérique. Vous ne comptez pas garder cette fille enfermée le temps que j'aille là-bas et que je revienne ? Sa famille est très puissante dans ce pays ; votre séjour ici n'aurait rien de plaisant, croyez-moi.

— Votre fertile imagination vous pousse à croire que nous vous laisserions partir seul chercher le vase ? demanda Li Liang que cette idée amusait visiblement. Non, capitaine, nous allons tous voyager ensemble sur notre navire, avec la fille. Vous la ramènerez à sa famille après avoir assuré votre part du marché.

— Vous avez perdu la tête si vous pensez que je vais accepter d'être enfermé sur un bateau avec cette... cette femelle.

— C'est cela ou elle meurt. Et voilà qui conclut cette discussion. Comme vous dites, c'est à prendre ou à laisser.

Warren serra les dents. Il avait abattu ses cartes mais tant que Zhang Yat-sen détenait Amy, il possédait toujours les meilleurs atouts.

30

Georgina commença à s'inquiéter quand la file de voitures se forma devant l'entrée de l'*Albany*. Ce qu'elle craignait se confirmait. Les Orientaux chargeaient armes et bagages. Ils préparaient leur départ.

Et, en effet, quelques instants plus tard, une foule de petits hommes jaunes envahit le perron de l'hôtel. Ils devaient être au moins vingt mais il était assez facile de repérer le chef de la meute dans sa robe de soie colorée. Il semblait pourtant bien inoffensif et il n'avait rien d'un homme capable de toutes les turpitudes. Encore moins d'un tueur ! Pourtant le récit de Warren était effrayant. Il avait parlé avec insistance du pouvoir absolu de cet homme. Et soudain, pour Georgina, il fut évident que cette toute-puissance devait nécessairement s'accompagner de cruauté et d'un dédain certain pour les règles les plus élémentaires de la vie en société.

Georgina commençait à imaginer le pire. Et s'ils s'étaient tous trompés ? Et si Amy n'était pas là, n'y avait jamais été ? Et si Warren s'était jeté sans raison directement dans la gueule du loup ?

Enfin, son frère apparut, encadré de deux Chinois. Il jeta un regard vers elle avant de pénétrer dans la dernière voiture et secoua discrètement la tête. Ce qui ne renseigna nullement Georgina. Que voulait-il dire ? Ne t'inquiète pas ? Ne quitte pas ta voiture ? N'attire pas l'attention ? Quoi ? Puis son soulagement de le voir en vie – pour le moment – se transforma à nouveau en crainte. Où étaient Amy et James ? Le premier fiacre s'ébranla, aussitôt imité par les autres.

Elle prit sa décision – la seule possible – avant le départ de la dernière voiture.

— Albert, lança-t-elle à son cocher tout en sortant de sa cabine, suivez ces voitures, en particulier la dernière, où se trouve mon frère, jusqu'à ce que vous soyez sûr de leur destination. Puis revenez me prendre ici immédiatement. Je dois savoir ce qui est arrivé à mon mari.

— Mais, milady...

— Ne discutez pas, Albert, et ne traînez pas. Il ne faut pas les perdre de vue.

Elle se rua à l'intérieur de l'hôtel jusqu'au deuxième étage. Des coups violents résonnaient dans le couloir. Quelqu'un cognait à la porte de la chambre de Warren.

— Ah, il était temps ! entendit-elle quand elle ouvrit la porte, puis : Bon sang de bonsoir, Georgina, que fais-tu ici ?

Georgie marqua une pause tandis que le soulagement la submergeait. Un soulagement qui ne tarda pas à faire place à un certain amusement. Son mari était ligoté et avait réussi à atteindre la porte qu'il martelait à coups de pied.

— Je pourrais te poser exactement la même question, James... que diable fais-tu ainsi ?

— J'essayais d'attirer l'attention de quelqu'un. Tu ne vas pas oser prétendre que tu m'as entendu depuis la rue ?

Cette question lui rappela les dernières instructions de son mari avant son départ avec Warren : « Tu ne quittes cette voiture sous aucun prétexte. »

— Eh bien, non, dit-elle en s'agenouillant pour le délivrer. Mais je les ai vus partir, et tu n'étais pas avec eux. Ce qui changeait quelque peu la situation, non ?

— Peut-être, grommela-t-il. Mais une femme qui ne fait pas ce qu'on lui dit de faire, c'est un scandale.

— Laisse tomber, James, fit-elle avec un ricanement grossier. L'ai-je jamais fait ?

— Là n'est pas la question.

— Ah, tu aurais sans doute préféré que je reste dans la voiture pour les suivre ?

— Mon Dieu, non.

— Alors, sois content. J'ai simplement envoyé Albert à leur suite... mais peut-être sais-tu où ils vont ?

— Sur les quais. Ils partent en Amérique.

— Tous ?

— Y compris Amy.

— Mais pourquoi ne t'y es-tu pas opposé ?

— Ai-je l'air de ne pas m'y être opposé ?

— Mais Warren n'a-t-il rien tenté ?

— Il a essayé, Georgie, je dois le reconnaître. En fait, il semblait fichtrement horrifié à l'idée de se retrouver coincé sur le même bateau qu'Amy. J'avais mal jugé cette canaille… Il ne veut vraiment rien avoir à faire avec elle.

— En es-tu bien sûr ?

— Seigneur ! tu n'es pas forcée de prendre un air aussi déçu.

— Je serai déçue si j'en ai envie, fit-elle, obstinée. Mais leur amour ou leur manque d'amour n'est pas ce qui importe en l'occurrence. J'imagine qu'ils feront voile vers Bridgeport, là où se trouve le vase. Ces gens le laisseront-ils en paix une fois qu'ils l'auront récupéré ?

— Ce sont les termes du marché, mais…

Georgina fronça les sourcils.

— Pourquoi ai-je cru entendre un « mais » ?

— Tu possèdes une ouïe de plus en plus fine, Georgie.

— James Malory, répondez à la question, je vous prie.

Son dernier lien tomba. Il se dressa en soupirant.

— Ils ont bien passé un marché.

— Alors Warren et Amy seront bien relâchés après la restitution du vase ?

— Oui.

— Mais ?

— Je doute que ce seigneur chinois soit un homme de parole. Il ne tient pas seulement au vase. Il veut le vase *et* la vengeance.

— Eh bien, il ne peut pas avoir les deux.

James haussa un sourcil ironique.

— Je suis certain que ta désapprobation va lui déchirer le cœur, ma chère.

— Au diable ton maudit sens de l'humour !

Il la prit par les épaules pour la conduire hors de la chambre.

— Je croyais que c'était ce que tu préférais en moi. Ton frère sait qu'il ne peut faire confiance à cet homme. Il aura largement le temps de trouver un moyen d'assurer la protection d'Amy et la sienne, mais...

— Mais quoi ?

— Je ne pense pas qu'il réussisse tout seul.

— Warren est bien plus capable que tu ne peux l'imaginer.

— Inutile d'en prendre offense, Georgie. Je ne t'en veux pas de venir d'une famille de...

— Pas un mot de plus, le prévint-elle durement. Je ne suis pas d'humeur à supporter tes sempiternels reproches à propos de ma famille. Dis-moi simplement ce que tu comptes faire.

— Les arrêter avant qu'ils ne partent, bien sûr.

Ce qui était plus facile à dire qu'à faire, comme ils ne tardèrent pas à le découvrir. Albert revint et ils se rendirent sur les quais : l'emplacement qu'il leur désigna était vide. James n'apprécia pas du tout.

Après une impressionnante bordée de jurons, il se lamenta :

— Et je n'ai pas de bateau, même pas une barque ! Ah ! j'aurais dû garder le *Maiden Anne* !

Georgina fut surprise.

— Tu veux dire que tu te serais lancé à leur poursuite ?

— Et je compte bien le faire, même si pour cela je dois dépenser une petite fortune. Dénicher un capitaine qui veuille bien appareiller immédiatement ne sera pas une petite affaire. Si jamais un tel oiseau rare existe ! Il faudrait qu'il puisse rassembler son équipage, qu'il ait déjà fait ses provisions... Ce sera un miracle si je trouve un navire qui puisse prendre la mer demain...

Georgina n'hésita guère.

— Il y a le bateau de Warren, le *Nereus*. L'équipage se mettra sous tes ordres si je leur dis ce qui s'est passé. Mais je doute qu'ils soient tous à bord.

Et elle doutait encore plus que Warren apprécie de voir son bateau confié à James.

— Il y a sûrement quelqu'un à bord qui saura où les trouver.

— En fait, tous les marins de la Skylark doivent dire où ils se trouvent à terre pour qu'on puisse les joindre rapidement.

— Alors, dans ce cas, il reste seulement à régler le problème des vivres. Bon Dieu, Georgie, même si je ne pars que demain, il me sera facile de combler ce retard.

— Tu n'attaqueras pas leur bateau, n'est-ce pas ?

— Avec Amy à bord ?

— Alors, tu vas devoir les suivre jusqu'à Bridgeport.

— Exactement, Georgie. Si les vents le permettent et si je sais toujours tenir la barre, je devrais arriver là-bas dans leur sillage. Et alors, quand ils voudront quitter le port, c'est moi qui poserai les conditions.

— Ces conditions incluront mon frère, n'est-ce pas ? (N'obtenant aucune réponse, elle lui flanqua un bon coup de coude dans les côtes.) James ?

— Le faut-il absolument ?

Il semblait si dépité qu'elle lui caressa la joue.

— Ne te dis pas que tu vas lui porter secours...

— Dieu m'en préserve.

— Dis-toi plutôt que tu accomplis un acte magnifique digne d'un saint et que, grâce à cela, je ne me plaindrai plus jamais de la façon abominable dont tu as traité mon frère jusqu'à présent. D'accord ?

Il sourit.

— Eh bien, si tu vois ça comme ça...

— Ah, j'ai vraiment raison de t'aimer autant ! Tu as un caractère merveilleux !

— Pas un mot de plus, Georgie. Essaierais-tu de ruiner ma réputation ?

Elle l'embrassa pour lui montrer qu'il n'en était pas question.

— Bon, y a-t-il autre chose que je puisse joindre à tes bagages pendant que tu fais les préparatifs sur le *Nereus* ?

— Si Connie est toujours dans le coin, tu peux me l'envoyer avec mes valises. Il serait fou furieux de ne pas participer à cette petite aventure.

— Petite aventure que tu ne manquerais pour rien au monde, pas vrai ? l'accusa-t-elle.

— Tu plaisantes ? C'est toi qui vas me manquer horriblement à chaque seconde.

— Alors, tu vas être heureux d'apprendre que je viens aussi, dit-elle.

Il resta bouche bée, puis soudain eut une illumination.

— Et Jack ?

Georgina soupira.

— Ah, je n'y pensais plus ! La pauvre chérie... Eh bien, j'imagine que cela sonne le glas de mes aventures en mer... jusqu'à ce qu'elle soit un peu plus âgée. Mais tu seras prudent, James ?

— Tu peux en être certaine.

31

La cabine de Warren n'était guère plus grande que celle d'Amy et, pour son malheur, n'en était séparée que par une mince paroi. Il l'entendait faire les cent pas. Elle était au comble de la fureur : il avait exigé de la voir. Li Liang avait accepté et avait lui-même ouvert la porte de la cabine. Warren l'avait vue et avait aussitôt demandé qu'on referme la porte. À aucun prix, leurs geôliers ne devaient se rendre compte qu'il mourait d'envie de se jeter dans ses bras, de la serrer contre lui. Il avait également une furieuse envie de lui donner la fessée qu'elle méritait pour les avoir tous mis dans ce pétrin.

Elle s'était mise à hurler dès que la porte s'était refermée, exigeant qu'il revienne, exigeant de lui parler. Quand elle avait fini par croire qu'il ne pouvait plus l'entendre, elle avait crié qu'on lui envoie quelqu'un du nom de Taishi. À présent, toutes les dix minutes à peu près, elle martelait sa porte et appelait ce Taishi.

Heureusement, se disait Warren, qu'elle ignorait qu'il était son voisin, sinon elle aurait essayé de lui parler à travers la cloison. Il n'était pas certain de pouvoir le supporter très longtemps. C'était déjà assez pénible de l'entendre crier. Elle marmonnait et parlait entre ses dents, mais il distinguait quelques mots comme « maudit », « tête de mule » et « attends un peu ».

Il espérait sincèrement que c'était à lui qu'elle faisait allusion et non à ce fameux Taishi. L'idée d'Amy en colère contre lui le mettait nettement moins mal à l'aise que celle d'Amy cherchant à le séduire. En outre, l'image de la jeune fille, chevelure en désordre et robe décolletée, le hantait sans fin et il avait bien du mal à retrouver sa tranquillité d'esprit. C'était d'ailleurs exactement la raison pour laquelle cette petite dévergondée s'était habillée ainsi : pour l'exciter et le provoquer.

Warren soupira. Être enfermé un mois entier à proximité d'Amy Malory allait le rendre fou. C'était aussi insupportable que de partager la même cabine qu'elle. Il devait trouver une distraction. Si seulement on le laissait prendre part à la manœuvre du navire ! Seigneur, il était même prêt à frotter le pont si on voulait bien lui confier un balai et un seau ! Mieux valait perdre sa fierté que sa raison.

Le mouvement du bateau quittant le quai fit immédiatement réagir Warren : il se leva pour défoncer la porte de sa cabine. Il ne s'attendait pas qu'ils partent si vite. Zhang Yat-sen avait dû se tenir prêt à naviguer dès l'instant où il s'était emparé d'Amy. Mais c'était aussi le moment parfait pour tenter une évasion : tout le monde serait occupé. Il lui suffisait de terrasser celui qui viendrait ouvrir, forcer la porte d'Amy et sauter du bateau avec elle. Il était pratiquement certain de pouvoir supporter la compagnie de la jeune fille jusqu'à ce qu'ils arrivent chez elle. Il devait cependant faire vite. Bientôt, ils seraient en haute mer.

Il prit son élan. La porte s'ouvrit. Un homme guère plus grand qu'Amy fit son apparition et bondit en arrière en découvrant Warren ramassé sur lui-même. Celui-ci, remarquant le bol de riz qu'il tenait à la main, se dit qu'il venait de découvrir le fameux Taishi.

Il baissa son poing pour ne pas effrayer le petit bonhomme... au moins jusqu'à ce qu'il soit entré dans la pièce.

— J'étais sur le point de frapper à la porte, voilà tout. Entrez.

Le petit Chinois ouvrait des yeux ronds, à sa manière !

— Vous tlès gland, cap'taine. Vous pas essayer paltil ? Taishi pas envie se flotter avec vous.

— Tu as peur, petit homme ? demanda Warren, dubitatif.

Il savait à quel point les hommes apparemment inoffensifs ne l'étaient pas... quand ils venaient de Chine.

— Eh bien, voyons cela, reprit-il.

Warren saisit Taishi par sa tunique et le souleva dans les airs d'une seule main. En une fraction de seconde, son pouce fut retourné. Il tomba à genoux et Taishi retrouva le sol sous ses pieds.

— C'est bien ce que je pensais, fit Warren, les dents serrées. Belle démonstration : tes maîtres ont fait un bon choix en te choisissant comme gardien. Tu peux me lâcher maintenant.

Warren récupéra son pouce mais Taishi bondit promptement hors de portée. Le Chinois se méfiait d'un homme aussi puissant que Warren.

Mais Warren ne se faisait plus d'illusions. Il savait déjà, d'expérience, que des hommes plus petits que lui pouvaient le hacher menu. James Malory lui en avait déjà apporté la douloureuse confirmation.

Le souvenir de James lui donna une idée à laquelle il ne put résister.

— Je te propose un marché, Taishi, dit-il en se redressant et en secouant sa main engourdie. Je te donne ma parole de ne plus te créer le moindre problème mais, en échange, tu m'enseignes ta façon de te battre.

— Poul que vous utiliser contle Taishi ? Vous aussi dlôle que la missie, cap'taine.

La mention d'Amy ne fit que renforcer Warren dans sa décision. Les leçons lui occuperaient l'esprit et le corps : elles lui permettraient de ne pas trop penser à cette petite sorcière et elles lui donneraient un avantage lors de sa prochaine rencontre avec James. Rencontre qui aurait lieu, bien sûr, à condition qu'il se sorte de ce guêpier.

— Allons, soyons sérieux, il est sûr que tu ne m'apprendras pas tout ce que tu sais, alors que risques-tu ? demanda-t-il. Par ailleurs, l'idée d'attaquer celui qui m'enseigne me répugne. Tu as ma parole que je te laisserai tranquille.

— Alors, poulquoi vous applendle ?

— Parce que, quand tout cela sera terminé, j'aimerais utiliser ton art contre un « long-nez ». Réfléchis un peu, Taishi. Tu me rendras heureux et le seigneur Zhang Yat-sen sera très content de toi. Dans le cas contraire, je te promets d'essayer de démolir ces cloisons et de t'étrangler avec ta propre natte. Qui sait ? Un jour la chance me sourira peut-être.

Taishi ricana mais sans le moindre mépris. Cependant, il ne s'aventura pas plus avant dans la cabine, préférant déposer le bol de riz par terre près de l'entrée. Il semblait prêt à partir.

Warren n'en avait pas encore fini avec lui :

— Demande la permission, si tu veux. Je puis te garantir que ton maître sera ravi d'apprendre que tu me donnes une correction par jour. Il se peut même qu'il assiste à tes leçons.

L'intérêt de Taishi était à présent éveillé.

— Satisfaile mon maîtle, tlès bonne chose.

Warren aurait préféré que ce bâtard n'assiste pas à ces séances mais il était prêt à accepter n'importe quoi.

— Tu as toute la nuit pour réfléchir. Donne-moi ta réponse demain matin. Si tu refuses, dis à ton maître que notre marché ne prévoyait pas que je sois enfermé pendant toute la durée du voyage, je suis prêt à accomplir des tâches qui...

Des coups contre la cloison l'interrompirent et une voix furieuse s'éleva :

— Qui est là-dedans ? Est-ce toi, Taishi ? Si c'est toi, espèce de misérable nabot, tu ferais bien de venir ici, et en vitesse... avant que je mette le feu à ce rafiot !

Les deux hommes contemplèrent un moment la paroi avant que Taishi ne demande d'un ton horrifié :

— Elle faile ça vlaiment ?

— Bien sûr que non, se moqua Warren avant de baisser considérablement la voix. Mais elle est dans un drôle d'état. Tu n'es donc pas encore allé la voir pour savoir ce qu'elle veut ?

— Moi, oldle la noullil, pas visiter. Mais moi savoil quoi missie vouloil. Attendle demain poul la laisser essayer casser bol sul ma tête.

Warren fit un pas rageur vers lui.

— Tu ne lui as pas fait de mal, hein ? En essayant de sauver ton crâne ?

Cette fois, Taishi bondit hors de la cabine.

— Pas blesser votle lady, le rassura-t-il vivement. Peut-êtle un peu bleue ici. (Il montra son postérieur.) Mais elle pas se plaindle de ça. Se plaindle de tout le leste mais pas de ça.

Warren réalisa son erreur trop tard.

— Elle n'est pas ma lady.

— Si vous le dile, cap'taine.

— Ne te fiche pas de moi, bonhomme, aboya Warren avec impatience. Je n'ai rien à voir avec elle. Et, pour l'amour du Ciel, si elle te le demande, ne lui dis pas que je suis dans la cellule voisine de la sienne. Je ne veux pas qu'elle me rende fou avec son bavardage incessant. Si jamais tu le lui dis, c'est à toi que je m'en prendrai.

Warren n'était pas certain de l'avoir convaincu. Mais, en refermant la porte, Taishi semblait en proie à une certaine confusion. Warren n'en était pas moins furieux contre lui-même de s'être ainsi trahi. Il était vraiment stupide. Si jamais Yat-sen se doutait qu'Amy avait la moindre importance pour lui, il n'aurait plus aucune chance de les sortir tous les deux de ce mauvais pas.

32

Découragée, Amy se jeta sur sa misérable couche. Elle avait mal à l'oreille à force de la presser contre le bois rugueux. Mais c'était surtout dans la région du cœur que le mal était insoutenable.

Ainsi, Warren ne voulait pas lui parler.

En fait, il n'avait jamais voulu lui parler. Elle souffrait et, pour la première fois, le désespoir l'envahissait. Elle avait envie de pleurer.

Bien sûr, elle avait su dès le départ qu'il ne serait pas facile de gagner son amour, qu'elle allait devoir convaincre un homme obstiné qui ne voulait pas être heureux. Il se complaisait même dans le malheur. Mais tant d'obstacles à vaincre...

Le lendemain matin, Amy retrouva un peu d'optimisme, au moins en ce qui concernait Warren. Elle croyait toujours, sincèrement, que faire l'amour avec lui était la solution, le miracle qui allait changer leur relation.

Quant à ses doutes de la veille, ils s'étaient presque tous évanouis. Elle était sûre que tout allait finir par s'arranger. Son oncle James avait sans doute deviné ce qui se passait et il avait dû convaincre Warren de la sauver. Bon, pour l'instant, cela ne ressemblait guère à un sauvetage, mais elle était assez optimiste pour être certaine que Warren savait ce qu'il faisait.

Néanmoins, un peu de réconfort ne serait pas de trop. Pourtant, Warren refusait toujours de lui parler, même à travers un mur, de lui témoigner la moindre compassion.

Le roulis du navire lui apprit qu'ils étaient à présent en haute mer. La lumière sous la porte lui indiqua qu'un jour nouveau s'était levé. Mais le silence régnait toujours dans la cabine voisine. À nouveau la rage la gagna mais elle se refusa à marteler le mur qui les séparait. Si c'était le silence qu'il voulait, il l'aurait. Et elle espérait bien que cela le rendrait fou !

Ce fut donc Taishi qui fit les frais de son irritation quand il se présenta avec un nouveau bol de riz et de légumes pour son petit déjeuner.

— Encore ? Il n'est que temps de couper la main de votre cuisinier. Cet homme n'a absolument aucune imagination.

— Noullil tlès beaucoup, assura Taishi. Mettle beaucoup viande sul os, tlès beaucoup.

— Alors, tu devrais le manger toi-même, répliqua-t-elle sèchement. Hé, attends un peu, ajouta-t-elle tandis qu'il faisait déjà mine de repartir. Avant de disparaître, dis-moi comment le seigneur Zhang Yat-sen a réussi à le capturer.

— Qui ?

— Ne joue pas les idiots. Mon voisin, bien sûr. Celui que tu nourris aussi. Celui qui t'a demandé de ne pas me dire où il était. Celui qui se tait.

Taishi lui fit un large sourire.

— Vous dile tlès beaucoup poul dile si peu.

— Et si tu répondais à ma question ?

Il haussa les épaules.

— Pelsonne dile Taishi à plopos cap'taine. Juste dile de noullil et soigner. Vous devoil lui demander, missie.

— D'accord, amène-le-moi.

Il gloussa en secouant la tête.

— Vous, tlès beaucoup dlôle. Vous entendle lui pas vouloir palier vous. Oldles sont lui lester heuleux. Et voil vous, lui pas heuleux.

— Alors, son bonheur est plus important que le mien ? fit-elle, irritée pour de bon. Et uniquement parce qu'il sait où se trouve ce maudit vase. Tu as entendu parler de ce vase, n'est-ce pas ?

— Tout le monde connaît vase, missie. Appaltiens à Empeleul, Fils du Ciel, pas à Seigneul Yat-sen. Seigneul Yat-sen tlès beaucoup ploblèmes si lui pas letlouver vase.

Amy se demanda si Warren savait cela... mais comment le lui dire alors qu'il refusait toute communication avec elle ?

— Personne n'a l'air d'avoir réfléchi à un petit détail. Warren est un homme qui ne se montre jamais très coopératif. S'il vous aide maintenant, c'est uniquement à cause de moi. Alors, que se passera-t-il si je ne suis plus ici ? Croyez-vous qu'il vous aidera encore ?

— Où vous aller, missie ?

— Je vais y réfléchir, répliqua-t-elle, impatiente de se voir opposer un détail aussi ridicule.

Taishi ne paraissant guère impressionné par ses capacités de réflexion, elle ajouta :

— Vous devriez savoir que le capitaine est un homme très obstiné. C'est pour cette raison qu'il refuse de me voir. Nous avons eu une querelle d'amoureux, voilà tout, mentit-elle effrontément. Je suis certaine que vous comprenez. Il croit que je ne lui ai pas pardonné. C'est pour cela qu'il refuse de me voir ou de me parler. Mais je lui ai déjà pardonné. Il me faut simplement une occasion de le lui dire. Mais comment faire si vous m'en empêchez ?

Visiblement, il ne la croyait toujours pas. Bah, il fallait bien qu'elle tente quelque chose et si elle s'en tenait à cette version, elle finirait bien par le convaincre… un jour. Pour le moment, elle en avait plus qu'assez de ses grands sourires.

— Puisque vous êtes si prévenant avec vos prisonniers, Taishi, railla-t-elle, sachez que j'ai aussi besoin de vêtements propres et d'une brosse à cheveux. Et, au nom du Ciel, d'un peu d'eau pour me laver. De plus, j'exige de respirer un peu d'air frais de temps en temps. Vous y veillerez, n'est-ce pas ?

— Toute chose autolisée, vous avoil, missie.

Elle sentit qu'elle avait blessé sa dignité. Mais elle ne s'excusa pas. C'était elle qu'on insultait ici, elle qu'on retenait contre son gré, qu'on emmenait

Dieu savait où. Au fait, où le vase était-il caché ? En Amérique ? Elle avait bien juré qu'elle irait jusque là-bas si sa quête de Warren l'exigeait mais elle n'avait pas pensé que les événements se précipiteraient à ce point.

La journée s'étira mollement, ne faisant qu'accroître sa frustration. Quand le soir arriva, elle était complètement déprimée. Elle se surprit à nouveau à coller l'oreille contre la paroi. Mais elle n'entendit rien… sans doute parce que, au même instant, Warren avait lui aussi l'oreille collée de l'autre côté du mur. Lasse, elle s'écarta en murmurant doucement :

— Warren.

Il l'entendit, baissa le front. Ses dents se serrèrent. Il ne pouvait répondre. S'il le faisait, elle recommencerait à lui lancer ses sous-entendus scabreux, ou même bien pire. Avec un mur entre eux pour cacher sa honte, elle était effectivement capable de tout. Et il était certain que cela le rendrait fou.

Mais cette note plaintive dans sa voix le mettait au supplice.

— Amy, répondit-il finalement.

Elle ne l'entendit pas.

33

Pour Amy, les deux longues semaines qui suivirent furent interminables. Warren refusait toujours de communiquer avec elle. Il refusait aussi de la voir, ne serait-ce que quelques minutes. Par contre, ses ravisseurs avaient accédé à sa demande et lui avaient procuré une tunique noire et un pantalon de soie, exactement semblables à ceux que portait Taishi. Ces vêtements lui allaient à merveille, la soie soulignant chacune de ses courbes. Malheureusement, seul Taishi profitait de ce spectacle. Il lui avait aussi fourni un peigne mais pas de miroir. Amy avait renoncé aux coiffures élaborées et se faisait une natte ou laissait pendre ses cheveux.

Elle avait droit à deux seaux supplémentaires pour se laver ou bien faire sa lessive. Aujourd'hui, on lui avait promis qu'elle pourrait prendre un bain. Et on la laissait parfois faire un tour sur le pont mais jamais plus d'une heure. Dans ces cas-là, elle portait sa robe boutonnée jusqu'au cou. Mais on ne lui prêtait guère d'attention. L'équipage était composé en majorité de Chinois et elle découvrit que pour eux elle ne présentait que peu d'attrait, avec ses yeux ronds et son nez proéminent, même s'ils admiraient sa chevelure d'un noir parfait. Les autres membres de l'équipage étaient portugais, comme le capitaine du navire, et ne parlaient pas un mot d'anglais.

Elle appréciait ces brèves sorties, les attendait même avec impatience pas tant pour le grand air mais parce qu'elle espérait toujours apercevoir Warren sur le pont. Bien évidemment, elle ne le vit pas une seule fois. Il avait dû s'arranger avec son bon ami Taishi pour ne pas sortir aux mêmes heures qu'elle.

Au bout du compte, on lui avait accordé tout ce qu'elle avait demandé, à l'exception de ce à quoi elle tenait le plus. Et il semblait bien qu'elle ne l'obtiendrait jamais. Warren avait visiblement l'intention de l'éviter jusqu'en Amérique, de rendre ce vase puis de la renvoyer en Angleterre, seule, par le premier navire en partance. Pour lui, c'était un plan parfait. Un plan qui lui permettrait de préserver sa misérable vie. Et Amy ne voyait toujours pas comment lui faire changer d'avis sinon en proférant des injures à travers le mur, ce dont elle n'avait pas franchement envie.

Elle passait la plupart de son temps à écouter ce qui se passait derrière la paroi. Warren apprenait la curieuse façon de se battre de Taishi. Apprentissage qui s'accompagnait de cruelles punitions mais elle avait la très nette impression que ces douleurs le réjouissaient, tandis qu'elle devait serrer les dents pour ne pas crier à chacun de ses grognements et autres gémissements.

Elle prit son bain, se changea, effectua sa sortie sur le pont et contempla les nuages noirs qui s'amassaient à l'horizon. Ce fut peut-être ce spectacle qui la plongea dans une humeur tout aussi noire. Ces derniers temps, elle avait été un otage exemplaire, ne donnant jamais à Warren ou à Taishi la moindre occasion de se plaindre d'elle. Le moment était donc venu de déclencher de nouvelles hostilités.

Taishi en fut le premier informé. Quand il lui apporta son repas ce soir-là, il avait à peine franchi la porte que déjà elle plongeait ses doigts dans le bol pour brandir une grosse boulette de riz.

— Je ne suis pas affamée à ce point, espèce d'idiot, expliqua-t-elle. J'ai enfin trouvé une arme.

— Vous lancer liz sul Taishi ?

Cette brillante déduction faillit la convaincre de mettre sa menace à exécution. Taishi possédait un sens de l'humour très aiguisé qui n'était pas toujours bien compris. Très souvent, on pouvait croire, à tort bien sûr, qu'il était stupide.

Amy le soupçonnait de la mettre volontairement en rage. Ce qu'il parvenait à faire très fréquemment.

— Ne me provoque pas, répliqua-t-elle en s'efforçant de garder une voix normale.

Elle ne voulait pas que Warren entende ce qu'elle projetait. Bien sûr il n'écoutait jamais, mais elle ne voulait courir aucun risque.

— Mais dans la mesure où ceci risque d'être mon dernier repas, reprit-elle, je te pardonne.

Voilà qui rendit Taishi perplexe.

— Taishi pas laisser missie moulil de faim, missie.

— Mais tu le ferais si Zhang Yat-sen t'en donnait l'ordre, hein, gredin ? Et n'essaie pas de nier. De toute manière, c'est ce qu'il ordonnera sûrement dès qu'il saura ce que je peux faire avec cette simple boulette.

— Taishi pas complendle, missie.

— Tu vas comprendre, crois-moi. Tu vas aller sur-le-champ dire à ton maître que s'il ne m'autorise pas à voir le capitaine Anderson, je m'étouffe avec ma nourriture. Il n'aura donc plus rien à échanger contre ce maudit vase.

Aussitôt, Taishi leva une main suppliante.

— Attendle, missie ! Taishi va voil. Taishi levenil tlès beaucoup vite.

Amy fixa la porte fermée avec des yeux ronds. Son plan avait fonctionné ! Pour une fois, le petit bonhomme l'avait prise au sérieux. Mais elle n'avait pas compté là-dessus. Et si Yat-sen accédait à sa demande... Seigneur, elle n'était pas prête. Elle n'était même pas coiffée, elle ne portait pas sa robe provocante et, bon sang, elle était affamée.

Elle engloutit la moitié du bol de riz et se peigna. Bien lui prit de se dépêcher car Taishi ne soumit pas ce nouveau dilemme à Zhang Yat-sen : il n'alla pas plus loin que la porte voisine de celle de la jeune fille.

— Cap'taine, demanda Taishi à Warren, vous cloile possible étouffer avec liz ?

Warren finissait son repas. Il était assez surpris de revoir si vite Taishi. Et sa question lui sembla plus étrange encore.

— Tu veux dire s'étouffer en mangeant ?

— Oui.

— Ce doit être possible si on avale de travers mais...

Taishi qui, dans un premier temps, avait paru ne pas comprendre sa réponse, ne le laissa pas terminer. Il referma vivement la porte. Le capitaine américain avait répondu à sa question : c'était possible. Les ordres de Taishi étaient très clairs : il devait veiller à ce que ses deux prisonniers soient bien traités pendant toute la durée du voyage. Emmener la femme d'une cabine à l'autre ne constituait sûrement pas un mauvais traitement. En fait, Taishi était d'avis que l'Américain protesterait sans doute au début mais que cela ne durerait pas. S'il se trompait, il aurait un capitaine furieux sur les bras pendant quelques jours. Mais cela ne l'effrayait pas.

Plus tard, il demanderait son avis à Li Liang mais d'ici là...

Quand la porte de sa cabine s'ouvrit à nouveau, Warren leva les yeux et se pétrifia. Taishi poussait Amy dans la pièce. Enfer et damnation ! C'était encore pire que tout ce qu'il avait imaginé. À la simple vue de ses formes moulées dans sa tunique de soie noire, de ses pieds nus, de ses cheveux noirs, son désir s'éveilla. Comme s'il venait de renaître à la vie. Warren n'avait jamais vu une femme aussi belle... et elle lui était interdite. *Elle lui était interdite*. Cela lui donnait envie de pleurer. De tuer. Oui, voilà ! Il tuerait Taishi.

Elle ne disait rien mais ne semblait nullement effrayée ou intimidée... Elle le dévorait du regard. Soudain, il eut conscience qu'il ne portait qu'un pantalon ridicule qui lui arrivait aux genoux.

Le silence s'éternisait. Warren finit par parler :

— Comment l'avez-vous corrompu ? Ah, peu importe, vous n'avez, c'est visible, qu'une seule chose à offrir.

— Ne vous forcez pas à être grossier ! répliqua-t-elle avec son habituelle perspicacité. C'est inutile. Vous ne m'offenserez pas. En fait, j'ai simplement menacé de m'étouffer. Cela a suffi.

— Suffi à quoi ? (Warren la foudroya du regard.) De quoi parlez-vous ?

— J'ai dit à Taishi que je m'étoufferais avec mon riz si on ne me laissait pas venir ici. Généralement, il n'est pas si facile à convaincre. Je me demande pourquoi il a si bien réagi...

Maudit soit ce Chinois qui ne lui avait pas dit qui risquait de s'étouffer !

— Fichez le camp d'ici, Amy.

— Je ne peux pas, répondit-elle avec un plaisir non dissimulé. Taishi n'est pas si négligent. Vous ne l'avez pas entendu tourner la clé ?

Il n'avait rien entendu mais il était sûr que la porte était verrouillée. Combien de temps allait-il encore devoir supporter cet enfer ?

— Vous ne m'invitez pas à m'asseoir ? demanda-t-elle.

Sur son lit, qui était le seul meuble de toute la pièce ? Elle n'avait vraiment aucune gêne. En fait, elle devait même y prendre plaisir.

— J'avais envie d'une petite conversation, dit-elle en réponse à son regard furibond. Oh, vous pensiez peut-être à autre chose ?

Seigneur, et voilà ! Elle recommençait avec ses sous-entendus. Il n'était pas en état de les supporter. Elle était trop près de lui, trop délicieuse et son corps réclamait ce qu'elle lui avait déjà si souvent offert.

Amy contemplait son grand corps musclé. Elle mourait d'envie de l'enlacer, de toucher sa peau... Mais elle ne bougea pas. Son intrusion l'avait rendu furieux : il semblait vraiment à bout de nerfs. Il était capable de la jeter dehors *à travers* la porte verrouillée si elle avait l'audace de lui révéler ce qu'elle désirait.

— Vous devez me parler, reprit-elle, et pour la première fois une note de désespoir teintait sa voix. Si vous n'étiez pas si entêté, si vous vous étiez donné la peine de me dire quelque chose, n'importe quoi, quand je vous l'ai demandé, nous n'en serions pas là.

— De quoi parlez-vous ?

Cela faisait près d'une semaine qu'elle avait renoncé à lui parler : un soir, à travers la paroi, elle l'avait même supplié en sanglotant de lui répondre. Elle ignorait qu'il ne l'avait pas entendue car Zhang Yat-sen avait décidé d'assister à l'entraînement de Warren. Taishi était un expert dans les techniques de défense et c'était pour cela qu'il avait été choisi comme garde-chiourme. En revanche, son habileté pour l'attaque était médiocre.

Les gardes du corps personnels de Zhang Yat-sen étaient eux des experts toute catégorie. Et Warren aurait dû être réduit en bouillie. En tout cas, c'est ce qu'avait espéré Zhang Yat-sen… Heureusement, Warren s'en était tiré avec seulement quelques douleurs.

— Du jour où j'ai cogné à votre mur pendant plus d'une heure…

— Je n'étais pas là pour vous entendre, Amy.

— Vous n'… ? (S'étant parfaitement ridiculisée ce soir-là, elle en fut ravie.) Eh bien, cela n'a aucune importance maintenant. En fait, j'en suis heureuse. Car, à cause de votre silence, j'ai fini par perdre patience et ce tête-à-tête me ravit.

— Il n'en est pas question. Amy, je veux qu'on vous ramène dans votre cabine.

— Mais je viens juste d'arriver…

— Amy, la coupa-t-il, menaçant.

— Et nous n'avons pas encore parlé…

— Amy !

— Non !

Elle le défiait. Mais elle avait très mal choisi son moment.

34

Warren se dirigeait vers elle avec la ferme intention de lui administrer un châtiment mémorable. Amy n'essaya pas de fuir. De toute manière, dans une pièce aussi minuscule... Elle ne tenta pas non plus de l'en dissuader. Elle prit le risque, le très grand risque, de ne pas broncher, tout en souhaitant qu'il change d'avis au dernier moment.

Il la saisit avec violence et l'attira contre lui. Il la serrait fort. Et sa bouche... Ô Seigneur, il était affamé, il ne se maîtrisait plus. Tant d'intensité aurait dû effrayer Amy, mais pour rien au monde elle n'aurait voulu l'arrêter.

Deux fois, il la repoussa avec fureur mais à chaque fois, sa passion eut raison de lui. Et, à chaque fois, Amy éprouva un étrange sentiment, où se mêlaient le désir et la colère parce qu'il continuait à lutter contre l'inévitable. Pourtant il finit par céder avec la même sauvagerie, la même voracité. Le bonheur envahit Amy. Enfin, après tant d'incertitudes et de doutes, cet homme allait lui appartenir.

— Nous allons partir en fumée avant même que je ne t'aie couchée sur ce lit.

Elle aurait ri de bonheur si elle en avait eu la possibilité mais il l'embrassait à nouveau. Tout ce qu'elle pouvait faire, c'était s'accrocher aux flancs de la tempête qui la submergeait. Oui, il avait enfin renoncé au combat. Qu'il ait pris cette décision de plein gré ou parce qu'il ne pouvait faire autrement importait peu.

Ils atterrirent sur la paillasse qui lui servait de lit. Elle n'était pas très large mais ils n'étaient pas là pour dormir paisiblement. Aucune robe ne gênait les mouvements d'Amy. Cette fois, elle pouvait écarter les jambes et l'accueillir, accueillir ces sensations bénies qu'il avait fait naître en elle dès leur première rencontre. À nouveau, ce feu inconnu et merveilleux se déclara en elle.

Il ne se lassait pas de l'embrasser, elle n'arrêtait pas de le toucher, en proie au même besoin irrépressible de connaître sa peau, son corps. Mais, bientôt, cela ne lui fut plus suffisant. Comme cette nuit-là, sur cette route de campagne, elle savait que l'expérience ne se limitait pas à ces caresses, qu'il y avait autre chose. Autre chose qu'elle voulait connaître... et tout de suite.

Puisqu'il ne lui laissait guère l'occasion de respirer, et encore moins de parler, elle devait le lui dire avec son corps. Mais elle n'était pas exactement certaine de la façon de communiquer ses désirs. Elle se plaqua contre lui.

Il gémit si fort qu'elle crut lui avoir fait mal. Elle trouva le nœud qui fermait sa tunique : celle-ci s'ouvrit sans le moindre effort. Elle fit glisser son pantalon. En quelques secondes, Amy et Warren se débarrassèrent de leurs vêtements et il plongea en elle.

La douleur ne fut pas aussi fulgurante qu'elle aurait dû l'être. Amy le désirait trop, l'attendait trop. Mais elle se raidit légèrement. Il dut le sentir car il se redressa pour la contempler avec stupéfaction.

Elle eut alors peur qu'il ne l'abandonne.

— Ne pense pas, murmura-t-elle en l'attirant contre elle et en l'embrassant.

Il ne céda pas immédiatement mais bientôt sa langue se mêla à la sienne pour entamer une folle danse érotique. Une main s'enfonça dans sa chevelure noire, l'autre descendit vers ses cuisses. Il la pénétra encore plus profondément, allumant un incendie qui les consuma tous les deux. Il se jeta en elle, vite et fort. Elle s'ouvrit, prit et donna tout autant.

C'était plus puissant que tout ce qu'elle avait imaginé, ce maelström de plaisir, cette tempête qui les emportait tous les deux vers une extase incomparable. Et il était là pour la guider gentiment vers ces rivages éblouissants.

— Ô Dieu, ô Dieu, ô Dieu ! crut-elle l'entendre gémir contre son cou.

— Je refuse quand même de t'épouser.

Amy leva son visage vers Warren. Elle le considéra entre ses paupières mi-closes. Cela faisait un moment qu'il restait silencieux et elle savait qu'il boudait et regrettait déjà ce qu'il avait fait. Il ne l'avait pourtant pas repoussée, la gardant au contraire dans ses bras.

Mais voilà qu'il lui déclarait la guerre à nouveau et Amy n'était pas d'humeur guerrière.

— Quelle surprise ! fit-elle avec insouciance.

— Tu t'es donnée à moi pour que je sois forcé de t'épouser, l'accusa-t-il.

— Nous avons fait l'amour parce que nous le voulions tous les deux.

— Ce n'était pas de l'amour mais de la dépravation.

Il méritait une bonne douzaine de claques. Elle préféra sourire et lui répondre :

— Parfois, tu t'adonnais à la dépravation, moi je faisais l'amour.

Puis, sans le quitter des yeux, elle se pencha pour lécher un de ses mamelons.

Warren bondit comme un beau diable hors de la paillasse. Amy faillit en rire. Le malheureux avait vraiment un gros problème sur les bras si elle lui faisait un tel effet. Et elle était bien décidée à jouir de son avantage aussi longtemps que possible.

Mais il se débattait toujours avec ses vieilles inquiétudes.

— Bon sang, Amy, tu étais vierge !

Nous y voilà, se dit-elle, voilà ce qui le troublait tant. Elle prit un air espiègle.

— Je te l'avais bien dit.

— Tu savais ce que je pensais.

— Oui, et tu aurais dû avoir honte de toi. C'était de la pure calomnie de ta part. Mais, comme tu peux le constater, je ne t'en ai jamais voulu.

— Tu aurais dû.

Du regard, elle caressa lentement son grand corps, s'attardant un instant sur la splendide preuve de sa masculinité. Elle haussa un sourcil mutin et demanda :

— Tu en es sûr ?

Il rugit de frustration, ne pouvant se cacher nulle part. Amy eut pitié de lui. Après tout, elle ne désirait qu'une chose : qu'il revienne se coucher auprès d'elle pour qu'elle explore à nouveau son corps superbe.

— J'admets avoir espéré que cela améliorerait nos relations mais si tu tiens à ce que nous ne soyons qu'amants, eh bien… qu'il en soit ainsi.

Cela n'eut pas l'effet qu'elle recherchait. Au contraire, il repassa à l'offensive.

— Bon sang, aboya-t-il. Quand te conduiras-tu normalement ?

— Quand comprendras-tu que tout cela est parfaitement normal… pour moi ?

Elle s'étira sous ses yeux, telle une authentique pécheresse. Comment pouvait-elle à chaque fois accomplir de tels gestes, prononcer les mots adéquats alors qu'elle n'avait aucune expérience de ce genre de choses ? Et comment pouvait-il lui résister alors qu'elle était allongée, nue sur son lit, provocante et offerte ? La réponse était simple : il ne pouvait pas.

Il tomba à genoux à ses côtés, les mains déjà tendues vers ses seins dressés. Elle ondula sous ses paumes, un ronronnement de plaisir coula entre ses lèvres, une de ses jambes vint se frotter sensuellement contre son dos. Warren ferma les yeux pour mieux sentir, mieux toucher... Son manque d'inhibitions la rendait effroyablement belle.

Douce comme de la soie, si délicate, si féminine. Non, elle n'avait rien d'une enfant. Les paupières de Warren s'ouvrirent et il l'admira à nouveau : la longue courbe de ses hanches, la plénitude de ses seins, les yeux brillants entre les paupières mi-closes.

Les doigts de Warren glissèrent sur la fournaise entre ses cuisses tandis qu'il se penchait pour murmurer contre ses lèvres :

— Je te punirai de m'avoir trompé.

— Je ne t'ai...

— Tais-toi, Amy. Je vais te punir, mais d'abord je vais te faire l'amour comme le mérite une femme pour qui c'est la première fois.

Elle soupira, nullement inquiète de ce qui l'attendait. En fait, elle allait l'aimer à en mourir car il lui montrait enfin une tendresse dont elle l'avait toujours cru capable mais qu'il avait toujours dissimulée.

Amy ne se rassasiait pas de toucher et de caresser Warren. Chose stupéfiante : il ne l'en empêchait pas. Il était pourtant comblé au-delà de toute espérance et il aurait sans doute préféré dormir maintenant.

Elle ne se sentait pas le moins du monde fatiguée, d'ailleurs, comment aurait-elle pu l'être après toutes les découvertes de cette nuit ?

Elle avait eu raison. Faire l'amour avec lui changeait tout. Tout serait différent à présent entre eux. Ils n'en étaient pas encore à discuter des modalités du mariage mais cela viendrait. Elle en était certaine. D'ici là, Warren s'habituerait tellement à son amour qu'il ne pourrait plus s'en passer. Elle y veillerait.

Taishi était passé quelques instants plus tôt pour lui faire regagner sa cabine mais elle n'avait pas esquissé le moindre geste. Et Warren n'avait pas bronché non plus. En réalité, il avait adressé au petit homme un regard si farouche que celui-ci avait quitté la pièce sans mot dire.

— Tu veux me dire ce que tu fabriques sur ce bateau ? lui demanda-t-elle soudain.

— Je pourrais te poser la même question.

— J'étais partie séduire cet homme que j'adore mais personne n'avait pris la peine de me dire qu'il avait déménagé.

— Ce n'est pas drôle, Amy.

— Sans doute, mais c'est vrai, répliqua-t-elle assez sèchement. Et toi, quelle est ton excuse ?

— Un certain oncle a insisté pour que je vole au secours de sa nièce. Il me tenait pour responsable de cette situation.

Amy soupira.

— Sacré oncle James ! J'imagine que je te dois des excuses pour son intervention.

— Non, répondit-il, pris de remords.

Il répugnait à lui laisser croire que c'était là la seule raison de sa présence ici mais il n'était pas encore prêt à admettre la vérité.

— Tu es vraiment fâché de devoir te séparer de ce fameux vase ?

— Auparavant, j'aurais pu l'être. Maintenant, cela ne me semble plus aussi important.

— Donc, quand ils l'auront, nous serons tranquilles ?

— J'ai bien peur que non. Dès qu'ils auront ce fichu vase, ils nous tueront.

Stupéfaite, elle se redressa.

— Tu le crois vraiment ?

— Oui.

— Eh bien, voilà qui n'est pas très fair-play de leur part, non ? s'offusqua-t-elle.

Il l'attira à nouveau contre lui.

— Tu n'es pas terrifiée ?

— Je le serai sûrement le moment venu. Mais, quand j'ai peur, je n'arrive plus à réfléchir, alors mieux vaut ne pas s'en faire pour l'instant.

Il lui serra le bras pour lui montrer qu'il appréciait son courage.

Soudain, elle le considéra avec méfiance :

— J'espère que tu ne vas pas me dire que tu t'es laissé séduire parce que tu ne comptes plus vivre très longtemps.

— Je ne me suis pas laissé séduire. C'est moi qui t'ai sauté dessus.

— Balivernes. Je t'ai séduit... exactement comme je l'avais prévu. Enfin presque... et réponds à la question.

— Je n'ai pas l'intention de mourir bientôt. Cette réponse te suffit-elle ?

— Comment comptes-tu survivre ?

— Le vase est ma seule monnaie d'échange, expliqua-t-il. Il me faut simplement un moyen de le leur rendre tout en nous mettant hors de leur portée.

— Tu l'as trouvé ?

— Pas encore.

— Zhang Yat-sen prétend que tu as volé ce vase, remarqua-t-elle.

— C'est un menteur, répondit Warren avec amertume. Ce bâtard l'a parié en échange de mon bateau. Il a perdu mais cela n'entrait pas dans ses plans. Il a essayé de me tuer cette nuit-là pour récupérer le vase.

— Pas très loyal, ce monsieur.

— Un homme comme Yat-sen se fiche de la loyauté. Tout ce qui l'intéresse, c'est d'obtenir ce qu'il désire. En y réfléchissant, voilà qui te ressemble assez, non ?

Amy rougit. L'attaque avait été si brusque. Et il n'avait pas terminé.

— Tu mérites une bonne fessée pour t'être jetée dans les griffes de ces Chinois. Si tu étais restée chez toi comme une jeune lady convenable, ni toi ni moi ne serions leurs prisonniers.

— C'est sans doute vrai, admit-elle. Mais tu ne vas pas me donner une fessée alors que tu peux me faire l'amour ?

— Non, convint-il. Je suppose que non.

35

Les éléments s'étaient déchaînés. La tempête qui les avait accompagnés la veille sans jamais croiser leur chemin se décida à éclater. Warren dut se passer de sa séance d'entraînement quotidienne. Quand il vint apporter les maigres biens d'Amy – qui se résumaient à sa robe et à quelques sous-vêtements –, Taishi, complètement trempé, avait la mine hagarde.

Amy avait commencé à se plaindre du repas froid mais Warren l'avait interrompue, sachant pertinemment qu'avec un temps pareil les fours devaient être éteints. Il aurait voulu sortir sur le pont pour offrir ses services. Non pour aider leurs ravisseurs mais parce que Amy avait peur.

C'était la première fois qu'il la voyait effrayée. Sa façon de réagir à la terreur consistait à parler sans discontinuer, tout en arpentant la cabine, et à geindre de temps à autre :

— Ah, je déteste cela ! Vraiment, c'est insupportable. Tu pourrais faire quelque chose pour arrêter ce vent.

Elle était ridicule, mais pas une seule fois il ne rit d'elle. En fait, il se rendait compte qu'il n'aimait pas du tout la voir effrayée et qu'il aurait souhaité effectivement détenir le pouvoir d'arrêter ces maudites bourrasques. Il devait se contenter d'essayer de la rassurer tout en sachant qu'ils essuyaient une formidable tempête : leur bateau pouvait très bien ne pas résister à des vents pareils et être englouti par les flots. Oui, ils risquaient bel et bien de couler.

Mais il n'en dit pas un mot à la jeune fille. Bientôt, il leur devint extrêmement difficile de rester debout dans la cabine. Le bateau était ébranlé en tous sens par le vent. Warren attira Amy contre lui et la força à s'asseoir sur la paillasse. Il dut la tenir fermement pour qu'elle ne soit pas ballottée à travers la cabine.

Elle manquait de lui échapper pour la dixième fois lorsque Taishi apparut de façon inattendue, laissant la pluie pénétrer avec lui dans la pièce. Il ne remarqua même pas la quasi-nudité d'Amy. Son regard terrifié se posa immédiatement sur Warren.

— Vous venil tlès beaucoup vite, hurla-t-il pour couvrir les rugissements du vent. Plus pelsonne à la balle.

Warren ne prit que le temps d'enfiler ses bottes.

— Où est l'homme de barre ?

— Palti à Londles. Homme pas collect.

— Alors qui dirigeait le vaisseau ?

— Capitaine et second.

— Que leur est-il arrivé ?

— Vague flapper capitaine contle gouvelnail. Tête cogner.

— Et le second ?

— Pelsonne le tlouver. Peut-êtle lui passer pal-dessus bold.

— Lui aussi ?

— Tlois déjà à la mel, expliqua Taishi. Moi avoil vu hommes tomber.

— Seigneur, grogna Warren en bouclant son ceinturon et en se dirigeant déjà vers la porte.

Soudain, Amy se retrouva devant lui, lui barrant le passage.

— Tu ne vas pas y aller, Warren !

Bien sûr qu'il allait le faire. Ils savaient tous les deux qu'il n'y avait pas d'autre choix. Mais elle se refusait à l'admettre.

À présent, elle était terrifiée pour lui et non plus pour elle, ce qui déconcerta Warren. Il n'avait pas l'habitude qu'on s'inquiète pour lui. En fait, il ne se souvenait pas qu'on ait jamais eu peur pour lui... sauf Amy, cette nuit-là, quand ils avaient rencontré les brigands. Cela lui fit un effet étrange, pas vraiment déplaisant...

Il prit son petit visage blême entre ses mains et lui parla calmement :

— J'ai déjà affronté une douzaine de tempêtes, Amy. Je peux tenir cette barre les yeux fermés. Tu n'as donc aucune raison de t'inquiéter.

— Warren, je t'en prie... protesta-t-elle.

— Chut, fit-il gentiment. Il faut bien que quelqu'un gouverne ce navire. Et mieux vaut que ce soit quelqu'un qui s'y connaît. Ne t'en fais pas, je vais m'attacher à la barre, ainsi rien ne risque de m'arriver. Tout va bien se passer. Je te le promets. (Il l'embrassa avec passion.) Maintenant, habille-toi un peu plus et essaie de dormir un peu. Tu n'as pas beaucoup dormi depuis hier soir.

Dormir ? Cet homme était vraiment fou à lier. Mais, avant qu'elle ne puisse le retenir, il avait déjà quitté la cabine. Elle resta plantée là, les mains nouées pour les empêcher de trembler. C'était impossible ! Warren ne venait pas de se jeter dans cette fureur cauchemardesque qui secouait le bateau comme une épave.

Elle ne le reverrait jamais. Il allait être emporté par-dessus bord, englouti par cet océan en colère.

À cette pensée, la panique s'empara d'elle. Elle se jeta sur la porte et se mit à cogner et à appeler Taishi. Au fond d'elle-même, elle savait que personne ne pouvait l'entendre, à travers le fracas des vagues et les rugissements du vent et de la pluie, mais elle continua à marteler la porte jusqu'à ce que ses mains soient en sang.

Bien sûr, nul ne vint lui ouvrir. Ils étaient tous bien trop occupés à lutter contre la tempête. Mais Amy se moquait de leurs petits problèmes. Une certitude parfaitement irrationnelle avait pris racine en elle : rien n'arriverait à Warren tant qu'elle serait près de lui. Pour cela, il lui fallait sortir d'ici.

Elle était en proie à une telle angoisse qu'elle finit par se jeter sur la porte, frappant, cognant de toutes ses forces avec ses poings, ses pieds, ses épaules. Mais rien n'y fit. Soudain, le navire tangua violemment et elle fut jetée au sol. Elle voulut se rattraper au loquet mais celui-ci céda et la porte s'ouvrit brutalement. Taishi avait peut-être oublié de la verrouiller ou pensé qu'elle ne serait pas assez folle pour s'aventurer sur le pont dans un moment pareil. Et il n'y avait personne pour la garder.

— Sacré bon sang, marmonna-t-elle en essayant de se redresser.

La soudaineté avec laquelle elle venait d'obtenir ce qu'elle désirait lui redonna quelque lucidité. Elle devait d'abord se vêtir décemment. Elle attrapa la première chose qui lui tomba sous la main : sa robe. Elle l'enfila et se rua dehors.

Elle n'alla pas plus loin. Le vent la plaqua contre la paroi de la cabine avec une terrible violence. Puis la vague déferla, la balayant, l'emportant avec elle.

36

Warren devait diriger le bateau en se fiant uniquement à son instinct. En plein milieu d'après-midi, la visibilité était nulle. La pluie lacérait sa poitrine nue, ses longs cheveux lui fouettaient le visage et les vagues qui le frappaient de plein fouet étaient glacées.

Pour la millième fois, il regretta de ne pas avoir pris le temps de passer une chemise. Autre chose que le froid le faisait souffrir. La corde avec laquelle il s'était attaché à la barre lui déchirait la peau du dos.

Dès que le vent se calmerait un peu, il demanderait à Taishi de lui apporter un ciré. Mais pour l'instant, c'était impossible.

Il n'avait jamais connu une telle tempête, un tel déchaînement des forces de la nature. Par chance, les mâts n'avaient pas encore cédé : les gréements s'étaient déchirés avant même que la tourmente n'eût atteint son paroxysme. Un des énormes barils d'eau douce s'était détaché. Roulant sur le pont, il fracassait tout sur son passage.

Warren avait confiance dans ses propres capacités mais il ne connaissait pas ce navire aussi bien que le sien.

Soudain, un très court instant, son cœur sembla s'arrêter. Le vent avait chassé la pluie pendant une fraction de seconde, juste le temps nécessaire pour qu'il aperçoive Amy projetée contre le parapet du pont... à l'endroit où celui-ci s'était rompu. Elle n'était qu'à quelques centimètres de la mer en furie.

La vague qui l'avait balayée était si violente qu'Amy ignorait comment elle avait pu s'agripper au parapet et y être encore cramponnée. D'autres vagues déferlaient sur elle, mais pas une seule fois elle ne songea à regagner sa cabine.

Quand la tempête se calmerait un peu, elle s'approcherait du gouvernail de façon à pouvoir observer Warren sans être vue. À condition, bien sûr, qu'elle puisse discerner quelque chose dans cette obscurité qui ressemblait à l'enfer. La pluie était si épaisse et si lourde qu'elle ne put apercevoir Warren qui approchait. Et elle ne l'entendit pas non plus hurler quand une vague plus forte que les autres lui fit soudain lâcher prise. Elle bascula dans le vide. Quelque chose la retint. Des bras puissants l'écrasèrent contre un torse solide, des bras plus forts que la tempête, un torse plus inébranlable qu'une montagne. Le cou auquel elle s'accrocha était bien plus rassurant que le bout de bois auquel elle se cramponnait quelques secondes plus tôt et la voix qui lui hurla à l'oreille : « Cette fois, je vais te flanquer la plus belle fessée de ta vie » était la plus douce des voix.

Il était toujours vivant. Plus rien d'autre ne comptait... pour l'instant.

Warren parvint à retourner à son poste à la barre sans qu'ils soient tous deux projetés à la mer. Il n'envisagea pas une seule seconde de ramener Amy à la cabine : n'ayant pas la clé pour l'enfermer, il la croyait assez folle pour en sortir à nouveau.

Pourquoi avait-elle quitté la cabine ? Il était furieux mais il n'avait pas le temps de la sermonner. Coinçant Amy entre la barre et lui, il se rattacha juste à temps. Une vague gigantesque l'assomma à demi. La corde lui mordit cruellement le dos.

Le bateau était ballotté par les flots déchaînés. Des abîmes de plus de dix mètres s'ouvraient devant eux, des vagues plus hautes que des maisons les écrasaient.

Quand il eut enfin un instant de répit, Warren n'avait plus aucune envie de gronder Amy. Son petit corps serré contre le sien était la chose la plus douce et la plus apaisante qui soit dans cet enfer. Quant à Amy, elle puisait en lui force et chaleur et il en était heureux.

— Tu te débrouilles très bien, petite fille, cria-t-il. Continue à te tenir à moi quoi qu'il arrive.

— Merci, c'est bien ce que je compte faire, crut-il l'entendre hurler à son tour.

Etrangement, elle ne paraissait plus du tout effrayée.

Effectivement, au milieu des éléments déchaînés, Amy avait beaucoup moins peur que dans sa cabine. Même les vagues qui continuaient à déferler sur elle et à l'écraser contre lui n'étaient plus aussi effrayantes. La chaleur de Warren suffisait à chasser le froid de la pluie et du vent. Et sa force la stupéfiait. Tandis qu'il luttait pour garder le contrôle du navire contre un océan en furie, elle sentait chacun de ses muscles se contracter puis se détendre à nouveau.

Tant que Warren tenait la barre, elle ne doutait absolument pas qu'ils survivraient à cette tempête, qu'ils en sortiraient sains et saufs. Sa foi en lui était inébranlable, et plus encore depuis qu'ils étaient réunis. Mais le combat était long et difficile. Puis le vent se calma enfin, la pluie cessa peu à peu...

Ce furent les cris de joie de l'équipage qui lui apprirent qu'il ne s'agissait plus cette fois d'un simple répit. Mais elle refusa de quitter Warren quand il lui suggéra de retourner à la cabine.

Elle leva les yeux vers lui.

— Je préfère rester ici si tu veux bien.

Il ne protesta pas. Depuis un moment, depuis qu'il y voyait assez, il contemplait le pont et plus précisément l'endroit où s'était trouvé le parapet auquel elle s'était accrochée et qui avait maintenant entièrement disparu. Elle ignorait qu'elle avait frôlé la mort mais il ne le lui dit pas. Pour le moment, il préférait lui aussi la garder près de lui.

Il fallut attendre encore une bonne heure avant qu'on trouve un homme pour le remplacer. Ce fut le cuisinier : le seul membre de l'équipage qui possédait quelques notions sur la façon de gouverner un navire. Les Chinois ignoraient tout de la manœuvre. Ce n'étaient pas des marins, mais des gardes du corps de Yat-sen. Le capitaine portugais n'avait toujours pas repris conscience mais sa vie ne semblait pas en danger. On espérait qu'il reprendrait son poste dès le lendemain.

Ce fut un Taishi très reconnaissant qui apprit tout cela à Warren. Celui-ci se contenta de noter :

— Il est bien dommage que Yat-sen ne soit pas passé par-dessus bord.

Taishi préféra ne pas répondre.

— Taishi va appolter noullitule et couveltule, tlès beaucoup couveltules et eau bien chaude quand feux allumés.

Le petit homme disparut en courant. Warren ne se dirigea pas immédiatement vers sa cabine ; il s'adressa d'abord à Amy qui était encore accrochée à lui.

— Tu ne dors quand même pas, hein ? fit-il en baissant les yeux vers elle.

— Pas encore mais presque.

— Et si tu me disais pourquoi tu es venue faire un petit tour sur le pont tout à l'heure ? lui demanda-t-il en souriant.

Elle réfléchit un moment avant de répondre.

— J'ai eu un pressentiment. Il fallait que je te voie pour qu'il ne t'arrive rien d'horrible.

— Et tu crois qu'en me voyant tu aurais pu écarter tout danger.

— Mais c'est ce que j'ai fait, répondit-elle comme si c'était une évidence. Ma présence a empêché qu'il t'arrive quoi que ce soit.

Découragé, il secoua la tête.

— Il faudra bien que tu me lâches si tu veux qu'on puisse retourner à la cabine.

— S'il le faut, soupira-t-elle avant de baisser les yeux sur son propre corps. Ta boucle de ceinture s'est probablement imprimée sur mon ventre.

— Rien que ma boucle ? demanda-t-il.

Amy ouvrit de grands yeux : c'était bien la première fois qu'il essayait de plaisanter avec elle. Et, en plus, il se montrait grivois.

— Eh bien, maintenant que tu le dis…

Il rejeta la tête pour éclater de rire. Elle était incorrigible. Elle venait de traverser une expérience terrifiante et elle se comportait déjà comme si c'était du passé.

Elle passa son bras autour de sa taille pour marcher avec lui. Il tressaillit et grimaça. Surprise, elle le regarda. Comme il ne disait rien, elle se pencha pour regarder son dos. Seigneur ! Son cœur se souleva en imaginant la douleur qu'il devait endurer. Et il n'avait pas dit un mot… depuis des heures et des heures.

— Alors, quelle est l'étendue des dégâts ? demanda-t-il, devinant le spectacle qu'elle avait sous les yeux.

Elle attendit d'avoir retrouvé son sang-froid avant de répondre sur un ton neutre :

— Eh bien, cinq entailles assez profondes et plusieurs écorchures mineures. Tu vas avoir un peu de mal à dormir sur le dos pendant quelques jours. Mais je crois que je pourrai faire avec.

Il était un peu déçu de sa réaction, somme toute fort désinvolte.

— Comment ça, faire avec ? En quoi cela te concerne-t-il ? En plus, je n'aime pas dormir sur le ventre.

— Oh, tu aimeras cela si je suis dessous.

Warren leva les yeux au ciel. Elle était incorrigible et insatiable.

37

Le temps resta calme pendant le reste du voyage mais, à mesure que les côtes de l'Amérique approchaient, Warren devenait de plus en plus nerveux. Il n'avait toujours pas trouvé de plan pour rendre le vase tout en assurant leur sécurité.

Il avait bien quelques projets en tête mais aucun n'était vraiment sûr. Le succès de ces entreprises dépendait essentiellement de la situation qu'il trouverait à Bridgeport. L'un de ses frères y séjournait-il encore ? Des navires de la Skylark mouillaient-ils dans le port ? Ian MacDowell, Mac pour les amis, détenait-il toujours le vase qu'ils lui avaient confié ou bien Clinton l'avait-il transporté ailleurs ? Et si jamais le vase n'était plus à Bridgeport, Zhang Yat-sen accepterait-il cette excuse ? Hum, peu probable.

Amy, quant à elle, était absolument certaine que Warren les sauverait tous les deux. Cette absolue confiance le mettait maintenant terriblement mal à l'aise.

De plus, un autre problème le rongeait : il avait à présent Amy pour compagne. Mais il n'avait aucune idée de ce qu'il ferait d'elle... si jamais ils survivaient à cette petite aventure. Elle se comportait comme s'ils étaient désormais réunis pour l'éternité alors que leurs rapports s'achèveraient dès qu'ils aborderaient. Il avait pris sa décision : il ne la toucherait plus. Plus jamais.

Avant ce voyage, il avait déjà un grand mal à lui résister mais ce n'était rien en comparaison de ce qu'il allait endurer maintenant qu'il savait à quel point faire l'amour avec Amy était une expérience unique et ne ressemblait à rien de ce qu'il avait connu jusqu'ici.

Bien sûr, *elle* était unique. Il n'avait aucun doute là-dessus : il n'avait jamais rencontré une femme comme elle. Elle était tout ce qu'un homme pouvait désirer... à condition de vouloir se marier. Et pour Warren le mariage était hors de question.

Afin de se changer les idées, Warren avait insisté pour poursuivre ses leçons avec Taishi. Ce qui n'allait pas sans peine ni douleur, puisque Taishi ne savait enseigner autrement que par l'exemple. Un jour, Warren lui avait demandé pourquoi Yat-sen avait accepté de laisser Amy partager sa cabine.

— Dile à mon seigneul que cap'taine amélicain pas suppolter petite missie. Que lui tlès beaucoup fulieux juste de l'entendle dans la cabine à côté. Alols, lui dile Taishi : enfelme-la avec lui. (Le petit homme avait hésité avant d'ajouter :) Cela tlès beaucoup aider Taishi, cap'taine, si vous pas avoil l'ail aussi content de nouvelle situation.

Warren ne s'était pas attendu à ce genre d'aide de la part du petit homme et il n'avait trouvé qu'un moyen de lui exprimer sa gratitude :

— Si un jour tu en as assez de travailler pour ce ιyran, viens me voir. J'aurai quelque chose pour toi, Taishi.

— Habille-toi, dit Warren en secouant Amy qui dormait. Yat-sen a décidé d'accoster de nuit.

— Nous sommes donc arrivés à Bridgeport ? demanda Amy, ensommeillée.

— Enfin.

— Mais comment ont-ils pu trouver la ville aussi rapidement et sans ton aide ?

— Ils étaient ici le mois dernier. Tu ne le savais pas ?

Elle plissa les paupières.

— Non.

Warren haussa les épaules.

— C'est Taishi qui me l'a dit. Yat-sen connaissait la Skylark. Il n'avait que cette seule piste pour me retrouver. Il est donc venu directement à Bridgeport.

— Tu crois qu'il reste quelque chose de ta maison ?

Cette question le fit sourire.

— Tu veux dire qu'ils l'ont pillée et détruite ? Non, ses gens sont bien trop méticuleux et puis, bien sûr, le vase ne s'y trouvait pas. Ensuite il a appris que j'étais en Angleterre. Voilà comment il m'a retrouvé.

— Et où est ce fameux vase ?

— Nous l'avons laissé à la garde d'un vieil ami de la famille.

Amy commença à s'habiller.

— Quel est ton plan ?

— Pour commencer, une petite comédie de ta part.

— Ah, voilà qui semble prometteur.

— J'espère que tu continueras à le penser quand je t'aurai dit de quoi il s'agit. Je veux que tu insistes pour m'accompagner.

— J'avais bien l'intention de le faire.

— Mais moi je vais insister pour que tu restes ici...

— Pas question, Warren...

— Laisse-moi parler, bon sang ! Yat-sen adore m'exaspérer et me mettre dans des situations impossibles. Si je veux quelque chose, il ne me le donnera pas. Si *je ne veux pas* quelque chose, il me l'imposera. Il faut donc lui faire croire que je ne veux pas t'avoir dans mes pattes. Alors, quoi que je dise ou fasse, tu vas te battre bec et ongles pour être autorisée à m'accompagner. Maintenant, dépêche-toi. Nous n'avons plus de temps à perdre.

— Tu n'as pas dit ce qui arrivera s'il n'est pas dupe de notre petite comédie.

— Il marchera, affirma-t-il avec plus de confiance qu'il n'en éprouvait réellement.

— Et après ?

— Après… je n'en sais encore rien.

Il s'attendait que cela la trouble mais elle se contenta de dire en souriant :

— Ne t'inquiète pas. Tu trouveras quelque chose.

Quelques minutes plus tard, Taishi, l'air très sérieux, ouvrit la porte. Li Liang se tenait juste derrière lui. Quand ils sortirent, ils découvrirent que leur maître avait enfin daigné quitter ses luxueux appartements. À l'évidence, il devait être persuadé qu'il s'agissait là de sa dernière rencontre avec Warren et il tenait à savourer sa vengeance.

— La récupération du vase ne prendra sans doute pas très longtemps, capitaine ? demanda Li Liang.

— Tout dépendra du temps qu'il me faudra pour localiser l'homme qui le détient actuellement. Irai-je seul ou bien avec une escorte ?

— Vous serez accompagné, bien sûr. Les Américains ne sont absolument pas dignes de confiance.

— Parce que les Chinois le sont ? Quelle blague ! fit Warren, ouvertement méprisant.

Amy intervint avant qu'ils ne se lancent d'autres insultes au visage :

— Si nous terminions ce pour quoi nous sommes ici, messieurs, et laissions ce genre de considérations pour plus tard ?

Warren se tourna aussitôt vers elle.

— Nous ? Parce que vous croyez venir avec moi ?

— Bien sûr.

— Il n'en est absolument pas question, dit-il en prenant Liang à témoin. Trop, c'est trop. Et j'ai déjà beaucoup trop souffert de son écœurante compagnie. Sans ma sœur, je lui aurais déjà tranché la gorge. Mais, à présent, nous sommes chez moi en Amérique et je n'ai pas à la supporter davantage. Alors, bon Dieu, tenez-la à l'écart de moi.

— Je vais avec vous, capitaine, ou bien vous allez m'entendre hurler. Et j'ai une voix qui porte. Les autorités locales voudront sans aucun doute savoir ce qui se passe. Je n'ignore pas que dans les petites villes comme celle-ci on poste des hommes de garde sur les quais, aussi bien que sur les autres navires alentour. Alors, n'allez pas croire qu'on ne m'entendra pas.

Zhang Yat-sen cracha quelques mots. Li Liang s'empressa d'annoncer :

— Elle part avec vous, capitaine. Vous comprendrez que nous ne tenons nullement à attirer l'attention.

Bien sûr qu'il comprenait : ces bâtards comptaient laisser deux cadavres derrière eux. Ce navire n'était pas équipé pour se battre : les Chinois ne seraient en sécurité qu'après avoir mis une bonne distance entre l'Amérique et eux.

Finalement, l'escorte se composa de six hommes comprenant Li Liang et deux des gardes du corps personnels de Zhang Yat-sen. Warren ne se faisait pas d'illusions : même avec les leçons de Taishi, il n'avait aucune chance de les vaincre tous. Ce fut pour cette raison qu'il connut une des plus grandes joies de sa vie en reconnaissant le navire qui était à quai juste à côté du leur. C'était bien un vaisseau de la Skylark. La situation venait subitement de basculer en sa faveur.

— Nous avons de la chance, annonça-t-il à Li Liang en s'arrêtant devant la passerelle pour appeler : Holà ! Y a-t-il quelqu'un à bord ?

Li Liang se propulsa aussitôt à ses côtés.

— Le vase se trouve dans ce bateau ?

— Ça se pourrait bien, répondit Warren en attendant que l'homme de quart lui réponde.

Ces quelques secondes lui parurent interminables. À tout moment, Li pouvait les réduire au silence mais il n'en fit rien. Warren était décidément en veine : il connaissait l'homme qui apparut sur le pont.

— Est-ce bien vous, capitaine Anderson ?

— C'est bien moi, monsieur Cates.

— Nous vous croyions en Angleterre.

— Un petit changement de plans. Avez-vous remarqué le navire qui vient d'accoster à côté du vôtre ?

— Difficile de le manquer, capitaine.

— Si je ne vous ai pas rejoint à votre bord d'ici une heure, envoyez-le par le fond. Regardez bien votre montre, monsieur Cates. Une heure exactement.

M. Cates hésita à peine avant de répondre :

— À vos ordres, capitaine.

Pendant ce temps, d'autres ordres étaient furieusement murmurés dans le dos de Warren. Il se retourna juste à temps pour voir un des gardes de Zhang Yat-sen repartir vers le bateau portugais.

— Rappelez-le, Liang, dit Warren. Ou bien je change d'avis et je leur dis de le couler sur-le-champ.

Un nouvel ordre furieux, et l'homme revint en trottinant. Warren sourit.

— Une simple assurance, vous comprenez. Vous aurez votre maudit vase mais vous n'aurez ni la fille, ni moi.

— Et qui nous garantit que vous ne nous attaquerez pas une fois que vous serez en sécurité à bord de ce bateau ? demanda Li Liang.

— Ma parole devra vous suffire.

— Inacceptable.

— Il faudra vous en contenter.

Amy avait envie de gifler Warren. Il ne leur laissait pas d'autre choix que de commettre l'irréparable. Elle se tourna vers Liang.

— J'ai cru comprendre que sa fierté a été mise à rude épreuve dans toute cette histoire et il ne tient pas à ce que cela se sache. Et encore moins dans sa ville natale. Comment avouer qu'il a été forcé de venir ici contre sa volonté, par exemple ? Explication qu'il devra sûrement donner s'il jonche ce port des débris d'un navire et d'une foule de cadavres. Il vous laissera repartir avec votre vase, monsieur Liang, vous pouvez me croire. Si nous continuions à présent ?

Warren lui jeta un regard dégoûté. Quant à Li Liang, il préféra se ranger à son avis et indiqua d'un signe de la main qu'ils pouvaient reprendre leur route.

Dans cette affaire désormais, le facteur le plus déterminant serait le temps. Il ne fallait guère plus de vingt minutes pour se rendre chez Ian MacDowell par la route la plus directe. Warren fit donc un détour par tout un dédale de ruelles. Cela lui permit de gagner les dix minutes nécessaires. De plus, les hommes de Li Liang auraient bien du mal, sans lui, à retrouver leur chemin jusqu'aux quais, surtout s'ils ne disposaient que d'une heure.

Dans ces ruelles qu'il connaissait par cœur, Warren, s'il avait été seul, aurait certainement tenté de s'enfuir. Mais il ne voulait pas prendre le risque de mettre la vie d'Amy en danger.

Il fallut encore cinq bonnes minutes de tapage à la porte de Mac pour que l'Écossais quitte son lit.

— Tu sais donc point l'heure qu'il est, mon gars ? grommela-t-il en ouvrant sa porte avant même de regarder ceux qui l'avaient dérangé.

— Je sais l'heure qu'il est, Mac.

— Warren ?

— Oui, je t'expliquerai plus tard. Pour le moment, nous sommes un peu pressés. Tu veux bien aller chercher le vase Tang pour moi ?

Mac jeta un coup d'œil à Amy puis aux Chinois qui se trouvaient derrière lui.

— Je l'ai mis à la banque, annonça-t-il froidement. Plus en sécurité là-bas, je me disais.

Warren sourit. Son vieil ami cherchait à gagner du temps.

— Tout va bien, Mac. N'aie aucune crainte. Amène-le-moi.

— T'es bien sûr de vouloir que je fasse ça, mon gars ?

— Oui. Ce satané vase nous a valu trop d'ennuis. Je le rends à son légitime propriétaire. Et n'oublie pas que nous sommes pressés, Mac. Dépêche-toi.

Mac opina et disparut. Ils l'attendirent dans le hall. Toutes les portes étaient fermées. Mac n'avait laissé qu'une chandelle allumée mais cela suffisait pour voir que Li Liang souffrait tous les tourments du doute.

Liang avait reçu des ordres précis : il devait tuer les deux Américains, et ces Chinois faisaient preuve d'un réel fanatisme quand il s'agissait d'obéir à un ordre. Il cherchait encore frénétiquement une solution à son problème : récupérer le vase, exécuter ses deux otages *et* sauver son maître.

— C'est infaisable, lui dit Warren s'attirant un regard noir de la part du Chinois. Vous n'arriverez jamais là-bas à temps. Croyez-vous vraiment que Yat-sen préfère se venger et mourir… alors qu'il peut récupérer le vase ?

Liang ne répondit pas car Mac revenait avec le vase. Liang voulut s'en emparer mais l'Écossais le souleva au-dessus de sa tête, largement hors de sa portée, avant de le tendre à Warren. Au moindre faux mouvement, le vase s'écraserait à terre. Les Chinois ne bougèrent pas.

Amy examina avec curiosité cette antiquité qui était la cause de ce voyage forcé en Amérique. Voyage que, par ailleurs, elle ne regrettait absolument pas… malgré la tension qu'elle sentait dans la pièce et le fait que Warren et elle n'étaient pas encore tirés d'affaire. Cette ancienne pièce de porcelaine, tout ornée d'or, était une magnifique œuvre d'art. Si délicate qu'elle en était presque translucide. Sur ses flancs figurait une scène orientale représentée dans ses moindres détails. Elle devait effectivement valoir une fortune. Pour le moment, elle valait exactement le prix de leurs deux vies.

Warren pensait la même chose. Soudain, il se mit à tourner et à retourner lentement le vase entre ses mains. Puis il considéra Liang avant d'annoncer, mortellement sérieux :

— Ce serait dommage, n'est-ce pas, si je le laissais tomber ?

Le Chinois blêmit.

— Vous mourriez sur-le-champ, promit-il.

— C'était ce qui était prévu, de toute manière, non ? répliqua Warren puis, sans la regarder, il lui dit : Amy, allez dans cette chambre, là, derrière Mac, et enfermez-vous. Allez ! (Puis à Li Liang qui tentait de l'arrêter :) Laissez-la. Elle n'a aucun rôle dans cette affaire. Vous aurez le vase mais nous retournons aux quais sans elle.

Ce qu'ils firent. Quant à Amy, qui venait de s'enfermer dans un placard, elle était furieuse. Elle était certaine que Warren savait qu'il s'agissait d'un placard, qu'il s'était contenté de bluffer pour la tenir à l'écart. Et elle avait été assez stupide pour s'y précipiter dès qu'il lui en avait donné l'ordre, sans même prendre la peine de réfléchir.

Après un moment et quelques jurons bien sentis, Mac finit par lui ouvrir.

— Vous pouvez sortir, petite.

— Il était temps, répliqua Amy. Et ne restez pas planté là, mon bonhomme. Allez chercher un pistolet. Il faut que nous retournions sur les quais nous assurer que tout se passe bien.

— J'ai dans l'idée que ça ne plaira pas du tout à Warren, marmonna Mac.

— Et moi, j'ai dans l'idée que je me fiche complètement de savoir ce qui lui plaira ou non. M'envoyer dans un placard ! gronda-t-elle puis : Vous attendez le déluge ? Allons-y.

38

Amy et Mac arrivèrent trop tard pour être d'aucun secours. Les jeux étaient faits : Warren descendait du navire de la Skylark et le bateau portugais, qui ne s'était guère attardé, disparaissait déjà dans les ténèbres au-delà des lumières du port.

Nullement déçue et prodigieusement soulagée, Amy se jeta dans les bras de Warren. Cette aventure était enfin terminée et ils étaient tous les deux sains et saufs. Elle ne remarqua pas qu'il ne lui rendait pas son étreinte.

— Que fait-elle ici ? demanda-t-il à Mac.

— Elle est aussi insupportable que ta sœur, tu peux me croire, répondit Mac, maussade.

Amy se sépara de Warren pour lancer un regard indigné à l'Écossais.

— C'est absolument faux, et même si c'était vrai ? Il aurait pu avoir besoin de notre aide. Il fallait donc bien venir, au cas où. Vous n'allez pas oser prétendre le contraire ?

— Peu importe, Mac, soupira Warren. Mieux vaut ne pas insister, crois-moi. (Puis, à Amy :) Viens, nous allons te mettre au lit. C'est fini. Demain, nous te trouverons un bateau pour rentrer chez toi.

Elle ne se laissa faire que parce qu'il avait prononcé le mot « lit ». Oui, aller au lit avec lui maintenant était une excellente idée. Quant à trouver un bateau dès le lendemain, elle le convaincrait bien vite que cela n'était pas nécessaire. Elle avait la ferme intention de visiter sa ville natale avant de rentrer en Angleterre.

Lui emboîtant le pas, elle demanda :

— Alors, que s'est-il passé ? Liang a vraiment cru à ton bluff ? Il a vraiment cru que tu allais les couler ?

— Ce n'était pas du bluff, Amy.

— Oh ? fit-elle, surprise.

— Tant que je détenais le vase, poursuivit Warren, ils n'allaient pas courir le risque de me l'arracher. Nous sommes revenus ici et je me suis assuré auprès de M. Cates que les canons étaient chargés et pointés. Alors j'ai jeté le vase à Li Liang.

— Jeté ? s'étrangla-t-elle. Tu n'as pas osé ?

— Bien sûr que j'ai osé. Et la tête qu'il a faite à ce moment-là valait bien tout ce que nous avons enduré pendant ce voyage.

— Oh, il s'est passé des tas de choses au cours de ce voyage que je ne regrette pas.

Il se contenta de proférer un grognement inintelligible avant d'accélérer le pas, mettant ainsi un terme à leur conversation. Perplexe, Amy s'interrogea sur sa mauvaise humeur. Elle la mit sur le compte du dénouement et sur le fait qu'il n'avait rien gagné dans cette histoire. Finalement, il avait perdu un objet de très grande valeur. Bon, bien sûr, il l'avait gagnée elle, Amy. Mais ce n'était pas vraiment comparable.

Arrivé chez lui, il la présenta brièvement à la gouvernante qu'on avait dû tirer du lit. Amy fut conduite dans l'ancienne chambre de Georgina et on lui prêta une de ses chemises de nuit. On mit à sa disposition quelques vieilles robes qu'elle pourrait essayer dès le lendemain.

On lui proposa de manger avant de dormir : Amy accepta, à condition que ce ne soit pas du riz. Elle eut aussi droit à un bon bain chaud dans lequel elle se plongea avec délices.

Quand, enfin, elle fut prête à se coucher, elle n'en fit rien : elle n'avait aucune intention de dormir seule. Elle attendait que Warren vienne la rejoindre. L'attente fut longue, très longue. Quand, finalement, elle comprit qu'il ne viendrait pas, elle lui chercha des excuses mais, en y réfléchissant, aucune d'entre elles ne lui sembla convaincante. Elle partit donc à sa recherche. Et elle le trouva dans sa chambre.

Il était assis dans un fauteuil une bouteille de whisky coincée entre ses bras croisés, les yeux fixés sur une cheminée éteinte. Il ne l'avait pas entendue entrer et elle hésita à le déranger.

— Warren ? dit-elle finalement, décidée à comprendre ce qui n'allait pas.

Il tourna lentement la tête vers elle.

— Que fais-tu ici ?

— Je te cherchais.

— Retourne te coucher, Amy, c'est fini.

— Qu'est-ce qui est fini ?

— Toi et moi.

— C'est une plaisanterie ?

Il bondit de son siège et se planta devant elle.

— Bon sang ! s'exclama-t-il. Quand vas-tu cesser d'espérer quelque chose qui n'arrivera jamais ?

Amy se raidit.

— Si tu fais allusion au mariage, je peux m'en passer.

— Bien sûr, ricana-t-il. Et ta maudite famille aussi.

Il avait raison. On ne lui permettrait jamais de vivre dans le péché avec lui.

— Eh bien, nous pouvons rester amants, suggéra-t-elle. Il suffit que personne ne le sache.

— Pour une fois dans ta vie, Amy, dit-il lentement en détachant chacun de ses mots, écoute ce qu'on te dit. J'en ai assez de toi, plus qu'assez.

Il se montrait délibérément cruel. Ce n'était pas la première fois. Mais aujourd'hui, Amy ne le supporta pas et décida de se venger. Se souvenant de ce que Jeremy lui avait dit quelques semaines plus tôt, elle se débarrassa de sa chemise de nuit qui glissa le long de son corps jusqu'au sol.

— Tu en es sûr ? dit-elle.

Il en eut le souffle coupé. Ce qui procura à Amy une certaine satisfaction.

— Alors, regarde pour la dernière fois, Warren Anderson. Regarde bien. Je veux que tu n'oublies jamais ce dont tu te prives.

Elle était entièrement nue. Jeremy ne s'était pas trompé. Warren fit un pas vers elle, trébucha et tomba à genoux devant elle. Ses bras s'enroulèrent autour des hanches d'Amy, son visage se pressa contre son ventre.

Amy oublia bien vite sa vengeance. Warren oublia tout aussi vite ses résolutions. Plus rien n'existait que le feu qui les ravageait. Demain, il serait assez tôt pour avoir des regrets.

Ils allaient en avoir tous les deux. Mais, malheureusement, pas ceux auxquels ils s'attendaient.

39

— On dirait bien qu'on arrive trop tard, remarqua Connie.

— Ne me regarde pas comme ça, fit Anthony. Ce n'est pas moi qui ai foncé droit dans cette tempête qui nous a expédiés jusqu'au Groenland. C'est à mon cher frère que revient cet honneur.

— Tu ferais mieux de la boucler, gamin, maugréa Connie. Ton cher frère est sur le point de commettre un meurtre.

James se tenait de l'autre côté du lit et contemplait le couple endormi. Il maudissait cette tempête qui avait ralenti le bateau. Il était arrivé à Bridgeport huit heures après le départ des Chinois.

Il avait deviné ce qui s'était passé : d'une manière ou d'une autre, Warren avait échappé aux Chinois. Il devait donc se trouver chez lui. Les deux frères et Connie s'y étaient rendus immédiatement, trop inquiets du sort d'Amy. La gouvernante les avait rassurés : le capitaine et son invitée dormaient encore.

Elle s'était éclipsée pour leur préparer un petit déjeuner. Et, bien sûr, ils en avaient profité pour se précipiter immédiatement à l'étage. Ils ne s'attendaient certes pas à trouver le capitaine et son « invitée » au creux du même lit.

Au comble de la fureur, James restait cependant assez lucide pour admettre qu'il ne pouvait tuer le bonhomme pour la simple raison qu'il avait volé l'innocence d'Amy : lui-même en avait fait autant avec Georgina, la propre sœur de Warren. Ce qui le mettait dans une rage folle, c'étaient les conséquences de cette situation. Cette canaille allait devoir être accueillie au sein de la famille, et pas simplement en tant que beau-frère qu'on pouvait tolérer et ignorer. Il allait devenir le neveu par alliance de James. Enfer et damnation ! Son neveu !

— Nous pourrions être généreux, je suppose, et imaginer qu'ils se sont déjà mariés, dit Anthony.

Ce qui lui valut deux regards écœurés.

— Eh bien quoi ? se défendit-il. C'est possible après tout.

— Tu n'as qu'à le lui demander, répliqua Connie.

— C'est bien ce que je compte faire.

Anthony ne prit pas de gants. Il se pencha pour flanquer à Warren une gifle du revers de la main. Warren se redressa en sursaut.

Pas encore très bien réveillé, il fixa Anthony d'un air stupéfait.

— D'où diable sortez-vous ?

— Réponds d'abord à ma question, répliqua Anthony. Êtes-vous mariés ?

— Quoi ?

— C'est une question pertinente, à ce qu'il me semble. Ah, voilà, tu te souviens enfin que tu ne dors pas seul. Alors ?

— Je ne l'ai pas épousée, rétorqua Warren.

— Tu aurais dû mentir, Yankee, ou, au moins, ajouter « pas encore ». Sacrément stupide de ta part !

— Qui oserait dire qu'il est intelligent ?

Warren fit volte-face pour apercevoir d'abord Connie au pied du lit puis, finalement, James.

— Seigneur ! gémit-il en se laissant retomber sur son oreiller. Dites-moi que je rêve !

Amy se réveilla enfin.

— Qu'est-ce...

— Nous avons de la compagnie, la coupa Warren.

— Tu n'es pas... (elle s'interrompit en voyant son oncle Tony qui se penchait vers elle avec un large sourire)... drôle.

— Content de constater que tu es intacte, ma douce, dit Anthony. Enfin presque.

Amy enfouit son visage dans l'épaule de Warren.

— C'est un rêve, assura-t-elle à Warren. Ils vont tous disparaître quand nous nous réveillerons.

Il poussa un long soupir.

— C'est bien la première fois que j'aimerais partager tes illusions.

Elle se redressa pour le fusiller du regard.

— Ne t'imagine pas que j'ai oublié ! Tu as essayé de me repousser hier soir. Tout est fini entre nous, hein ? Qui de nous deux se fait des illusions ?

— Elle encaisse assez bien, vous ne trouvez pas ? remarqua Anthony.

— Elle me fait penser à Regan et à sa manie de manipuler les gens dès qu'elle a des ennuis, observa Connie.

— Et elles partagent le même goût en matière d'hommes, conclut James.

— Très amusant, messieurs, dit Warren. Mais pour le respect de cette dame, pourquoi ne ficheriez-vous pas le camp afin que nous puissions nous habiller avant de poursuivre cette petite conversation ?

— Tu n'aurais pas, par hasard, dans l'idée de filer par la fenêtre ? répliqua Anthony.

— Sauter du deuxième étage ? ricana Warren. Non merci, je n'ai aucune envie de me rompre le cou.

— Tu as raison de craindre pour ton cou, Yankee, gloussa Anthony.

— Cela suffit, Tony, intervint James avant de se tourner vers Warren, l'air grave et menaçant. Nous vous attendons dans le bureau. Ne tardez pas.

Warren bondit hors du lit à la seconde où la porte se referma et rassembla ses vêtements. Amy était écarlate.

Elle n'aurait pas été aussi mortifiée si ses propres parents l'avaient découverte dans cette situation. Séduire un homme était une chose, se faire surprendre dans son lit en était une autre. Elle ne pourrait plus jamais regarder ses oncles en face. Plus jamais. Hélas ! elle n'avait pas le choix.

— Si je n'étais pas certain du contraire, je pourrais penser que tu as tout manigancé, dit Warren en enfilant sa veste.

Il y avait une telle amertume dans sa voix !

— Je ne t'ai pas forcé à me faire l'amour, hier soir, remarqua-t-elle, blessée.

— Ah non ?

Cette accusation la toucha de plein fouet mais, pour la première fois, elle réalisa qu'il avait absolument raison. Elle avait utilisé contre Warren toutes les armes possibles. Dans le seul but de le séduire ! Elle n'avait pensé qu'à elle, à ses propres sentiments, à son propre désir. En fait, depuis qu'elle avait entamé cette campagne pour gagner son cœur, elle s'était montrée parfaitement égoïste. Et pas une seule fois elle n'avait tenu compte des pensées et des émotions de Warren. Elle avait été terriblement injuste.

Elle voulut lui dire à quel point elle regrettait sa conduite, que désormais elle n'essaierait plus de le manipuler, mais il avait déjà quitté la pièce.

— Alors, c'est ici qu'ils t'ont rossé ? demanda Anthony à son frère tandis qu'ils pénétraient dans l'immense bureau au rez-de-chaussée. En tout cas, ce n'est pas la place qui manque.

— La ferme, Tony.

Mais Anthony n'était pas homme à suivre les conseils, même les plus judicieux.

— Pendant que nous y sommes, reprit-il, tu devrais me montrer cette infâme cave. Il faudra bien que je raconte un jour à Jack que son oncle a failli pendre son propre père.

James fonça sur lui. Connie bondit entre eux et une voix demanda :

— Trop impatients pour m'attendre ?

Les deux frères se tournèrent aussitôt vers Warren. Connie redressa le col de sa veste et déclara :

— Bien joué, Yankee. Ils étaient sur le point d'oublier que c'était vous qu'ils voulaient égorger.

— Alors, qui veut s'offrir ce plaisir ? demanda Warren en les dévisageant.

— Pas moi, mon vieux, répliqua Anthony. J'ai vécu la même expérience que vous, et j'ai accompli mon devoir.

Warren se tourna vers James.

— C'est donc vous qui allez jouer les hypocrites ?

Le silence s'éternisa avant que James ne réponde :

— Non. Tant que vous accomplirez votre devoir, je ne vous toucherai pas. Vu les circonstances, pris pour ainsi dire la main dans le sac, il me semble que vous n'avez pas le choix.

Warren en était conscient, et c'était bien ce qui le rendait fou de rage.

— Je l'épouserai, marmonna-t-il entre ses dents serrées. Mais je ne partagerai pas sa vie. Et que je sois damné s'il me faut encore supporter une seule intervention de votre part.

— Nous ne vous en demandons pas tant, ironisa Anthony. Le mariage nous suffit.

— Est-ce que tu veux m'épouser ?

Warren fit volte-face pour découvrir Amy sur le seuil de la porte. Elle avait simplement passé sa robe qui avait tant souffert pendant le voyage. Ses pieds étaient nus, ses cheveux noirs décoiffés. La jeune fille gaie, insouciante, passionnée avait disparu.

Mais Warren était trop enragé pour remarquer ce changement.

— Tu connais déjà la réponse. T'ai-je une seule fois donné quelque espoir ?

Il se tenait là devant elle, furieux et plus obstiné que jamais, et elle préférait mourir que de lui laisser voir à quel point il venait de lui faire mal.

— Alors, voilà qui règle tout, dit-elle d'un ton définitif.

— Absolument pas, ma chérie, intervint James. On ne lui demande pas son avis.

— Bien sûr que si. Je ne l'épouserai pas.

Incrédule, James demanda :

— Et que crois-tu que dira ton père quand il apprendra ça ?

— Je ne l'épouserai pas tant qu'il ne me demandera pas ma main, répliqua simplement Amy.

— Pour ça, il va te la demander, ta main, Amy, affirma James. Je te le garantis.

— Il n'en est pas question. Je te l'ai déjà dit, oncle James. Je ne l'épouserai pas si on le force à venir à l'autel. Voilà qui met un terme à cette discussion. Maintenant, j'aimerais rentrer à la maison aussi vite que possible.

Elle n'accorda même pas un dernier regard à Warren et se retira aussi silencieusement qu'elle était arrivée.

— Enfer et damnation ! gronda James.

— Eh bien, on dirait que ce n'est pas cette fois qu'on te passera la corde au cou, Yankee, marmonna Anthony. Mais écoute-moi bien. Ne t'approche plus jamais d'elle, ou bien c'est moi qui t'étriperai.

Cette menace ne fit ni chaud ni froid à Warren : il avait bien l'intention de ne plus jamais revoir Amy. Mais, étrangement, il n'éprouva aucun soulagement. Pourquoi avait-il envie de se ruer à la poursuite d'Amy ? Non, ce n'était rien. Rien du tout...

40

Trois jours plus tard, Amy se trouvait sur un bateau en partance pour l'Angleterre. Ce jour-là, Warren se soûla comme jamais il ne l'avait fait de sa vie et il passa toute la journée du lendemain à le regretter. Il devait reprendre sa vie normale. Il retourna dans sa maison qu'il avait quittée pendant qu'Amy et ses oncles y séjournaient mais ne dormit plus dans sa chambre à coucher. Les souvenirs de sa dernière nuit avec la jeune fille y étaient trop présents. Il se réfugia dans le travail. Ayant récupéré son navire, il prépara un voyage de plusieurs mois aux Caraïbes. Il acheta la cargaison et passa sa dernière soirée en ville avec Mac qui, sagement, évita de mentionner les Malory.

Le matin de son départ, il prit le chemin des quais. Il faisait un temps magnifique de fin d'été mais il n'était pas d'humeur à apprécier le soleil. Cinq jours s'étaient écoulés depuis le départ d'Amy et il ne parvenait pas à l'oublier.

Soudain, sur le trottoir en face de lui, Warren aperçut Marianne, et toute sa vieille amertume le submergea. Avec son ombrelle et sa belle robe d'un jaune éclatant, elle avait tout de l'épouse d'un riche bourgeois. Ah oui, se souvint-il soudain, elle avait divorcé. Il se moquait bien à présent de ce fichu divorce.

Il s'apprêtait à traverser la rue quand elle l'aperçut à son tour. Elle l'appela. Il s'immobilisa, refusant de faire le moindre pas vers elle. Si elle voulait lui parler, elle n'avait qu'à se déplacer. Ce qu'elle fit. Autrefois, il aurait été prêt à tout pour elle. À présent, sa simple vue le mettait hors de lui même si, avec ses cheveux blonds et ses yeux bleus très clairs, elle était toujours aussi belle qu'autrefois.

— Comment vas-tu, Warren ?

— Je ne suis pas d'humeur à papoter, répliqua-t-il sèchement. Aussi, si tu veux bien m'excuser…

— Toujours amer ? J'espérais que tu t'en étais remis.

— Pourquoi ? ricana-t-il. Tu songeais à repartir de zéro ?

— Non. J'ai obtenu ce que je désirais. L'indépendance totale vis-à-vis des hommes. Je n'abandonnerais cela pour rien au monde.

— Alors, pourquoi bavardons-nous ?

Elle lui sourit calmement et il se souvint alors de sa patience légendaire. Rien ne l'irritait. Il se demanda s'il ne s'agissait pas plutôt d'un manque d'émotions. Quelle différence avec Amy qui… Non, assez, ne plus penser à Amy.

— J'ai failli venir chez toi, tu sais, lui dit-elle, mais je n'en ai pas eu le cran. Je suis bien contente de te rencontrer. Je tenais à te dire à quel point je regrette d'avoir joué ce rôle dans la machination de Steven. Je ne pouvais pas te l'avouer avant mais maintenant je suis divorcée.

— Et je dois te croire ?

— Peu m'importe. Je tiens simplement à être en règle avec ma conscience. Oh, je ne prétends pas être une sainte mais cela ne m'a jamais plu de faire ce que j'ai fait.

— Faire quoi, Marianne ? De quoi parles-tu, enfin ? dit-il, exaspéré.

— Tu ne sais toujours pas, n'est-ce pas ? Steven avait tout manigancé bien avant que toi et moi nous nous rencontrions. Et tu es tombé dans son piège. Tu étais jeune et crédule et le plan était d'une simplicité diabolique. Je devais me débrouiller pour que tu tombes amoureux de moi puis te laisser tomber pour ton pire ennemi. Le bébé faisait aussi partie du marché. De même que le divorce, si tu veux le savoir. Il avait tout prévu depuis le début. Il ne lui manquait qu'une femme capable de tenir ce rôle. J'ai accepté parce qu'il m'offrait en retour tout ce dont j'avais toujours rêvé : la richesse, l'indépendance.

Warren était trop abasourdi pour se mettre en colère.

— Le bébé faisait aussi partic du plan ?

— Oui. Steven a insisté pour que je couche avec lui. Oh, pas parce que je lui plaisais mais simplement pour s'assurer qu'il y aurait bien un bébé. Tu vois, il se moquait de savoir qui était le père de l'enfant tant que tu croyais l'être.

— Qui est le père ?

Elle haussa les épaules.

— Honnêtement, je ne saurais le dire. Je ne pensais pas le garder – cela aussi faisait partie du plan. J'ai donc essayé de ne pas trop m'attacher à lui.

— Steven l'a-t-il tué ?

Cette fois-ci, ce fut Marianne qui fut surprise.

— C'est ce que tu as cru ? Non, il ne l'a pas tué. C'est bien cela le plus drôle. Il aimait cet enfant. Quand l'accident s'est produit, il a été très malheureux.

— Et je suis censé croire ça aussi ?

Elle fronça les sourcils.

— Tu as tout fait pour que tout se déroule selon son plan.

— Je ne vois pas en quoi j'avais le choix. Tu l'as dit toi-même : j'étais un jeune imbécile crédule.

— Je ne parlais pas du passé. Tu crois que je ne vois pas à quel point tu es encore amer, noyé dans la rancune ? Pourquoi n'oublies-tu pas toute cette histoire ? Sais-tu pour quelle raison nous sommes restés mariés pendant toutes ces années ? Parce qu'il pensait que tu m'aimais toujours et que tu souffrais. Nous devions divorcer au bout de quelques années mais il ne l'a pas voulu tant qu'il a cru que notre mariage pouvait t'arracher encore une larme. Il a fini par accepter le divorce parce que tu n'étais pratiquement plus jamais ici. Il ne pouvait plus jouir de sa vengeance.

— Tu as donc été forcée de le supporter plus longtemps que tu ne l'avais prévu ? Que veux-tu que cela me fasse ?

— Il te plairait peut-être de savoir que nous n'avons guère aimé vivre ensemble pendant toutes ces années, ni lui ni moi.

— Ainsi, il y a bien une justice après tout ?

— Tu serais peut-être aussi content d'apprendre qu'il cherche toujours à se venger.

— Tu penses vraiment que je commettrais deux fois la même erreur ?

— Non, mais il vaut mieux que tu sois prévenu. Il te hait vraiment, Warren. Je me demande s'il a bien toute sa tête. Il piquait de véritables crises de rage à propos de ces bagarres de petits garçons et de ces yeux pochés. Ces souvenirs de gamin le torturaient. On raconte que son père n'arrêtait pas de le ridiculiser et de l'humilier parce qu'il se faisait à chaque fois battre par toi. Il haïssait aussi son père mais il n'a jamais voulu l'admettre. Je crois qu'il a reporté cette haine sur toi.

— En ce ce qui me concerne, Steven peut pourrir en enfer. Quant à toi, Marianne... tu aurais dû me dire que tu étais à vendre au plus offrant. J'aurais pu faire monter les enchères.

Les joues de Marianne s'enflammèrent.

— As-tu seulement idée, déclara-t-elle avec colère, de ce que c'est d'être pauvre et de ne rien avoir ? Tu as toujours eu tout ce que tu désirais.

Cela ne me plaisait pas de te tromper ainsi. Mais j'avais fait un marché. Je devais m'y tenir.

— Oui, pour de l'argent, dit-il, écœuré.

— Je vais te donner un renseignement qui ne te coûtera rien, Warren. Toute la ville sait que tu as compromis une jeune fille et qu'elle a refusé de t'épouser. Steven est parti pour l'Angleterre sur le même bateau qu'elle. Comme je te l'ai dit, il cherche un nouveau moyen de te faire du mal. On dirait qu'il l'a trouvé.

41

Georgina se précipita vers la chambre d'Amy. Dans son trouble, elle oublia même de frapper.

— Amy Malory, comment as-tu pu sortir avec cet homme ?

Amy roula sur son lit où elle examinait les dernières gravures de mode que sa mère avait rapportées à la maison.

— Oh, je suis contente de te voir, tante Georgie. Comment va la petite Jack ?

— Utilise tes manœuvres de diversion avec tes oncles mais pas avec moi, jeune dame. Tu étais avec ce Steven !

— Oui, bien sûr.

— Mais sais-tu qui il est ?

— Évidemment, répondit Amy, nullement émue. Tu m'as beaucoup parlé de lui. C'est l'homme qui a épousé Marianne. Ils ont divorcé, au fait.

Georgina en resta bouche bée.

— Tu savais, dit-elle finalement, et tu as quand même accepté de le fréquenter ?

— Pour l'instant.

— Mais pourquoi ? demanda Georgina. Et ne va pas me dire qu'il te plaît.

— Il est plutôt beau garçon, non ?

— Amy !

— Oh, d'accord, d'accord. C'est assez simple. Steven s'intéresse à moi, me courtise depuis que nous avons quitté Bridgeport. Au début, je me suis demandé pourquoi. Surtout à partir du moment où il a laissé entendre qu'il savait que j'avais refusé d'épouser Warren.

— Il doit être donc être au courant que tu n'es plus vierge ?

— Exactement. Alors, pourquoi me courtiser ?

— Il s'imagine peut-être que tu seras une conquête facile ? suggéra Georgina, maussade.

— J'y ai pensé mais je n'y crois pas. Non, il veut m'épouser.

— Quoi ?

Amy hocha la tête.

— Absolument.

— Il te l'a dit ?

— Non, mais il l'a suggéré. Je pense qu'il attend l'arrivée de Warren pour faire sa demande.

— Qu'est-ce que Warren vient faire là-dedans ?

— Tout. N'oublie pas ce que tu m'as raconté sur cet homme. Warren et lui sont des ennemis d'enfance. Ils ont toujours désiré les mêmes choses et ils se sont toujours affrontés pour les obtenir. Warren voulait Marianne et Steven la lui a enlevée. Steven pense que Warren me veut, alors il me veut lui aussi.

— Bon, je t'accorde que cela semble logique.
— Mais sa petite espionne…
— Quelle petite espionne ?
— Une des servantes de la maison de ton frère… J'ai surpris cette fille à écouter aux portes deux fois pendant les quelques jours que j'ai passés chez lui. Néanmoins, le jour où mes oncles sont venus, elle n'a pas dû tout entendre. Ou tout comprendre. Elle a simplement conclu de cette confrontation que c'était moi qui ne voulais pas épouser Warren.
— Pourquoi cela ?
— Parce que Steven – quel menteur, celui-là ! – a fait semblant d'avoir pitié de Warren.
— Et tu ne lui as rien expliqué ?
— Ne sachant pas où il voulait en venir, j'ai préféré le laisser croire ce qui l'arrangeait.
— Mais pourquoi continuer cette mascarade ?
— Pour Warren.
— Je te demande pardon ?
La confusion de Georgina fit sourire Amy.
— Je n'ai pas réussi, expliqua-t-elle. Ma franchise et mon honnêteté n'ont pas été le moins du monde appréciées, tante Georgie. Je vais donc essayer quelque chose d'aussi démodé que cette bonne vieille jalousie pour gagner le cœur de Warren.
— Ô Seigneur ! Crois-moi, si Steven est mêlé à cela, ce ne sera pas aussi simple.
— Justement. C'est parce que Steven y est mêlé que ça marchera. Je vais donner à Warren l'occasion de se débarrasser enfin de son passé. Cette fois-ci, il peut vaincre Steven.

Georgina soupira, obligée de constater l'évidence :

— Amy, tu pars du principe que Warren te veut. Comment peux-tu avoir autant d'espoir après ce qui s'est passé à Bridgeport ?

— Tu as absolument raison. Il se peut qu'il se fiche pas mal que j'épouse Steven. Tout ce à quoi je m'accroche, c'est à mon intuition. Et mon intuition ne me trompe pas.

— Pour défier Steven, il faudrait qu'il soit à Londres. Il n'a aucune raison de venir.

— Il viendra, fut la réponse d'Amy.

— Comment peux-tu en être aussi sûre ? Ah oui, je sais. (Georgina secoua la tête.) Ton intuition.

Georgina revint chez elle désemparée, sûre à présent qu'Amy allait au-devant de la plus cruelle désillusion. Elle connaissait bien son frère. Il ferait tout pour éviter la malheureuse. Ce qui signifiait qu'il devait à présent être parti sur un bateau pour une destination lointaine. Elle fut donc plus que surprise en entendant une voix bien familière qui s'élevait du bureau de James. N'en croyant pas ses oreilles, elle s'approcha de la porte du bureau qui était restée entrouverte.

— Alors, pourquoi ne faites-vous pas quelque chose ? demandait Warren. Elle est en train de se rendre parfaitement ridicule.

— Il me semble, au contraire, qu'elle a enfin retrouvé un peu de bon sens, répliqua James.

— Savez-vous au moins qui est cet homme ? Il a épousé une femme, l'a forcée à avoir un enfant dans le seul but de se venger de moi. Et il s'est sûrement lancé à la conquête d'Amy pour les mêmes raisons… parce qu'il pense me faire souffrir en l'épousant.

— Et c'est vrai ?

— Cela ne vous regarde pas, Malory, aboya Warren. Écoutez, si j'affronte ce misérable, j'ai peur de le tuer. Il m'a fait trop de mal jusqu'ici.

— J'ignore ce que vous attendez de moi, Yankee. Vous savez très bien que lorsqu'il s'agit de ses affaires de cœur, Amy ne suit aucun conseil, d'où qu'il vienne.

— Alors, chassez cette vermine. C'est votre devoir. Auriez-vous peur ?

James haussa un sourcil, nullement ému par cette provocation.

— Je ne savais pas que ce type était un de vos ennemis personnels. Et même si je l'avais su, cela n'aurait rien changé. Sa conduite lors du voyage a été irréprochable.

— Mais je viens de vous expliquer de quoi il est capable !

— Qu'est-ce qui me prouve que vous dites la vérité ?

— Son ancienne épouse m'a tout avoué le jour où j'ai quitté Bridgeport. Il l'avait payée pour me séduire jusqu'à ce que je la demande en mariage pour ensuite m'abandonner. Avoir un bébé et me laisser croire qu'il s'agissait du mien faisait aussi partie du plan. Même leur divorce était prévu.

James ricana.

— Et vous espérez que je vais me contenter de votre parole ? Ou, plus stupide encore, de la parole d'une femme divorcée qui nourrit sans doute quelque rancœur à l'égard de son ancien mari ?

— Allez au diable ! explosa Warren en se ruant hors de la pièce.

Il remarqua à peine sa sœur, qui l'attendait sur le pas de la porte, la saluant d'un bref « Georgie » avant de disparaître.

Elle rejoignit son mari qui avait pris place derrière son bureau.

— Au nom du Ciel, mais que t'arrive-t-il, James ? Tu devrais te jeter à la gorge de ce Steven, après ce que vient de t'en dire Warren. Tu mets en doute sa parole ?

— Au contraire, ma chère. Je suis certain que cet homme est aussi infâme que ton frère le dit.

— Alors, pourquoi n'es-tu pas déjà en route pour le trucider ?

— Et, du même coup, priver ton frère de ce plaisir ? Je n'y songerais même pas.

42

C'était une garden-party de la pire espèce : une centaine d'invités essayaient de s'amuser en jouant au croquet sur le gazon ou en échangeant des charades pendant que l'hôtesse priait le ciel pour qu'il ne pleuve pas. James n'y aurait jamais mis les pieds, malgré la présence de Georgina, s'il n'avait appris qu'Amy viendrait en compagnie de Steven. Cependant, le spectacle ne deviendrait vraiment intéressant que si Warren se montrait lui aussi. Et James était convaincu qu'il ferait son apparition.

Sa conviction se transforma en doute, puis en mauvaise humeur à mesure que les heures passaient. Le soir arriva et des tables furent dressées sur la pelouse. Le dîner fut assommant. Il était sur le point de demander à sa femme de rentrer quand Warren apparut enfin.

James chercha immédiatement Amy. Bien évidemment, la petite sorcière était installée aux côtés de ce Steven. Elle ne semblait guère s'amuser.

James se retourna pour voir si Warren les avait vus, lui aussi.

— Ah, mais il est fou ! grommela-t-il. Ne sait-il pas que ce genre de choses se règlent en privé ?

Georgina se pencha vers lui pour lui demander :

— Que marmonnes-tu ?

— Ton frère est fou.

— Lequel ?

— Celui qui va bientôt nous offrir un fameux spectacle.

Georgina pivota pour découvrir Warren qui traversait la pelouse à grandes enjambées, se dirigeant tout droit vers la table d'Amy. Elle voulut se lever mais James la retint.

— Que comptes-tu faire, au juste ? demanda-t-il à son impétueuse épouse.

— L'arrêter, bien sûr.

— Georgie, ma chère, c'est uniquement pour assister à leur confrontation que je suis venu ici. Je pensais d'ailleurs qu'il se contenterait de le provoquer. Mais j'aurais dû me douter que ton frère n'agirait pas d'une manière civilisée.

Georgina prit la défense de son frère.

— Il n'a encore rien fait... et, que le diable t'emporte, comment savais-tu qu'il viendrait ici ?

— Peut-être parce qu'il a reçu un billet anonyme lui apprenant qu'Amy et son chevalier servant assisteraient à cette réception.

— Tu as osé !

Il haussa un sourcil, pas le moins du monde gêné par la colère de sa femme... et encore moins d'admettre qu'il avait fini par accepter le fait – absolument déplorable – que Warren devait épouser Amy. Il l'avait trop compromise pour qu'il en soit autrement. Et puisque la pierre d'achoppement semblait être la mauvaise volonté de Warren à faire sa « demande », James avait décidé de l'aider un peu. À sa manière. Mais il se contenta de répondre :

— Et pourquoi pas ?

— James Malory !

— Chut, ma chérie. Regarde.

Warren ne perdit pas de temps en « Bonjour », ou en « Comment allez-vous ? », ni même en « Sortons régler cela dehors ». Il souleva Amy de sa chaise pour qu'elle ne le gêne pas, puis il renversa Steven de la sienne. Steven se mit immédiatement sur ses pieds et bondit sur Warren, poings levés.

Des femmes stupéfaites hurlèrent tandis que leurs époux lançaient des paris. James se posta au premier rang, aux côtés d'Amy, prêt à l'empêcher d'intervenir, mais elle n'en fit rien.

— Quel effet cela fait-il de voir deux hommes se battre pour toi, mon cœur ? demanda-t-il tandis que Steven roulait à terre pour la deuxième fois.

— Je ne sais pas trop, répondit-elle. Je te répondrai dès que je saurai qui a gagné.

— Pas très difficile à deviner, non ?

Amy ne répondit pas mais James remarqua le sourire qu'elle réprimait. Il soupira. La petite sorcière était trop fidèle et trop profondément amoureuse pour renoncer à son vaurien.

Quelques tables avaient volé, les invités et l'hôtesse étaient au bord de la crise d'hystérie mais l'issue du combat ne faisait plus aucun doute. Warren donna deux directs rapides à Steven, qui tomba puis perdit conscience.

Warren n'en avait pas encore fini avec lui. Il ramassa le premier verre qui lui tomba sous la main et le versa sur le visage de Steven.

Celui-ci toussa et cracha un moment avant d'ouvrir les yeux et de se sentir soulevé par le col de sa veste. Une voix mortellement calme lui dit :

— Tu ne t'approcheras plus d'elle, misérable, si tu tiens à la vie. Tu vas prendre le premier bateau en partance demain. Et voilà un conseil que je ne te redonnerai pas : croise encore une fois ma route et tu préféreras être mort.

Et il illustra cette dernière menace en l'assommant à nouveau. Warren, lui, n'avait reçu aucun coup. Pourtant, il ne s'attarda pas pour célébrer sa victoire. Sans adresser un seul mot à Amy, il traversa le cercle d'invités et disparut.

Amy était désemparée. Tout s'était déroulé à peu près comme elle l'avait prévu. Tout, sauf la fin de la scène… Non, Warren n'était pas censé disparaître sans lui dire un mot. Oui, il aurait dû se mettre à genoux devant elle pour la supplier de bien vouloir lui accorder sa main…

À présent, elle n'avait plus aucun espoir. Elle venait de jouer sa dernière carte, et – au diable, sa maudite intuition ! – en pure perte.

Elle se demandait même si elle le reverrait un jour. S'il décidait de rentrer en Amérique, elle n'essaierait pas de l'en empêcher. Elle n'allait quand même pas le courtiser jusqu'à la fin des temps. Warren avait toujours été parfaitement clair : il ne voulait pas d'elle. Combien de refus devrait-elle essuyer encore avant de comprendre enfin ?

Mais comprendre cela faisait mal. Très mal.

43

En route pour son club, James fit un détour pour rendre visite à son frère. Malheureusement, ce dernier s'occupait de quelque affaire, Charlotte était de sortie et Amy n'était pas disposée à recevoir des visites.

Il s'apprêtait à grimper à bord de sa voiture quand un autre véhicule s'arrêta juste derrière lui. Warren en surgit comme un beau diable et se précipita vers la maison. James bondit pour lui barrer la route.

— Pas de chance, lui dit James. Elle ne reçoit pas aujourd'hui.

— Elle me recevra, répliqua sèchement Warren avant de contourner son beau-frère.

— Holà ! Yankee. Vous n'êtes pas venu la demander en mariage, n'est-ce pas ?

— Non.

James ne put retenir une raillerie.

— Heureux d'entendre ça, Yankee. J'avais peur qu'après avoir prouvé hier soir à quel point vous l'aimiez, vous n'ayez changé d'avis.

Warren se raidit.

— Ce type l'avait bien mérité.

— Pour sûr, mon garçon. Et vous avez traversé tout l'océan pour être certain qu'il reçoive son dû, pas vrai ?

— Peut-être aimeriez-vous, vous aussi, recevoir ce qui vous est dû ?

— Oh, oh, la victoire vous rend audacieux, on dirait ? Eh bien, allons-y. Cela n'a que trop attendu.

Ils prirent le temps d'enlever leurs vestes et de se poster en plein milieu de l'allée. James, comme d'habitude, flanqua le premier coup. Warren trébucha et recula de plusieurs pas.

— Vous auriez dû être un peu plus attentif à vos leçons, rigola James.

Warren ne perdit pas son sang-froid.

— Et si vous essayiez de recommencer ? dit-il.

Cette fois il était prêt, et James s'envola pardessus son épaule.

— Vous disiez ?

C'était au tour de Warren de se moquer.

Après, il n'y eut plus de bavardages et le combat ne ressembla en rien à celui que Warren avait gagné la veille. Il ne possédait certes pas encore toute la science de Taishi mais il en savait déjà assez pour se défendre. Avec James, toutefois, cela n'alla pas sans mal. Il parvenait bien à le déséquilibrer et à lui assener quelques bons coups mais James recevait et se défendait bien. Ce fut un assaut brutal qui dura dix très longues minutes. Ils parvinrent alors, en même temps, à la même conclusion : il n'y aurait pas de vainqueur.

— Un satané match nul, déclara James, écœuré. Je n'arrive pas à y croire.

Warren ramassa sa veste.

— Je ne sais pas ce que vous en pensez, Malory, mais je n'en demande pas plus, pour le moment. Un match nul me convient.

— Pour le moment, grogna James avant de lui lancer un drôle de regard. Ce n'est pas Tony qui vous a appris ces drôles de mouvements.

— Non : C'est mon nouveau garçon de cabine.

— Votre garçon de cabine ? Très drôle, Yankee.

C'est ce que pensait aussi Warren. Mais sa bonne humeur s'évanouit dès que James eut disparu. Et elle ne s'améliora pas quand le majordome lui apprit qu'il ne pouvait être reçu. Il menaça de fracasser la porte. Cela suffit à convaincre le brave homme de le laisser entrer au salon.

Pendant quelques minutes, Warren se demanda si le majordome était bien parti informer Amy de sa présence ou bien s'il était allé chercher de l'aide pour le jeter dehors. Sa mâchoire lui faisait l'effet d'une enclume qu'on venait de marteler, il avait les phalanges en bouillie. Il espérait que James profiterait lui aussi au maximum de son œil au beurre noir et de sa lèvre fendue.

Ayant dévalé les escaliers à toute allure, Amy était hors d'haleine quand elle le vit. Elle avait eu du mal à croire qu'on ne lui faisait pas une plaisanterie de mauvais goût ! Mais non... c'était bien lui ! Ô Seigneur... et dans quel état ! Elle aurait pourtant juré que Steven ne l'avait pas touché une seule fois.

Sans un mot de salut, il vint vers elle d'un pas lent et déterminé. Elle se figea, le cœur battant. Il ferma la porte derrière elle, l'attrapa par la main et la conduisit vers le sofa. Parfait, se dit-elle… jusqu'à ce qu'il la couche en travers de ses cuisses.

— Attends ! hurla-t-elle. Que fais-tu ? Non, tu n'as pas le droit ! Tu ne m'as pas prévenue… Warren !

Vlan ! Sa main venait de s'abattre lourdement sur le postérieur d'Amy.

— Ça, c'est pour avoir essayé de me rendre jaloux, dit-il.

— Et si ça n'était pas délibéré ? geignit-elle.

— Alors c'est parce que ça ne l'était pas. *(Vlan !)* J'aurais dû te donner une bonne fessée *(vlan !)* quand tu as trompé Taishi pour qu'il te laisse venir dans ma cabine.

Le moment était mal choisi pour évoquer ce souvenir car, avec lui, surgirent les images de cette nuit magique. Sa main ne se leva plus. Il soupira et retourna Amy.

— Arrête de pleurnicher comme ça, dit-il rudement. Nous savons tous les deux que je ne t'ai fait aucun mal.

Amy le toisa, furieuse.

— Tu aurais pu.

— Non.

La porte s'ouvrit brusquement. Ils se retournèrent vers le majordome pour ordonner avec un bel ensemble :

— Dehors !

— Mais, lady Amy…

— C'était une fichue souris, le coupa-t-elle sans vergogne. Elle a déjà disparu. Fermez cette porte en sortant.

Les yeux ronds, le brave homme lui obéit. Amy se retourna vers Warren pour découvrir qu'il faisait grise mine.

— Tu mens toujours avec autant d'aplomb ?

— C'est quelque chose dont tu n'auras jamais à te soucier. J'ai juré de toujours être honnête avec toi. Mais, soupçonneux comme tu l'es, je ne m'attends pas que tu le croies. Es-tu simplement venu pour réchauffer mon postérieur ?

— Non, je suis venu te dire que je lève les voiles demain.

Amy s'éloigna de Warren. Il n'essaya pas de la retenir.

— Je pensais bien que tu repartirais très vite.

— Tu ne vas pas essayer de me faire changer d'avis ?

— Tu voudrais que je le fasse ?

— Cela ne servirait à rien, insista-t-il.

— Je ne me faisais pas d'illusions. Et je n'ai pas toujours été très juste avec toi. Pas une fois, je n'ai pris tes sentiments en considération. Plutôt égoïste de ma part, n'est-ce pas ?

Voilà qui n'était pas exactement ce à quoi il s'était attendu, et ces mots eurent un étrange effet sur lui. Comme s'ils lui brisaient le cœur.

— Que veux-tu dire, Amy ? Que tu abandonnes ?

Elle se détourna pour ne pas éclater en sanglots.

— Ai-je le choix ?

Soudain, il fut derrière elle et l'obligea à le regarder.

— Bon sang, tu ne peux pas m'abandonner !

— Quoi ?

— Ce n'est pas...

— Oh non, pas question, le coupa-t-elle aussitôt en nouant les bras derrière son cou. Tu ne vas pas retirer ce que tu viens de dire, Warren Anderson. Tu sais très bien ce que tu veux et je veux te l'entendre dire.

Pendant un instant, il parut malheureux. C'était la colère qui l'avait fait venir ici mais il savait, à présent, que ce n'était qu'une excuse. Elle lui souriait, attendant, espérant. Dans ses yeux, il vit encore une fois toutes les promesses qu'elle lui avait faites : le rire, le bonheur, l'amour... Et il ne pouvait plus nier à présent que c'était ce qu'il désirait, ce qu'il voulait.

— Nous allons nous marier.

À son grand étonnement, elle secoua la tête.

— Pas avant que tu ne me l'aies demandé.

— Amy !

— Et estime-toi heureux que je ne t'oblige pas à me le demander à genoux. Eh bien ? J'attends.

— Veux-tu m'épouser ?

— Et quoi d'autre ?

— Je ne sais pas comment tu as fait mais tu as envahi mon cœur, mon esprit, et même mon âme, j'en ai bien peur.

C'était l'absolue vérité. Elle le lisait dans ses yeux, dans son merveilleux sourire tandis qu'il ajoutait d'une voix presque révérente :

— Je t'aime, Amy. En fait, je crois que je ne supporterais pas de vivre un jour de plus sans toi.

Elle se blottit dans ses bras.

— Était-ce si difficile ?

— Seigneur, oui, soupira-t-il.

— Ce sera de plus en plus facile, je te le promets.

Il ne doutait presque plus à présent, mais, après tout ce qu'il avait enduré, il avait encore besoin d'une certitude.

— Alors, quelle est ta réponse ?

Amy était trop heureuse pour le taquiner encore.

— Tu l'as eue il y a des mois de cela, espèce de tête de mule. Tu n'étais simplement pas prêt à l'entendre.

De soulagement, Warren éclata d'un rire joyeux. Puis il la serra à nouveau dans ses bras pour l'embrasser comme un fou.

44

Charlotte donna un dîner pour annoncer officiellement les fiançailles à la famille et aux amis mais certains connaissaient déjà la nouvelle. Anthony et James étaient présents et, menacés des pires vengeances par leurs épouses, ils firent à peu près bonne figure. On vit même Anthony serrer la main de Warren pour le féliciter. Personne ne sut ce qu'il lui murmura à l'oreille mais Warren éclata de rire.

Jeremy coinça Amy à trois reprises dans la soirée pour lui demander si elle était vraiment sûre et certaine de ne pas être enceinte. Elle eut envie d'avoir pitié de lui et de lui dire que ce pari ne signifiait plus grand-chose pour elle. Mais elle n'en fit rien. Un mois d'abstinence ne ferait pas de mal à ce jeune débauché. Cela pourrait même l'aider à consacrer un peu plus de temps à ses études, ce dont il avait le plus grand besoin… s'il ne voulait pas être renvoyé de son école à la fin du trimestre.

Drew se moqua d'elle pour ne pas l'avoir choisi. Il était clair qu'il voulait ainsi provoquer Warren.

Mais, curieusement, celui-ci semblait incapable de se mettre en colère et Drew finit par abandonner son petit jeu quand il comprit qu'il ne parviendrait pas à ses fins.

Lorsque, enfin, Amy se retrouva seule avec Warren, elle lui demanda :

— Alors, tu penses survivre à ton entrée dans le clan Malory ?

— Heureusement, je suis un homme patient et tolérant.

Elle éclata de rire.

— Que t'a dit oncle Tony tout à l'heure ?

— Après avoir admiré l'œil de son frère, il veut que je lui donne des leçons.

Amy avait elle aussi remarqué cet œil poché.

— Tu ne vas plus te battre avec oncle James, désormais, n'est-ce pas ?

— C'est totalement hors de question. Maintenant qu'il va être mon oncle, je suis bien décidé à ne lui témoigner que le plus grand respect.

— Bonté divine, il va t'assassiner !

Warren s'esclaffa avant de l'attirer contre lui. Elle soupira et l'enlaça.

Contemplant sa famille, elle remarqua :

— Cela me fait penser à cette soirée où je t'ai vu pour la première fois et où je suis tombée amoureuse de toi. Tu ne m'avais même pas remarquée.

— Je t'avais remarquée mais tu étais trop jeune...

— Ah, tu ne vas pas recommencer ?

Il gloussa.

— Absolument pas.

Elle se pencha vers lui pour murmurer :

— Tu sais, je ne vais pas être capable d'attendre.

— Quoi ?

— De me plonger dans la dépravation avec toi. Tu le sais… je n'arrive pas à rester près de toi sans avoir envie de toi.

— Tu parles de faire l'amour ? la corrigea-t-il avec douceur.

— Ah, tu as enfin compris, le taquina-t-elle.

— Laisse ta fenêtre ouverte ce soir.

— Tu vas escalader le mur ?

— Absolument.

— Comme c'est romantique… mais je ne suis pas du tout d'accord. Je te retrouverai dans le jardin.

— Pour faire l'amour sur un lit de roses ? Tu vas souffrir.

Amy se souvint d'une ancienne discussion avec sa sœur. Elle sourit.

— Que dirais-tu d'une fourrure étalée sous un arbre parmi les framboisiers sauvages et…

— Continue, et je te traîne dehors à l'instant, grogna Warren.

Amy se trémoussa.

— Tu n'oserais pas. Mes oncles pourraient se faire des idées fausses et se lancer à mon secours.

Chagriné, il réfléchit avant de demander très sérieusement :

— Et si je t'enlevais ?

— Ah… voilà qui semble délicieux. Mais, dis-moi, tu es sûr de savoir qui enlève l'autre ?

Il éclata de rire.

À l'autre bout de la pièce, James, qui les observait en compagnie de Georgina, remarqua :

— Bon Dieu, mais qu'a-t-elle fait à ce malheureux ?

Georgina sourit : oui, son frère avait bien changé.

— Il est heureux. Elle avait dit qu'elle le rendrait heureux.

— C'est dégoûtant, Georgie.

Elle lui tapota gentiment la joue.

— Il s'y fera, James. Tu t'y es bien fait, toi.

4173

Composition
FACOMPO

Achevé d'imprimer en Italie
par GRAFICA VENETA
le 5 septembre 2022

Dépôt légal : octobre 2022
EAN 9782290372876
OTP L21EPSN002466-404530

ÉDITIONS J'AI LU
82, rue Saint-Lazare, 75009 Paris

Diffusion France et étranger : Flammarion